# ELOGIOS PARA
# MÁS TENUE QUE LA BRISA

*Más Tenue Que La Brisa* es una historia de amor, una fantasía metafísica, y una novela de ciencia-ficción con un argumento dinámico. Se desarrolla en el planeta Daria y empareja a un hombre de la Tierra con una bella y sabia mujer Dariana. Lo que el hombre aprende sobre el amor de esta experiencia absorbente nos beneficiaría a todos.

—John Daniel, autor de *The Poet's Funeral*

Los ciudadanos del planeta Daria son humanoides, pero capaces de un supremo refinamiento físico, espiritual y relacional. En parte es una historia de modales. Las descripciones de la narrativa del tacto Dariano nos recuerdan los niveles de cortesía que uno suele encontrar en la cultura de las cortes japonesas. Puede que sea cierto que los hombres vienen de Marte y las mujeres de Venus—pero después de leer *Más Tenue Que La Brisa*—ambos desearían ser de Daria.

—James N. Powell, autor de *The Tao of Symbols*

"*Más Tenue Que La Brisa* es una inspiradora historia de amor, con un sentido de ética impecable—una trama interplanetaria con grandes ideas que leeremos ávidamente, escrita en la voz de la experiencia de la Mujer Sabia."

—Diane Frank, autora de *Blackberries in the Dream House*

"*Más Tenue Que La Brisa* es como un bálsamo curativo. Es una odisea extraordinaria contada con el delicado apasionamiento de la sabiduría de una mujer. Escrita admirablemente y con elocuente convicción, la autora teje una historia que nos invita a explorar el muy real mundo del amor intuitivo."

—Rodney Charles, autor de *Every Day a Miracle Happens*

"*Más Tenue Que La Brisa* es un maravilloso y asombroso libro. En prosa lírica, Anya Luz Lobos cuenta una historia de amor altamente original y visionaria, que abre para el lector nuevas dimensiones de espiritualidad y consciencia. Deleitará y cautivará a todo aquel que ha sentido alguna vez el deseo de una profunda unión mística con un amante adorado. Con su alto poder imaginativo y profundidad de sentimiento, la historia de Steve y Satia en Más Tenue Que La Brisa es digna de colocarse al lado de Tristan e Isolda, Abelardo y Eloisa, y otros grandes amantes que han enriquecido nuestra literatura a través de los siglos. La guardarán como un tesoro todos aquellos que la lean y estén abiertos a su visión transformadora.

—Bryan Aubrey, Ph.D.

# Más Tenue Que La Brisa

## Anya Luz Lobos

Traducción por Dolly A. Pereira

1st WORLD PUBLISHING

# Más Tenue Que La Brisa

## ANYA LUZ LOBOS

© Anya Luz Lobos 2008

Publicado por 1st World Publishing
1100 North 4th St. Fairfield, Iowa 52556
tel: 641-209-5000 • fax: 641-209-3001
web: www.1stworldpublishing.com

Primera Edición

LCCN: 2008935229
SoftCover ISBN: 978-1-4218-9010-4
HardCover ISBN: 978-1-4218-9009-8
eBook ISBN: 978-1-4218-9011-1

# Dedicatoria

Dedicado a Don Garrett Jr. (Ahni), cuyo entusiasmo inicial me motivó a escribir este libro, y su genuino interés —en cada etapa del camino—me impulsó a seguir adelante.

Dolly A. Pereira vive en Managua, Nicaragua. Sus conocimientos de literatura y de la lengua española, su amplio dominio de la lengua inglesa, y su identificación con el tema de la novela hicieron posible esta traducción.

# Reconocimiento

Muchas personas me apoyaron, directa o indirectamente, a escribir este libro. Primeramente, agradezco a
mis padres que inculcaron en mi el amor a la familia y a
lo místico y exótico. Gracias también a Nachita, mi
"madrina" y ángel, quien ayudó a criarme y me enseñó a
encontrar felicidad en las cosas más simples. Mis hijos,
Miles y Poppy, avivaron mucho mi inspiración de escrito-
ra, y sus sugerencias artísticas y creativas contribuyeron
enormemente a la escritura de este libro. De hecho, casi
todos los miembros de mi familia, de una forma u otra,
apoyaron mi trabajo, algunas veces compartiendo sus
ideas y otras ofreciéndome estímulo. Estoy especialmente
agradecida a mi prima-hermana, Dolly A. Pereira, por
haber leído *Más Tenue Que La Brisa* con tan profunda sensibilidad y por producir tan exquisita traducción al
español. Mucha gratitud a Danilo y Silvia Aleman.
Gracias Danilo por inspirarme con tu musica y tus bellas
pinturas, y por apreciar mis esfuerzos artisticos. Un gran
"Thank You" para Bill y Floria Whipple, Carlitos y Milena
Aleman, y Elga García. Para Doris, Mercedes, y Dolly...
Que dichosa soy de tenerlas como primas, hermanas, y
queridísimas amigas! Muchísimas gracias también a Ken

Hoffman por ayudarme de manera tan afectuosa y creativa cada vez que me cerraba mentalmente o tropezaba con dificultades de trama, y por orientarme en la dirección de la notoriedad y de los editores potenciales. Gracias John y Susan Daniel por creer en *Más Tenue Que La Brisa* desde un principio, y por ayudarme repetidamente a mejorarla y presentarla al mundo. Viendo hacia el pasado, me vienen recuerdos de Holland y Emilie Taylor, y cuan honrada me sentí por su respuesta tan entusiasta hacia mi trabajo. A pesar de las dificultades que tuvimos después, siempre agradeceré la forma sincera y profesional con la que tú, Holland, puliste y editaste el primer borrador de mi novela. Una ronda de aplausos para Nynke Passi por su perspicaz conocimiento de la lengua inglesa, su dedicación, y su visión de halcón que la sostuvieron a través de incontables horas de meticulosa edición. Estoy agradecida a Miriam Hospodar por mostrarme cómo presentar mi libro a los agentes y editoriales, y por sus sugerencias para mejorar la calidad de la novela. Gracias Verónica Theuma por permitirme leerte mi novela en voz alta dos veces, por escuchar tan atentamente, y por ofrecerme tus comentarios con tanta perspicacia. Y, por supuesto, a Donald L. Garrett Jr., a quien he dedicado este libro, y luego le siguen James N. Powell, Linda Egenes, Jeanne McBlair, Claudine Cline, mis amigos Hakomi, Evanne Jardine, Mary Alice Ashley, Ewy Axelson, Corinna Cuprys, y algunos otros nombres que seguramente se me han escapado. Gracias Robert Greenfield por permitirme leer extractos de *Más Tenue Que La Brisa* en tu programa de televisión. Barbara Reiner, tú leíste mi novela y reforzaste mis percepciones sobre la dinámica hombre-mujer y, más que todo, me ayudaste a mirar dentro de mí misma en formas antes inimaginables para mí. Lo mismo a Rebecca Edwards. Gracias por tu honestidad y bondad. Tu ejemplo lo llevo siempre conmigo. Muchísimas gracias a ti, Philip Grayhawk, por tu asombrosa receptividad y entusiasmo, y por tus agudas observaciones. Me has hecho sentir tan honrada. Muchas gracias también a Nitya Rawal por ayudarme en innumerables formas por tanto tiempo. Mis muy especiales gracias a Bryan Aubrey por aplicar su aguda perspicacia a la crítica de *Más Tenue Que La Brisa*, y por haber leído el libro dos veces, a años de distancia, y haberlo gozado en ambas ocasiones. Te quiero mucho Terry Alexander por ser tan buen amigo y por enseñarme a escoger lo interior sobre lo exterior. Gracias también a Rodney Charles, Nandini Charles, y todos los de 1st World Library: Significa mucho para mí el alto valor que ustedes le dan a la honestidad, integridad, calidad e inspiración. Gracias por trabajar en este libro tan seria y diligentemente. Gracias, asimismo, a Grove Haynes por tan frecuentemente decir "No tengo palabras," y enseñarme a ver profundamente y honrar la grandeza de las personas.

# Capítulo Uno

"No tengo palabras," suspiró Steve, mientras sus ojos azules recorrían el horizonte inmenso y desierto. El planeta Daria se extendía frente a él—un mundo de absoluta soledad, una interminable extensión de polvo café rojizo comprimida bajo un cielo verde pálido. Solamente una que otra pequeña colina alteraban su monotonía. Tímidamente se alzaban hacia el cielo, como anticipando que serían aplastadas por la próxima tormenta de viento y arena.

"¿No tienes palabras, Steve?" Era la voz femenina y precisa de Daisy, su computadora.

Una fugaz sonrisa cruzó por el rostro bronceado de Steve, mientras se inclinaba hacia atrás en su silla. Miró el compacto mecanismo de Daisy, la cual se encontraba colocada sobre el lado derecho de su mesa portátil. "Quise decir que este lugar es asombroso, Daise. Y que no tengo palabras para describirlo."

Dentro de los aros dorados y redondos de la computadora pequeñas señales luminosas saltaban silenciosamente. "No tengo palabras. Me gusta esa frase, Steve." Una luz pálida color naranja pulsó con los altos y bajos de la voz de Daisy. Quizás este sería un buen título para el capítulo que has estado escribiendo hoy."

Un hoyuelo se formó en la áspera piel de la barbilla de Steve. "Si, supongo que sería un buen título para un capítulo sobre la topografía Dariana." Sonrió; y tomó unos instantes para que las pequeñas arrugas alrededor de sus ojos cedieran a una expresión más seria.

La brisa de la tarde soplaba tan continua y pareja que él apenas se percataba de ella; solamente los remolinos de polvo rojizo que se amontonaban suavemente contra sus tobillos le recordaban su presencia. Sacudió el polvo de sus pies descalzos. "Creo que hemos escrito suficiente para un día."

"Archivaré el trabajo de hoy para ti."

Steve se reclinó hacia un lado para mirar por el telescopio que tenía a su izquierda, sobre el suelo; luego, apartando la mirada, miró directamente al cielo. "Ese tiene que ser," dijo entre dientes, y procedió a activar el mecanismo del telescopio. Golpeando suavemente el ajustador de ángulo vio formarse una nueva configuración de puntos en la pantalla. "Daisy, ¿podrías hacerme un estudio comparativo de las tres últimas configuraciones que tracé el día de hoy?"

"Claro que si, Steve. Me tomará unos pocos minutos."

"No importa. No trabajaré en ello hasta mañana de todas maneras." Se reclinó en su silla y dejó que su mirada vagara sin rumbo sobre la silenciosa planicie. El horizonte, ahora de un intenso color ámbar, enviaba reflejos de luz cobriza sobre el cielo que se iba oscureciendo. Pronto atardecería. Allá, en la distancia, pudo ver a Zachary, el jefe de la expedición, caminando hacia él. Pequeños remolinos de polvo rojizo precedían sus pasos. Steve miró hacia sus propios pies y observó que el polvo había trepado hasta casi el dobladillo de su pantalón.

Moviendo el dedo gordo del pie produjo un derrumbe en miniatura. "Hmm," suspiró, pues la sensación fue fresca y agradable. Sacudió la arena de sus piernas y volvió su mirada al cielo. Luego se inclinó para estudiar el manual de operaciones.

Steve Atkins sabía un poco de muchas cosas. No estaba completamente seguro, sin embargo, a cuál de las luces del cielo Dariano llamar "hogar." Como todo ciudadano de la Tierra del Siglo Veinticuatro su educación había consistido en estudiar innumerables hechos relacionados y no relacionados. Sus mayores logros académicos habían sido en los campos de la geología y la literatura. Sin embargo, al igual que muchos de sus colegas, no podía explicar con claridad y certeza algunas condiciones geológicas, ni tampoco podía describir espontáneamente sus pasajes literarios favoritos sin antes abrir su micro-biblioteca y consultar los fragmentos que había subrayado.

Era un tipo atractivo, alto y bien formado, pero no en el sentido refinado que hace suspirar a las jóvenes. Más bien, su mandíbula era ligeramente irregular en sus proporciones, como si el artista que la esculpió no hubiese estado muy preocupado por la simetría, y su rostro revelaba todas las pequeñas líneas y señas de una vida repleta de experiencias. En toda su persona se notaba una cierta falta de refinamiento, lo que muchas mujeres encontraban atrayente…era como si pregonara "Heme aquí," sin agregar nada más.

"¿Tienes suerte con tu amiguita?" Los hombros de Zachary se contrajeron imperceptiblemente al sonido de su propia voz. La atmósfera de Daria tenía una textura satinada donde los sonidos fuertes crepitaban como maderos que ardían.

"No sé que haría sin ella." Steve dio una suave palmadita a la muda caja dorada. "Eso es todo por hoy, Daise."

"Está bien, Steve. Espero haberte sido útil." La pequeña luz color naranja se apagó.

Steve miró el telescopio. Descansando sobre su delicado trípode, el instrumento, largo y delgado, parecía tan perplejo como él. "Creo que lo encontré, pero no estoy completamente seguro." Las indicaciones más cercanas que arroja mi manual son orientaciones Paura. He tenido que hacer una cantidad de flexiones para obtener los ángulos Darianos."

"Me alegro que no seas piloto." Zachary se inclinó para mirar por el telescopio con sus ojos azules-grisáceos que parecían desaparecer en su rostro carnoso. "Oye Atkins!" exclamó, "Casi que puedo ver esos secuoyas, gustar esos chorizos, sentir ese océano…"

Los gestos teatrales de Zachary ponían nervioso a Steve, tal vez porque lo volvían nostálgico no sólo por la Tierra sino por todos aquellos mundos que lo habían encantado alguna vez.

"¡Langostinos gigantes!" continuó Zachary. "En cuanto regrese, eso será lo primero que voy a comer. Ya sabes, de los que untas con mostaza tan picante que se te despejan los senos frontales. Hombre, no hay nada más sabroso que esos langostinos."

"Excepto por la fruta de Bulia." Era la voz aterciopelada de Sen. Steve no lo había escuchado a él ni a Jess acercarse, el polvo fino del desierto había amortiguado sus pasos muy efectivamente.

"¿Estamos discutiendo la Tierra, o el planeta Jarka?" sonrió Zachary, mientras sacaba un peine de su bolsa trasera y lo llevaba a su pelo ralo y canoso. "Si tu marco de referencia es Jarka," agregó, cortando el aire con el peine como si éste fuera la batuta de un conductor de orquesta, "gustoso discutiré las maravillas de la fruta Bulia."

Sen rió, sus cálidos ojos Asiáticos brillantes como lagos

de añil. Su cabello, espeso y liso, armonizaba con el azul de sus ojos, destacando así el arte de sus padres en el uso de la genética para alterar el color. "¿Por qué no comemos los langostinos como cena y la Bulia como postre?" preguntó con una sonrisa.

"Antes que sigan soñando con exquisiteces déjenme decirles," agregó Jess ásperamente, sus ojos hundidos brillando bajo sus cejas oscuras y crespas, "o vamos al pueblo mañana, o comemos huevos en polvo de cena mañana por la noche." Señaló al cielo en la dirección que indicaba el telescopio. "¿Creen que les disgustaría si nuestra pequeña e insignificante expedición de cuatro personas visitara la civilización de Daria un día antes de lo previsto?" Jess sonrió a Zachary brevemente, luego miró hacia otro lado, sin esperar respuesta. Cuando surgían discusiones profesionales, Zachary ponía los límites y Jess se deleitaba en ensancharlos. Jess era el cocinero de la expedición, pero con su torso fuerte y rudo, pantalones con cremallera, y botas sin lustrar, recordaba constantemente a los demás que eran simples seres humanos participando en una misión geológica la cual, por algún dictado de la suerte, no incluía a mujeres terrestres.

Se puso en cuclillas y tomó un puñado de polvo del suelo, dejándolo deslizarse entre sus dedos como una cascada de agua color sarro. "Dicen que las mujeres Darianas tienen la piel así de suave…tan suave que apenas se puede sentir. Claro que si uno no puede sentirla, ¿de que sirve?" Su risa pícara parecía brotar de los hoyuelos de sus mejillas hirsutas e irradiar hacia fuera hasta abarcar su cuerpo entero. "Oye, Steve," dijo, y se sentó sobre la arena, colocando sus manos detrás de él como puntos de apoyo. "¿De qué hablabas esta mañana? ¿De algo en uno de tus libros agotados?"

"Aquí está, se los leeré." Steve buscó su micro-biblioteca.

Tocó suavemente su superficie de vidrio y una pantalla negra apareció. Tocó entonces un círculo de platino y miró la impresión emergente. "Dice, 'No es aconsejable mezclarse con las mujeres Darianas ya que éstas son propensas a reacciones metabólicas impredecibles."

La ceja derecha de Jess se alzó ligeramente. Era la mirada de quien ha sospechado algo por mucho tiempo y de repente le es confirmado. "¿Eso es todo lo que dice?" preguntó. "¿Sin ninguna otra explicación?"

"Así es. Aunque encontré una cita encantadora." Steve tocó simultáneamente dos cuadrados de colores y estudió la impresión cambiante. "Era algo sobre las mujeres que son despampanantes. Déjenme ver...análisis mineral, segunda expedición...no, esa expedición nunca abandonó el desierto. Es más atrás..." Los párrafos iluminados se deslizaban hacia abajo en la pantalla. "Vegetación, vida animal...ya vamos acercándonos... primera expedición, 2284." Steve tocó un punto azul y la impresión cambió de sentido. "Coronel Dearmin...civilización humano-reptil, primitiva, uso exitoso del manual de comunicación gráfico...¡aquí vamos! Varones, disposición, apariencia...lo mismo que ya sabemos...hembras, aquí está." Oprimió un cuadrado rojo.

"Uno de los miembros de la tripulación de Dearmin, un Ewasiano, dijo lo siguiente, que sin duda alguna fue excluido de nuestro manual para desanimarnos a quebrar las políticas de integridad global." Steve iluminó la cita y entregó la micro-biblioteca a Jess, quien la leyó en voz alta imitando el acento de un Ewasiano que acababa de aprender el Español: "'Lash mullerez zon zorprrendentemente vellas, con cavellos largoz, piel colorr covre, y ojoz con llaspez doradoz.'—¿Donde dice que son despampanantes?'"

"Creo que tendrás que contentarte con 'zorprrendentemente vellas,'" rió Zachary. "Eso, y con la historia loca que el administrador de la nave nos contó antes de partir hacia este planeta. ¿Estoy en lo correcto, Steve?"

"Me temo que si," respondió éste tomando la micro-biblioteca de las manos de Jess. Oprimió un punto de platino y observó como las palabras desaparecían en el negro de la pantalla. "Si quieren mi opinión, es un encubrimiento."

Si este comentario hubiese provenido de Jess nadie le hubiese dado importancia. Después de todo, Jess ya lo había dicho antes. Pero las mismas palabras viniendo de Steve, provocaron un repentino y atento silencio.

"Lo que quiero decir es que no sería la primera vez. ¡Miren cuanto tiempo nos tomó averiguar las cantidades reales de trotamundos, dispersos por el universo como polvo de estrellas! Mientras creíamos que nuestro planeta era un modelo de corrección y decoro, todo este tiempo ha estado poblando la galaxia con vagabundos."

"Y sin mencionar el escándalo de la importación de obreros que cortamos de raíz hace algunos años," agregó Zachary pensativamente.

"Y de lo que estamos hablando aquí—si acaso es cierto lo que el administrador de la nave nos contó—sería una infracción de regulación mucho más grave que muchas de las que hemos tenido conocimiento. No lo digo por el elemento sexual del caso. Hemos visto mucho de eso, sobretodo en los planetas que ofrecen placeres. Sino por la violencia. La Tierra podría ser castigada por años por lo que pasó. No es como que fuéramos una de las mayores potencias."

# Capítulo Dos

"**B**ajan estas cosas sobre puntas de platino para asegurar su durabilidad," Steve murmuró entre dientes, "pero no hacen sus infra-conductores auto-renovables." Miraba la pequeña estación geológica que Sen y Jess habían instalado allí doce días antes. La habían transportado a lo alto de la colina usando el pequeño tractor.

Esta tarde, sin embargo, Steve había decidido hacer el viaje a pie. Fue una decisión que lamentó a mitad camino. Aunque la pendiente era gradual, sus pies se hundían en el polvo con cada paso que daba, haciendo que sus piernas se sintieran fatigadas y débiles. El aire Dariano, pobre y seco, hacía que su respiración fuese superficial y poco profunda; mientras que la tibia brisa, que presionaba suavemente contra su espalda, apenas si lo empujaba. Había dejado el campamento justo después del almuerzo y ya la tarde caía.

Buscó en la bolsa de su traje y sacó un disco plano; se arrodilló al lado de la estación geológica, removió el conductor quemado e introdujo su reemplazo. La señal que había precipitado su subida se apagó. Estudió el monitor de la máquina cuidadosamente mientras deslizaba el disco usado dentro de la bolsa de su traje. "Avaratite," murmuró reflexivamente mientras estudiaba la lista de substancias recién identificadas por la estación. "¿Será esto lo que nos hará más jóvenes que nuestros nietos?" Sonrió mientras se incorporaba. Secándose el sudor de la frente dio varios pasos alrededor de la compleja máquina mientras la miraba con admiración.

Fue entonces cuando un sonido pasó rozándolo, como si hubiese sido traído por la brisa del desierto y, enseguida, súbitamente arrebatado. Tenía una resonancia aflautada, extraña, casi como de un grito, pero suave, como viniendo de muy lejos. Desapareció en el silencio en el mismo momento en que Steve se percató de él. Miró hacia un lado y otro, buscando el origen del mismo, pero no vio nada. Sacudió la cabeza, como quien duda de la experiencia. Se volteó despacio, observando a su alrededor hasta ponerse de cara al sol. El planeta Daria se extendía frente a él como un inmenso mar color de cobre. Miró la distante y arqueada cordillera que mañana él y sus compañeros cruzarían. Que majestuosas le parecieron las montañas brillando en el horizonte y como derritiéndose bajo los reflejos del sol. Una ancha explanada de un radiante color púrpura precedía su encuentro.

Steve sabía que éstas eran las únicas montañas de Daria, aparte de las pequeñas, polvorientas e insignificantes colinas. Lo había aprendido en su primera sesión informativa al unirse al equipo geológico. También sabía que las montañas formaban un círculo imperfecto dentro de cuyos confines habitaban los pobladores del planeta. Tanto él como Zachary y los otros habían asimilado toda esta información con sumo interés; sin embargo, ahora todo parecía una fantasía. Le pareció extraño que la civilización entera de un planeta habitara una porción tan pequeña del mismo. Enseguida recordó lo que había leído de los habitantes de Daria; sobre su simplicidad y su exuberante y majestuoso entorno. Talvez existía un paraíso detrás de esas montañas. Quizás no había necesidad... ningún impulso de querer abandonar un lugar como este.

Al enfocar su vista con más atención, miró hacia el campamento pequeño y ordenado de la expedición. Estaba situado cerca de la base de una loma, al lado del transporte espacial. Todas las luces del campamento estaban encendidas debido al inminente crepúsculo. Jess se encontraba afuera de la casa de campaña que hacía de cocina y hacía gestos con sus brazos como si hablara con alguien dentro. Dando tres pasos largos desapareció por la puerta de entrada. Steve se preguntó qué habría para cenar esta tarde, luego sonrió al recordar la amenaza del día anterior sobre huevos en polvo.

Comenzó su descenso consciente de lo fresca que se sentía la arena bajo sus pies descalzos. Se alegró de haber dejado sus zapatos en el campamento. Le agradaba que la atmósfera de Daria fuese tan semejante a la de la Tierra. En su muy reciente misión a Arruya había tenido que movilizarse dentro de pesadas botas resistentes al calor y un engorroso equipo de respiración.

Fue entonces que lo escucho de nuevo, sólo que esta vez el sonido se prolongó, haciéndolo detenerse bruscamente. Se estremeció momentáneamente, porque era un lamento extraño y lastimero, como nunca antes había oído. Mientras observaba la dirección del viento, le pareció que podía venir de las montañas. Era tan suave que debió haber viajado una gran distancia. Miró hacia abajo en dirección al campamento y vio primero a Jess, y luego a Sen que salían de la cocina portando la mesa portátil de comer. Era claro que el sonido no había llegado hasta ellos. Se preguntó dónde estaría Zachary, y comenzó el descenso nuevamente, no sin antes observar que tan brillante parecía estar el sol suspendido en el horizonte como una bola lustrosa y roja. Había pocos reflejos, ya que el sol estaba en la parte baja del cielo.

De pronto, escuchó el sonido de nuevo—sólo que esta vez con una repentina intensidad, como un grito de angustia. En un instante Steve se sintió sumergido en él …perdido en sus vibraciones agudas que recorrieron su cuerpo entero haciéndolo temblar como un junco. Súbitamente se sintió completamente poseído de una profunda e insoportable angustia, porque el grito se sentía eterno, sin fin ni comienzo.

En seguida, como alguien que recobra sus sentidos, se percató, de inmediato, y con una gran claridad, de sus alrededores. Sólo que ahora todo parecía diferente. El sol se encontraba en lo alto del cielo, brillante, como si fuese temprano en el día. Las montañas también habían cambiado: estaban más cerca que antes, elevándose muy altas delante de él. Al hacer un esfuerzo para enfocar su mirada contra los rayos del sol, vio lo que parecía ser gente… miles, bajando por las laderas de las montañas y viniendo hacia él, aunque solamente podía distinguir sus formas contra los rayos del sol.

El grito volvió a envolverlo, inundando cada partícula de su ser e inspirándole un miedo atroz de ser tragado, absorbido dentro de él…sin que nada de su ser quedara. Sólo esta angustia insoportable…como un alma pidiendo un alivio que nunca llegaría.

# Capítulo Tres

$\mathcal{P}$rimero sintió el sabor salado y arenoso del polvo en su boca; seguido del deseo de tragar—sin poder lograrlo—debido a la resequedad de su garganta. Abrió los ojos y se encontró tirado, boca abajo, en el suelo.

Tembloroso, intentó incorporarse empujándose con las manos. Al tercer intento, y temblando todavía, logró sentarse con las rodillas bien abiertas y los tobillos hundidos en la arena. Volteó la cabeza y escupió al aire, dejando caer los codos sobre sus piernas y su cara entre las palmas de sus manos.

Su piel estaba sudorosa y erizada, y su cuerpo hecho un nudo. "Dios," pensó, y miró hacia arriba desorientado. No estaba seguro de cómo había llegado allí ni cuánto tiempo había estado inconsciente. El sol se hallaba medio oculto detrás de las siluetas distantes de las montañas que se extendían en el horizonte. Recordó que había estado arreglando la unidad geológica. Caviló, hurgando en su mente. "Sí," reflexionó, recordando que venía descendiendo la colina hacia el campamento. Luego su mente quedó en blanco.

Metió la mano en la bolsa de su camisa y tiró de la punta de un largo y fino tubo para beber. Un sordo murmullo le indicó que el dispensador de líquidos de su traje se estaba reprogramando. Dio tres largos sorbos, deteniéndose para toser dos veces, antes de colocar el tubo, claro y fino, de regreso en su bolsa. Miró al vacío. Luego, poco a poco, el vago comienzo de un recuerdo empezó a abrirse paso dentro de él. "Creo que escuché algo," recordó, buscando en su mente, "un tipo de ruido..." Sintió un nudo en el estómago. "Dios mío..." dijo, dejando que su cara se hundiera de nuevo entre sus manos, mientras una ola de náusea se apoderaba de él. Permaneció allí lo que le pareció una eternidad, respirando profunda e irregularmente. Cuando la sensación comenzó a desvanecerse, levantó la cabeza y miró hacia el pie de la colina.

Vio a Jess caminando hacia la mesa de comer portando una bandeja con alimentos. En la distancia Zachary maniobraba uno de los tractores hacia el campamento, dejando tras de sí curvas y círculos sobre la arena, los cuales desaparecían enseguida por el efecto del viento. En el firmamento comenzaban a aparecer algunas pálidas estrellas. Steve se levantó y espero que sus piernas se fortaleciesen. Aspiró varias bocanadas de aire antes de comenzar a descender.

La caminata le trajo alivio. El frescor de la arena lo calmó, mientras el viento, soplando contra su cara y pecho, calmaba el malestar de su cuerpo. Caminaba obstinadamente, como si su vida dependiera de ello. Con cada paso se sintió más calmado y seguro, y el nudo del estómago comenzó a aflojarse.

Había descendido dos tercios del camino cuando se le ocurrió que, después de todo, nada extraordinario le había realmente ocurrido, y que su reacción se debía más al hecho de haber perdido el conocimiento que al evento mismo que lo causó. En estos momentos se imaginó contándole a Zachary y a los muchachos que se había desmayado, y predijo sus diferentes reacciones: Sen lo llevaría a la estación médica para examinarlo; Zachary lo amonestaría por no haber llevado el vehículo. Sonrió al imaginarse al jefe de la expedición, de pie delante de todos ellos, dándoles nuevas instrucciones sobre el aire enrarecido de Daria y cómo no excederse físicamente. Cuando iba ya casi llegando al pie de la colina Steve se sentía sorprendentemente renovado, aunque aún le molestaba no recordar porqué se había desvanecido. Para entonces el sol había desaparecido detrás de la silueta irregular del horizonte, dejando las distantes montañas de un color marrón oscuro semejante al ámbar.

Dándose vuelta para caminar de espaldas, miró fijamente las lunas nacientes de Daria, la más grande de las cuales permanecía aun medio escondida detrás de la colina por la que él bajaba. Se enderezó para continuar su camino. Se asombró de lo bien que se sentía. El cielo, como un gran domo verde oscuro, brillaba con incontables estrellas. El pequeño campamento brillaba alegremente delante de él, atrayéndolo insistentemente. Se sentía extrañamente ligero, suavemente impulsado por la brisa tibia que lo empujada y que se enroscaba alrededor de sus orejas susurrando dentro de sus oídos.

# Capítulo Cuatro

"¡**B**ueno muchachos!" la voz de Zachary era imperiosa. "Debemos llegar antes del atardecer, así que movámonos." Los hombres tenían una expresión de arrobamiento en sus rostros, como suelen tener a veces las personas cuando salen de un espectáculo extraordinario. Habían estado admirando una exhibición deslumbrante de colores: Miles de hojas brillantes de color azul lavanda volando por los aires en todas las direcciones, arrojadas por la corriente de viento causada por el escape de aire de la nave de transporte. Después de dos semanas de estar viendo el mismo escenario tranquilo y plácido, este cambio era bienvenido. Pero ahora el espectáculo colorido había terminado. La nave volaba sobre el último trecho de desierto que precedía las montañas, y el terreno irregular, sembrado de arbustos color violeta marcaba su llegada a la civilización Dariana. A lo lejos, en la distancia, las montañas se alzaban altas en el cielo del mediodía. Steve miró sus elevadas cimas con una vaga ansiedad.

Zachary hizo ademán a Sen para que apagara el motor de la nave y bajó de la cúpula de observación, seguido por los demás. Entonces todos se instalaron cómodamente en el inmenso y mullido sofá del salón principal de la nave. Jess se inclinó hacia el panel de pared y encendió la pantalla.

"¿Estás con nosotros, Steve?" Era la voz del jefe de la expedición de pie frente al podium.

"Estoy bien," contestó Steve, encogiendo sus hombros y sonriendo con timidez. Enseguida enfocó su mirada en la pantalla. Las palabras del preámbulo aparecieron. Los hombres comenzaron a leer al unísono.

"Nosotros, los que tenemos el don de viajar entre las estrellas como miembros legítimos del Gran Congreso Universal, y como representantes de nuestro gran planeta, Tierra, nos comprometemos, dentro de lo mejor de nuestro entendimiento y habilidad, a honrar los preceptos de respeto a la vida que han sido claramente establecidos por este Gran Congreso, y que son intrínsecos a la naturaleza misma de todo ser sensible."

"Reconociendo cómo la vida se percibe de manera distinta según las diversas visiones evolutivas, y reconociendo el derecho inalienable de cada esfera universal de crecer a su propia y determinada manera, sea esta esfera pequeña o grande, en su etapa inicial o avanzada, nosotros juramos solemnemente no sólo cumplir las políticas de la Regla de Oro que llevamos grabada en nuestros corazones y mentes, sino también seguir, en la medida de lo posible, los lineamientos específicos presentados aquí, y que han sido diseñados para infundirnos una calidad de sentimientos, pensamientos y comportamientos apropiados para la integridad global del planeta Daria y la naturaleza única de sus habitantes."

Después de un breve silencio, Zachary se colocó frente a la pantalla. "Voy a parafrasear el resto," dijo, "sin ánimo de irrespetar al Congreso Universal."

Steve comprendió la posición del jefe de la expedición

con respecto a este asunto. Como lo había dicho antes, Zachary creía firmemente en las leyes reguladoras del Congreso Universal. Era el palabrerío del resto de la presentación lo que él objetaba, la terminología legal que hacía todo tan inequívocamente claro, si uno lograba sobrevivir su duración.

"Como pueden ver," Zachary continuó, "Se muestra a Daria bajo un Código 27, lo cual se traduce en términos prácticos como 'corteses pero no desesperados por nuestra compañía.' Por ese motivo nos quedaremos solamente un día y una noche—el tiempo justo para entablar relaciones, poner nuestra información al día, y recoger suficiente agua fresca y comida para aguantar quince días más."

Steve escuchaba a medias. Desde la tarde anterior estaba abstraído. Tanto así que había pasado la mayor parte de la noche despierto y pensativo. No es que nada particularmente perturbador hubiese ocurrido durante la tarde para quitarle el sueño. Por el contrario, los exámenes médicos de Sen lo habían pronunciado totalmente recuperado. Y, aunque no muy a gusto con el incidente, Zachary no había prestado mucha atención a Steve. Más bien había dirigido sus energías—sobre una agradable aunque tardía cena—a establecer políticas más seguras de mantenimiento de equipo, tal como Steve había previsto que lo haría. Sin embargo, Steve se sentía agitado en extremo, sin saber por qué.

"En términos de comunicación verbal gráfica," Zachary continuó diciendo, "el Código 27 se traduce como 'sean honestos, pero sin presionar,' y como pueden darse cuenta al observar la sub-categoría A, el concepto de 'no presionar' se aplica a todo, desde ideologías y religiones hasta el último paso de baile y/o el tipo de movimiento que emplean para lavarse los dientes. En términos de interacción social y comunicación corporal, se traduce como 'actúen con naturalidad y síganles la corriente,' menos en lo que se refiere a asuntos sexuales, en cuyo caso, como pueden ver por la escritura en negrita, el mensaje inviolable es 'no toquen.'" Zachary miro directamente a Jess, '"No coqueteen, ni siquiera sueñen despiertos'... Lo que hace difícil imaginar como pudo propagarse el rumor de sus pieles tan suaves." Zachary se volteó para mirar la pantalla.

"Pasando a la sub-categoría B," continuó, "encontramos que Daria, a diferencia de nuestra esfera de origen, no ha demostrado ninguna inclinación notable hacia la libre empresa. Así que guardemos nuestros peines sobrantes y barras de chocolate en nuestra nave de transporte y no tomemos nada de ellos a menos que nos sea dado libremente."

Steve escuchaba al jefe de la expedición distraídamente, porque su cuerpo se sentía inusitadamente energizado, como sacudido por una gran euforia, mientras allá en lo profundo de su ser se agitaban sensaciones vagas e inquietantes, cuyos murmullos no podía ignorar.

"La sub-categoría C," la voz de Zachary se alzó un poco, "trata de todas aquellos asuntos para los que ya nos hemos preparado: la desinfección de nuestras cosas y de nosotros mismos interna y externamente, la colocación de parches en el tracero para aniquilar cualquier indeseable y pequeño invasor espacial—aquí quiero recordarles que deben revisar estas cosas todos los días y asegurarse que no se han aflojado, zafado o perdido. Recuerden lo que les sucedió a tres de los miembros de la tripulación de Dearmin...y luego se descubrió que no estaban usándolos." No debemos exponernos, bajo ningún punto, a ningún tipo de males."

Mientras Zachary hablaba, la mente de Steve comenzó a divagar. Reflexionó y admitió que, a pesar de todo, la noche anterior no había sido totalmente carente de sueño. Varias veces se encontró navegando en ese vago y calmado reino que existe entre el sueño y el desvelo. Pero de repente, se había incorporado, abruptamente alerta. Una especie de nudo en el estómago y una sensación angustiante, semejante a la que deja una pesadilla, lo despertaron, aun y cuando no recordaba haber soñado nada. Más tarde, ya en las tempranas horas del amanecer, cuando las estrellas aun podían verse brillando a través del tragaluz de la casa de campaña, notó que tenía una sensación extraña en su espalda. Era como si una corriente de aire fresco descansara dentro de su espina dorsal substituyendo su fluido vertebral. Después de un rato volvió a despertarse, repentinamente consciente de la misma presencia, una presencia muy real como si tuviese vida propia. Por un instante su espina dorsal tembló como un junco. En ese momento un sentimiento de terror, acompañado de un deseo inmenso de gritar, lo inundó...tan fuerte y poderoso fue este sentimiento que solamente con sus más concentrados esfuerzos logró vencerlo. Permaneció allí en su catre sin aliento, con su garganta fuertemente contraída, y gotas de sudor corriendo por los lados de su rostro... hasta que finalmente el impulso cesó. Permaneció inmóvil por mucho tiempo, sorprendido de su propia reacción, aspirando largas bocanadas de aire para calmarse. Entonces, dándose vueltas en la cama, se rió de si mismo, amonestándose por tener una imaginación tan activa. Poco después se sintió soñoliento y seguidamente se quedó dormido.

"En términos de nuestra seguridad personal," Zachary casi terminaba, "no hay razón para temer a esta gente. Sin embargo, existe un código rojo en lo que se refiere a las cavernas totalmente deshabitadas que se encuentran cerca del centro de su civilización y que rodean su desierto central. Los tres tripulantes de los que hemos hablado antes, han sido los únicos que inspeccionaron esta área. Tomen en serio esta medida de precaución. El desierto central en sí, también, está fuera de límites. Esto lo aprendimos del diario de navegación de Dearmin. Es terreno ceremonial de los Darianos, o algo por el estilo. En todo caso, todos hemos repasado esta información de la sub-categoría E." Después de una pausa, Zachary agregó. "La idea es guardar estos detalles dentro de nuestras mentes, así como la descripción y nombres correctos de algunas de sus más usadas raíces, vegetales y frutas. Recuerden que si desean usar el servicio higiénico la palabra Dariana para el mismo es "shunia," aunque no estoy seguro si ésta se refiere al lugar, al proceso o al resultado. De todas formas encontrarán que emplear la palabra es menos vergonzoso que tener que apuntar a la página 47 de su manual gráfico. Alguien los llevará a una caverna donde tendrán completa privacidad y, una vez que hayan encontrado el fino orificio de 200 metros de profundidad, todo estará bien."

Zachary le dio un último vistazo a la pantalla. "Bueno, pienso que eso es todo," dijo, dejando caer sus hombros. "Si tienen preguntas, háganlas ahora. Estaremos llegando pronto."

Ninguno dijo nada, y los cuatro juntos, demostrando apenas un poco más de compostura que un grupo de colegiales saltando al sonido de la campana del almuerzo, regresaron a la cúpula de observación. Zachary hizo señas a Sen para que encendiera los impulsores de aire de la nave de transporte. Mientras Steve observaba las siempre cambiantes ondas de impulso, su mente apenas registraba lo que sus ojos veían.

El último trecho de desierto de polvo rojizo pronto dio paso a las montañas de Daria. Los hombres admiraron las flores que crecían a sus pies: aterciopeladas, como alhelíes, sólo que con pétalos de un verde intenso y centros anaranjados. En cosa de minutos el paisaje desapareció de su vista para dar lugar a un pasadizo ancho entre dos montañas.

Su atención estaba ahora cautivada por el panorama de un enorme valle, lleno de bajas mesetas entre las cuales descansaba un vasto y majestuoso lago. Brillando a la luz del atardecer como un ópalo verde-azul, el lago se alargaba hacia un lado formando un canal de agua que, estrechándose más adelante, se convertía en un río que serpenteaba entre las mesetas hasta desaparecer tras ellas. En el costado opuesto, y esparcidos sobre sus aguas, se alzaban enormes picos que daban la impresión de haber sido tirados allí al azar. Cuando la nave se acercó los hombres pudieron observar que estas formaciones rocosas eran altas como árboles y parecían cristales alargados, pero opacos. Caminos bordeados de árboles entretejían su paso del lago hacia las mesetas cercanas, que emergían del suelo Dariano sobre bases cobrizas y polvorientas, y que luego se erguían formando anchas planicies de perfiles suaves y envolventes del color del otoño terrestre. Escondidos dentro de estos pliegues y contornos, y detrás de las marañas de hiedra color marrón que colgaban por sus costados como cabello rebelde, Steve pudo distinguir varios riachuelos pequeños así como los gráciles arcos de las cavernas. Numerosos caminos serpenteaban a lo largo de las mesetas mientras senderos cultivados ascendían por las inclinadas pendientes. Aquí y allá, a lo largo de estos parajes, grandes lagartijas parecidas a las iguanas, de vistosas rayas amarillas y café, deambulaban sin preocupación, como perros callejeros. Menos visibles eran los habitantes, de aspecto humano, que se movían a lo largo de los senderos o que se asomaban de las cavernas, porque su color se mezclaba singularmente con el entorno.

Aprovechando la altura de una pequeña cuesta, Zachary detuvo la nave de transporte. Desde la cúpula de observación Sen miró hacia atrás, hacia las colinas que acababan de dejar. Todas se conectaban entre sí formando un arco ancho que eventualmente se convertía en un círculo completo detrás de las mesetas más lejanas. De repente, como un niño que desea captar todo el panorama de un sólo golpe, Sen giró sobre sus talones con los brazos extendidos para mantener el equilibrio. Pero, inclinándose demasiado en la dirección de Zachary, cayó pesadamente sobre él. "Qué raro, siento como que aún estoy girando," murmuró, recobrando el equilibrio y agarrándose de los brazos de Zachary. "¡Aún puedo ver todo el paisaje dando vueltas alrededor mío...las colinas, el cielo, todo!"

"Y lo que es más extraño aún," agregó Zachary, "es que yo tengo la impresión de que tú no has dejado de girar...y que no te he atrapado todavía." Por unos minutos los dos hombres se quedaron quietos, apoyados el uno contra el otro, esperando que la sensación pasara.

Steve recordó una experiencia similar cuando la nave venía aproximándose a las inmediaciones de las montañas. Se le cruzó por la mente el deseo de alcanzar y cortar una de las verdes y encarnadas flores, y en ese mismo momento sintió su cuerpo inclinarse y su mano estirarse hacia fuera de la cúpula de observación. La experiencia lo sobresaltó, pues al bajar la vista, se dio cuenta que su mano nunca se había apartado del mostrador.

"No recuerdo haber leído nada de esto en el manual," comentó Jess, en un tono cauteloso y ligeramente aprehensivo.

"Bueno, ¡tal vez ninguno de los miembros de la tripulación de Dearmin jugó a girar!" bromeó Zachary.

"Además, es probable que todo esto pase en cuanto nos aclimatemos." Miró a Jess divertido.

"No permitamos que cosas extrañas afecten nuestras mentes. Si nuestras percepciones están un poco fuera de control no quiere decir que nosotros lo estemos, o que alguien antes de nosotros lo haya estado." Se volteó para mirar por la cúpula de observación y apuntó en la dirección de una meseta lejana. Esta era más ancha y más alta que las demás y uno de sus costados se inclinaba en una pendiente suave y alargada que terminaba no muy lejos de la orilla del agua. Allí, al pie, Steve vio lo que parecía un círculo perfectamente simétrico de un color verde pálido. "Pero, ¿qué es eso?" preguntó, inclinándose para ajustar la visión de la cúpula y magnificarla.

Inmediatamente se hizo obvio que el círculo estaba hecho de follaje y que alrededor del mismo había cientos de personas. "Por Dios," exclamó, "parecen camaleones." Pero había algo más en el centro, tan pálido que apenas si destacaba contra el verde claro del fondo.

"Más magnificación," pidió Zachary, en el preciso momento que Steve la aumentaba.

"¡No lo puedo creer!" exclamó Jess sorprendido. Su entusiasmo no fue tanto por la gente, que se podía ver claramente ahora, balanceándose de lado a lado, con sus cabellos largos brillando como la paja. Lo que precipitó su exclamación fue la palabra "bienvenidos" nítidamente trazada con pálidas flores verde-amarillas dentro del centro del círculo. "Supongo que nos vieron venir de las colinas."

"¡Pueden ustedes creer esto!" agregó Steve, sintiéndose acogido como si fuera un muy importante dignatario.

"¡Vamos a un paseo en acuaplano!" exclamó Zachary mientras activaba el impulsor de la nave.

Le hizo gracia a Steve sentir que sus manos sujetaban

la barandilla de la cúpula de observación, momentos antes de que él realmente la tocara. Experimentaba una sensación de desasosiego que, estaba seguro, todos ellos compartían. En estos momentos se sentían como si fueran niños, enjabonados, lucios, y fuera de control, parados en la orilla de un tobogán empinado y mojado, listos a saltar al agua.

# Capítulo Cinco

*U*n niño estaba en posición invertida, colgado de los pies, con su larga cabellera amarilla meciéndose de un lado a otro como una escoba. Manteniendo los pies arqueados, quiso enderezarse, pero resbaló y cayó al agua con una estruendosa salpicada. Todas las laderas estaban llenas de niños. En sus orillas rocosas había aún más, todos mojados y lucios, esperando su turno para subir. Algunos de ellos agitaron sus manos hacia la nave que pasaba, otros estaban demasiado enfrascados en su diversión para reparar en ella.

"Mira qué colas más graciosas," comentó Steve, refiriéndose al hueso extremo de la columna vertebral que se prolongaba más allá que el de los niños humanos. Colocados en cuclillas para agarrarse de las laderas con los arcos de sus pies, saltaban y caían continuamente, dando la impresión de pequeñas ranas melenudas.

"Mejor detente ahora mismo," advirtió Jess, mirando directamente al frente.

Zachary golpeó el panel de frenos abruptamente y la nave se detuvo. En ese mismo instante Steve vio miles de flores, arrojadas por el escape de aire de la nave, volar hacia la muchedumbre. La visión fue tan vívida que Steve se regocijó que no hubiese sucedido. "No pensé en eso," exclamó Zachary avergonzado.

Uno por uno los hombres salieron de la nave con los ojos entrecerrados debido al resplandor del sol. Tan pronto pusieron pie en las aguas poco profundas, fueron rodeados por lo que parecía una corriente de lava compuesta de brillantes y susurrantes niños.

"Biii-en-veniidos," dijeron suavemente, mientras entregaban flores a los hombres. Algunos de los más pequeños se colgaron de las piernas de los hombres y metieron sus manitas, ligeramente palmeadas, en las bolsas de sus pantalones.

"Ciertamente no son tímidos," comentó Sen, desenrollando a una pequeñita de su pierna y colocándola sobre su cadera. "Mira qué linda," agregó. "¿Como te llamas?"

"Biii-en-veniido," contestó, mirando hacia abajo buscando cómo bajarse. No había terminado Sen de soltarla, cuando otro niño se colgó de su brazo para tomar su lugar.

Los hombres avanzaron paso a paso hacia el mensaje escrito con flores.

Una alta e imponente figura se distinguía en la distancia. "¡En ia!" gritaba, mientras arreaba gentilmente a la muchedumbre, "¡En ia!" Los niños se apartaron para darle paso. "No deseamos molestar a nuestros visitantes," sermoneó suavemente, aunque era aparente que los pequeños no entendían lo que les decía.

El adulto Dariano era alto en comparación a los humanos, y llevaba puesta una túnica que parecía hecha de suaves tallos y hojas de color lavanda. Su rostro denotaba inteligencia, sus mejillas eran prominentes, y sus ojos, tranquilos y sensitivos, eran del color del caramelo y contenían jaspes dorados. Su piel tenía un lustre cobrizo y todo en él indicaba que era un hombre en la primavera de su vida, tal vez de unos cuarenta años, de acuerdo a los estándares de la Tierra. Su cabello ondulado, castaño claro, caía a los lados de su rostro semejando delgadas cortinas, y terminaba un poco más arriba de sus rectos hombros. Mientras se acercaba ponía sus manos sobre las cabezas de los niños juguetonamente, usándolos de barandilla. Cuando estuvo como a unos cinco metros de Zachary apuró el paso, haciendo que su cabello flotara hacia atrás. Fue en ese momento que Steve observó que el individuo no tenía orejas.

"Bienvenidos," dijo con una ancha sonrisa, mirando a Zachary a los ojos. "Mi nombre es Ahn. Soy uno de los miembros del Consejo de Ancianos." Entonces, como satisfecho de su presentación, extendió su mano derecha y sacudió la izquierda de Zachary vigorosamente. Estaba en medio de este saludo de bienvenida cuando su mirada se posó en Steve. Por un momento el Anciano se quedó perplejo, absorto, sin saludar a Steve ni soltar la mano de Zachary.

En ese instante Steve sintió como si un choque eléctrico recorriera su cuerpo y la mirada penetrante del Anciano lo quemara.

Finalmente, Ahn aflojó la mano de Zachary y extendió la suya para estrechar la de Steve. "Bienvenido," dijo mirándolo fijamente, y pasó a saludar a los demás.

# Capítulo Seis

"Oye Atkins," Jess dio tres pasos largos a lo ancho de la caverna asignada a ellos, y luego se sentó en el catre tejido. "¿Qué fue eso?" preguntó, mirando a Steve con curiosidad.

"¿Tu lo notaste también?" La pegunta de Zachary estaba dirigida a Jess.

"¿Cómo se le iba a escapar?" dijo Steve girando sobre sus talones para ver a sus compañeros de frente. Su maletín de viaje todavía colgaba de sus hombros.

"Fue como si te conociera, o algo así."

"Talvez le recordaste a alguien, Steve." Era la voz suave de Sen. "Quizás a alguien de la expedición de Dearmin."

"Si, podría ser," agregó Zachary pensativamente.

"Espero que haya sido alguien de su agrado," se estremeció Steve, dejando que su maletín de viaje se deslizase de sus hombros y cayese sobre un catre cercano. "Esa mirada suya…No supe como interpretarla."

# Capítulo Siete

El joven alcanzó uno de los cristales y lo extrajo de la pared de la caverna, que parecía ser hecha de adobe. "Katai!" dijo suavemente, y enseguida miró a los visitantes como disculpándose. Era un joven alto y delgado, con ojos almendrados y oscuros en un rostro bien cincelado, pero al mismo tiempo delicado. Su piel era suave y rojiza, con cabellos largos y lisos que flotaban suavemente sobre sus hombros. "Katai," "Cállate." Caminó unos cuantos pasos y se agachó para ofrecer el cristal a un niño que lloraba. Éste se lo arrebató con un brusco movimiento de su mano, como si le perteneciera, y lo introdujo dentro de su boca como si fuera un chupete. Retirando su vista del niño, el joven se mordió los labios y sonrió como diciendo, "Este es todo un personaje." Metido dentro de las mejillas carnosas del niño, el cristal brilló aun más intensamente que antes. El joven se enderezó y miró hacia el frente de la estrecha caverna a los visitantes. "Le está saliendo un diente," explicó. "Esto le ayudará."

"Este es Enil," dijo Ahn. "Será un gran padre algún día." Enil agradeció las gentiles palabras de Ahn con un movimiento de su cabeza. "Y, como ya se habrán dado cuenta, uno de los estudiosos de su lengua."

Ahn presentaba a sus compañeros Darianos solamente en casos esporádicos como este, cuando algún hecho simple ocurría. Mientras guiaba a los hombres de la orilla del lago hacia las cavernas que servían de comedor, se presentaron dos de estas ocasiones, una con una mujer llamada Tayan, que dibujaba con su dedo a la orilla del camino, y otra con un muchacho llamado Apei, que lavaba su cabello bajo el fino chorro de un pequeño salto de agua. Ambos habían simplemente sonreído a los visitantes, comunicando en silencio lo que no podían expresar en palabras.

En el comedor los niños estaban completamente callados y no se oía otro sonido que no fuera el de sorber y masticar, y el chirrido ocasional de uno de ellos usando sus dientes delanteros para pelar la gruesa cáscara de la fruta de guaya. Cuando esto sucedía todos volvían a mirar a Jess y soltaban la risa. El jugaba con ellos a "¿Quién hizo ese ruido?" El jugo anaranjado de la guaya rodaba en gruesas gotas por sus pechos formando pequeños charcos sobre el suelo de la caverna, donde estaban todos sentados cómodamente, sus piernas cruzadas una sobre la otra.

Los adolescentes, así como algunos adultos muy jóvenes, estaban sentados en los contornos de la caverna, sobre bancas que parecían haber sido talladas de las paredes de la misma. Por todas partes, encima de sus cabezas e incrustados dentro de las paredes, como palos ensartados en la arena, los cristales brillaban luminosos como carbones encendidos. Y sin embargo, los visitantes sabían que ningún calor se desprendía de ellos, como lo había indicado un análisis hecho por la primera expedición a Daria, y que encontró que éstos no eran más que rocas muy parecidas a la materia soluble y algo salada que se conocía en la Tierra como "piedras resplandecientes," y que se encontraban frecuentemente en los almacenes de importaciones y las tiendas de artículos de arte.

Los visitantes ocuparon un lugar de honor entre los Ancianos, en el extremo más alejado de la gran caverna ovalada. Allí, algo parecido a una fogata había sido construida, compuesta de más cristales luminosos, cuya luz irradiaba hacia arriba y hacia los lados revelando todos los intricados diseños hieroglíficos de la caverna. Alrededor de esta fogata de cristales estaban colocadas varias docenas de sillas, que habían sido amarradas una con otra con gruesos carrizos y lianas cuidadosamente entretejidas. Estas cómodas sillas, semejantes a las hamacas, tenían anchos brazos atados a ellas que también podían servir de mesa. Ahn estaba sentado en una de ellas. Un alto cúmulo de frutas se alzaba detrás de su brazo derecho, semejando una decoración floral. Todas las sillas lucían igual. Los Ancianos, unos treinta en total, y todos luciendo jóvenes y vigorosos, se mecían hacia atrás y adelante suavemente, escogiendo ocasionalmente una fruta, pelándola, y tirando las cáscaras al suelo de la caverna, donde grandes y anchas hojas habían sido colocadas para recogerlas. Los cuatro huéspedes fueron invitados a sentarse cerca de Ahn, que parecía ser el único Anciano que hablaba su lengua. Aparte de esto, no había ningún orden de donde sentarse y las sillas, formando un ancho círculo alrededor de los cristales, estaban ocupadas tanto por hombres como por mujeres.

Una mujer sobresalía entre las demás, no sólo por su apariencia más juvenil, sino porque sus gestos y modales de mesa parecían estar impregnados de una viva exhuberancia, como si cada sabor que probaba le produjera el más exquisito placer. Cuando la joven mordía la guaya parecía no importarle que el jugo resbalase por su antebrazo. Ella lo lamía cuidadosamente como si el sabor de su propia piel le diera más gusto a la fruta. Se le ocurrió a Steve que igual hubiese actuado de haber estado sola. Sus movimientos parecían ser parte intrínseca de su naturaleza. Y, sin embargo, Steve percibió una cierta reserva en ella, así como en las demás personas. Esta reserva no parecía ser consciente sino más bien el resultado de un ritmo interno aparentemente más sosegado del que los humanos estaban acostumbrado, y que daba a sus movimientos una tranquila y serena cualidad. Ellos parecían tomarle gusto a todo lo que hacían, pero no con una viva y agitada pasión sino, más bien, con una indolente naturalidad conocedora de todas las sutilezas, como se suele apreciar en los catadores de vino. Era como si cada movimiento de sus manos, cada mirada de sus ojos fuera una manifestación de ese ritmo interno y sereno que tanto parecía agradarles.

La joven era linda, con cabellos largos y ondulados color de miel, y piel cobriza, suave y tersa. Sus ojos tenían pequeños jaspes del color de la pirita, mientras que sus orejas, de un color azul claro luminoso, como las de todas las hembras Darianas, se prolongaban graciosamente hacia atrás a la manera de pequeños abanicos. Ella tenía el aire inteligente que compartían todos los Darianos, pero esta joven en particular parecía más alerta, más atenta, como un cervatillo en una pradera.

"Miren," dijo Ahn, señalando al niño que mudaba los dientes. Éste dormía ahora plácidamente, acurrucado sobre el suelo de la caverna. Una pálida luminosidad emanaba de su menudo cuerpo.

La joven se levantó rápidamente de su silla como anunciando su intención a todos los presentes. Caminó de puntillas entre los niños hacia el lugar donde dormía el pequeño, manteniendo el equilibrio con los brazos extendidos. Su vestido amarillo estaba hecho de diminutas hojas redondas sujetas por delicados tallos y envolvía su bien formado cuerpo como las antiguas túnicas terrestres, sólo que esta vestimenta terminaba disparejamente, como las ramas de los sauces, unas puntas más largas que otras, terminando las puntas más largas un poco debajo de sus rodillas. Cuando saltó para caer en un espacio no ocupado, su túnica crujió suavemente. Steve vio cómo ella daba un pequeño y último salto para llegar a su meta.

Steve se preguntó porqué se sentaría entre los miembros del Consejo de Ancianos ya que parecía ser mucho más joven que ellos, a pesar de que ninguno de los concejales parecía estar lo suficientemente avanzado en años para ameritar el nombre de "Anciano." Se le ocurrió preguntar, pero se contuvo, vacilante, inhibido por las restricciones de las políticas ínter globales y la incomodidad que sienten los hombres a veces en presencia de una joven en plena pubertad; esa inquietud de que sin hacer o decir nada igual atraería la atención de los demás y percibirían su arrobamiento.

A la vez que se arrodillaba al lado del pequeño, la joven extrajo cuidadosamente el cristal medio disuelto de su boca. Se levantó y regresó a su silla de la misma manera juguetona con que había llegado. Al volver dio una vuelta y con un aire de expectación tiró el cristal en el montículo luminoso. Hubo una súbita explosión de luz que hizo que sus ojos se agrandaran y sus orejas brillaran brevemente. Cuando el destello desapareció se dejó caer sobre su silla y comenzó a mecerse tranquilamente, mirando fijamente a los invitados. "Dormirá bien esta noche," dijo, y su voz vibró en el aire.

"Alguien más que habla nuestra lengua," comentó Zachary, mirándola directamente y dándole a entender que era un honor.

Por primera vez ella esbozó una sonrisa, que delataba cierta timidez.

"Estamos muy orgullosos de nuestra Satia," contestó Ahn a modo de presentación. "Ella ha elaborado un programa para nuestros niños que no se parece en nada a ninguno de los anteriores."

"¿Cómo así?" preguntó Zachary instándolo a continuar mientras contemplaba a la joven.

"Sí. Es ella realmente, y no yo o ninguno de los otros, quien se ha entregado completamente al estudio de su raza y su prevaleciente lengua."

"Y, sin embargo, varios de ustedes la hablan muy bien," observó Zachary. "Estamos sorprendidos."

Por un momento Ahn pareció un poco confundido. "¿Sorprendidos? ¿Pero es que acaso no consideran ustedes que cuarenta años terrestres es tiempo suficiente para que un extranjero aprenda su idioma?"

"Pero claro, por supuesto que si," replicó Zachary. Lo que pasa es que nos sentimos muy honrados que le hayan dado tanta importancia a nuestro planeta."

"Ah," respondió Ahn, aparentemente buscando qué decir, "ustedes verán…tenemos lo que a ustedes les parecerá una filosofía muy simple. Su Coronel Dearmin fue el primero en obsequiarnos un paquete del cual podíamos aprender. Me refiero a la pequeña computadora que nos dejó y la información que contenía. De ese modo nosotros …" nuevamente vaciló brevemente, "Satia, más bien, decidió utilizar el regalo. Y fue bueno que los otros mundos no nos  presentaran regalos similares, ya que no somos seres complejos y no anhelamos llenar nuestras mentes con demasiada información."

"¿Entonces, ustedes han sido visitados por muchos otros mundos?"

"No, no muchos, tal vez hemos sido visitados unas ocho o nueve veces en los últimos cinco siglos. Pero nadie nunca regresó. Tenemos muy pocos recursos materiales que ofrecer. Fue una sorpresa que su Coronel Dearmin solicitara un acuerdo de visita."

"Med-Terrestre, la compañía para la cual nosotros trabajamos, está muy interesada en algunas de las substancias que se encuentran en su suelo desértico," explicó Sen, "Talvez sean las mismas que les imprimen su juventud, porque aun aquellos a los que ustedes llaman ancianos nos parecen muy jóvenes—demasiado jóvenes para haber procreado tantos niños."

Ahn miró a los niños pequeños que dormían tumbados sobre el piso de la caverna, y a los más grandecitos que, en su mayoría, escuchaban atentamente. Steve se preguntó cuántos de ellos entendían lo que se estaba diciendo. Ahn sonrió, "Pero nosotros no hemos procreado estos niños. Estos son los hijos de los padres."

"Los ancianos," interpuso Satia, son aquellos que han vivido largos años en este planeta pero que decidieron no escoger el matrimonio."

"O simplemente no encontraron la pareja ideal," agregó Ahn.

"La ventaja de ser un anciano," continuo Satia, es que hay más experiencia de vida para explorar y aprender desde una perspectiva más material e intelectual. Esto enriquece nuestra cultura física y es por eso que el estudio de su Tierra ha sido tan agradable. Es entretenido mirar hacia un mundo lejano desde una perspectiva local y observar las rutas de crecimiento que ha tomado y hacia que direcciones lo llevará el futuro."

"Además de su idioma, el enfoque principal de Satia ha sido la literatura de su Tierra—novelas y cuentos principalmente—aún y cuando todos hemos gozado de su arte y de gran parte de su música. Es la historia de sus primeros tiempos, con su ambición por el dinero y el poder político la que no entendemos muy bien."

Zachary enrojeció avergonzado. "No es muy comprensible para nosotros tampoco," declaró, lo que hizo sonreír a la concurrencia. Con la esperanza de cambiar la conversación hacia algo más placentero comentó, "Steve se ha pasado años estudiando literatura. Y hasta ha publicado dos libros."

"Me temo que no son novelas ni cuentos," agregó Steve, "sino más bien escritos filosóficos aburridos en los que caen los autores menos imaginativos."

"Steve," Satia dijo su nombre por primera vez, pronunciándolo con respeto, como quien se dirige a alguien con mucha formalidad. "¿Me permitiría leer lo que usted ha escrito?"

"Con gusto se lo mostraré," respondió Steve, "Pero cuénteme de los libros que usted ha leído. Los que usted considera más significativos o agradables."

La joven se detuvo por un momento. "He estudiado las filosofías de su Tierra, Steve, pero la búsqueda de su raza por encontrar el significado de la vida me ha resultado difícil de entender, tal vez porque en Daria tenemos una vida tan plena que nos preocupamos poco por entenderla. Es por eso que he necesitado algo más que la filosofía. Así, pues, cuando sus escritores me transportan dentro de situaciones humanas vívidas es cuando puedo sentir, o por lo menos imaginar que puedo sentir, lo que debe ser un ser humano."

"Entonces dígame, ¿qué escritores le han hecho sentir esta emoción que usted describe?"

"Muchos, Steve. Goethe, Cervantes, Twain, Tyson… tantos que sería tonto de mi querer enumerarlos. De sus escritores contemporáneos me encantaron Jon Islan Wilden y Agnes Diorlo…pero últimamente he estado leyendo a Nathaniel Hawthorne, de su siglo diecinueve. Pero lo que no comprendo, Steve, es ¿porque su visión de la vida es tan lúgubre, es que acaso el verdadero amor no puede existir?"

Steve consideró su pregunta por un momento. "Quizás él anhelaba el amor," contestó, "pero desesperó en su búsqueda. Y talvez por eso los personajes confiados e idealistas que él describe siempre parecen terminar en situaciones lamentables."

"Satia frunció el entrecejo. "¿como la hija en su historia del jardín envenenado?"

"Exactamente."

"¡Cómo confiaba ella en su padre...y él la había estado envenenando toda su vida!" Satia se estremeció, y luego sonrió, recordando que, después de todo, era sólo una historia. "Tal vez por eso es que me gustan tanto sus escritos," agregó pensativamente, "porque me hacen sentir, muy dentro de mi, el terror de la negrura humana. Y también siento placer, el mismo tipo de placer que los terrestres deben sentir, cuando leo a Poe o Mengrin. Es un placer extraño, debo admitirlo, porque yo amo la luz, y si tuviera que escoger entre estos antónimos nunca escogería la oscuridad." Su mirada era penetrante, como anticipando la respuesta de Steve.

"Hawthorne es uno de mis escritores preferidos también," replicó, "y quizás por las mismas razones." "Yo no me siento a gusto con una visión idealista, a menos que me pueda ser probada. Prefiero saber, pero si no puedo, entonces prefiero no saber a creer. Hawthorne hace que me pregunte algo que es de vital importancia para mí: ¿Si nosotros los humanos somos seres limitados, viviendo en un mundo limitado, cómo podemos saber qué es la verdad?"

La pregunta flotó en el aire y quedo como suspendida por los pensamientos de Steve, mientras Satia aguardaba mirándolo atentamente. Su mirada lo desarmó completamente. De pronto se dio cuenta de que era el centro de atención, se cohibió y enrojeció, experimentando esa turbación que sienten las parejas a veces cuando han estado discutiendo asuntos personales en un lugar público y de repente se dan cuenta que han estado hablando demasiado alto y que todos a su alrededor los han estado escuchando.

"Parece que hablé demasiado," se disculpó.

"Pero su conversación ha sido de lo más interesante," comentó Ahn.

"Y yo hubiera deseado saber de qué estaban hablando," bromeó Jess, fingiendo no saber nada de literatura.

Y entonces, como si la risa lo hubiese traído, un pesado silencio envolvió a todos. La comida había terminado.

"Que lástima," observó Ahn, "que los niños se hayan dormido. Ellos, junto con otros, tenían preparado un espectáculo de música terrestre para ustedes, con la ayuda de Satia, por supuesto" Estiró sus largos y cobrizos brazos. "Tal vez durante su última parada...si mal no entendí, ¿dentro de unos quince días?"

Zachary asintió. "Nos gustaría mucho. Pero nosotros también quisiéramos conocer un poco de su propio arte y filosofía. La conversación de esta velada ha hecho nacer muchas preguntas dentro de nosotros. Aprendimos tan poco del informe de Dearmin."

"No conociendo su lengua y ellos no conociendo la nuestra, no nos quedó más que mirar sus libros de dibujos y sacudir nuestras cabezas," rió Ahn. "Y sin embargo, fue un principio. Y el regalo que nos dejaron nos permitió comprender lo que era incomprensible para nosotros entonces. Y, por eso mismo, nos causó mucha sorpresa que su segunda expedición—que visitó nuestro desierto hace ocho años—no intentara nunca hacer contacto con nosotros."

Zachary asintió nuevamente. "A diferencia de la primera expedición, la segunda no estaba motivada por asuntos geográficos o culturales. Su misión era simplemente hacer una serie de pequeñas paradas en varios planetas con el único propósito de coleccionar muestras de suelo."

Por un instante Steve se preguntó cómo había podido saber Ahn de la existencia de esta expedición, considerando que ésta nunca abandonó las distantes llanuras que contenían los ricos depósitos de minerales. Iba a preguntárselo cuando observó que los jóvenes, hombres y mujeres, y algunos niños mayores, levantaban en brazos a los menores dormidos y los llevaban fuera de la caverna. Satia se apresuró a ayudarles, y tomando en sus brazos a un niño de piernas largas que dormía junto a la fogata, lo cargó fuera de la caverna, sus pies ligeramente palmeados colgando inertes mientras ella caminaba. Solamente los cuatro hombres, Ahn y los Ancianos permanecieron dentro.

"Será un honor compartir algo de nuestra cultura con ustedes," dijo Ahn, "lo más que se pueda dentro del poco tiempo que queda. ¿Qué les parece mañana antes de su partida?"

"Nos gustaría mucho," contestó Zachary.

"Y lo que les mostremos ¿no será documentado en ninguna forma?" La pregunta de Ahn más que una interrogación era un requisito.

La expresión de Zachary se hizo seria. "No, si ustedes no lo desean," contestó reflexivamente.

"¿Ni irán ustedes por sí solos a ningún lado durante su visita a menos que haya sido acordado de antemano?" Ahn miró al Jefe de la Expedición con ojos penetrantes, listo a evaluar cualquier respuesta que éste diera.

Steve se sorprendió del repentino cambio de actitud del Anciano. En realidad todo el ambiente parecía haberse tornado austero y riguroso.

Zachary escudriño la mirada de Ahn. "Solamente deseamos cumplir con sus requisitos," respondió, esforzándose por convencer a Ahn de sus buenas intenciones.

En ese momento vinieron a Steve las palabras del administrador de la nave sobre ciertos eventos demasiados terribles para ser ignorados.

Después de una larga pausa, Ahn suspiró, "Les estaremos muy agradecidos," y había tal sinceridad en su mirada que llegaba al alma. "Me temo que tendrán que levantarse muy temprano mañana," agregó con repentina cordialidad, "Pues es a esa hora cuando las esculturas de energía están más vivas." Se levantó de su silla a modo de precedente y, seguidamente, los otros ancianos se inclinaron, sonrientes, y se despidieron de los cuatro huéspedes. Salieron de la caverna de brazo en brazo charlando mientras caminaban.

"Vengan," dijo Ahn, "Los acompañaré hasta sus habitaciones." Los encaminó hasta la apertura de la caverna. Al salir, enormes lagartijas rayadas, bamboleándose de lado a lado, entraron en la ahora vacía caverna y comenzaron a recoger con sus lenguas las cáscaras de las frutas tiradas por el suelo, tragándoselas enteras.

# Capítulo Ocho

No todas tenían una forma perfectamente esférica. Algunas eran alargadas, y las más pequeñas se parecían a las piedrecillas lisas y delgadas ideales para arrojarlas sobre el agua de ríos y riachuelos para hacerlas saltar. Steve sostenía una de forma redonda entre sus manos. Era más o menos del tamaño de una toronja y su superficie mostraba diseños tallados en forma de curvas y espirales muy semejante al mármol. "Esta me recuerda a Bruno Jasper," le había dicho a Ahn hacía apenas unos minutos cuando sostenía otra pieza pequeña y plana en la palma de su mano. "es una forma de ágata altamente mineralizada que fue descubierta, según creo, en Bruno, Oregon, en nuestro planeta." La pieza que sostenía ahora le recordaba esa anterior piedra pequeña y plana por sus diseños café y crema. Y nuevamente estuvo a punto de repetir, "¿No se te parece mucho a Bruno Jasper, Sen?" Pero ya había hecho ese comentario antes, haciendo ver su semejanza a la malaquita de Biggs Jasper, y también al ágata de Palomino, y había acompañado todas sus expresiones con explicaciones similares. Así que esta vez regresó la pieza a Ahn sin hacer ningún comentario. Y Ahn la colocó cuidadosamente en el hueco que hacía de repisa en la pared de la gruta. Enseguida Ahn alcanzó la próxima pieza, esta vez entregándosela a Jess. Después sería el turno de Zachary y luego el de Sen.

Ahn les había estado entregando esculturas en este orden desde que entraron al museo al amanecer. A estas alturas los cuatro hombres se sentían como polluelos recién salidos del cascarón a merced de la mamá gallina. Steve no podía precisar cuánto tiempo había transcurrido desde que entraron a la gruta que servía de museo. Con sus paredes apenas iluminadas por unos que otros cristales podía bien ser ya cerca del medio día. Tan lento era su progreso que cada vez que vislumbraban otro cristal brillante y veían su forma luminosa emergiendo de la pared, sentían como que habían alcanzado otra meta en el camino.

Lo poco que habían aprendido de estas esculturas lo habían aprendido temprano, al comenzar el recorrido del museo, cuando Ahn había contestado sus preguntas con precisión y renuencia. Ahora los hombres comprendían que los diseños grabados representaban fluctuaciones de energía que servían de planos o programas, pero ¿para qué exactamente? Los visitantes no tenían ni la más remota idea. "Realidades materiales," había dicho Ahn en un momento dado, y luego había pasado a otra cosa cortando la explicación allí mismo. Y aunque les había mostrado por lo menos un millar de piezas, Steve solamente podía recordar dos ocasiones en las que Ahn las había llamado por sus nombres. Una fue cuando se refirió a una pieza como el embrión de un pájaro Tika, y la otra cuando le dio a otra pieza el nombre de una galaxia. "No es una galaxia muy conocida," había dicho mientras regresaba la escultura a su nicho y alcanzaba otra para entregársela a Jess. Ahn les había proporcionado aún menos información sobre el origen de las esculturas, pareciendo estar más interesado en que sus huéspedes las apreciaran.

Ocasionalmente les entregaba una pieza fuera del orden establecido. Cuando esto sucedía sus ojos se iluminaban como queriendo decir, "He aquí una que podría ser de particular interés para usted." Los hombres, sin embargo, hacía rato que habían agotado todo comentario inteligente. Habían pasado por la incómoda situación de repetir las mismas expresiones una y otra vez. Habían dicho "pero que interesante," tantas veces que parecían loras atrapadas dentro de un vocabulario limitado. Sin embargo, y a su manera, Ahn era un custodio compasivo. Había demostrado muy poco interés en sus comentarios, de manera que ahora que toda expresión había prácticamente cesado, los hombres no sentían que lo hubiesen defraudado. Ahn continuó entregándoles esculturas y regresándolas a sus nichos. No parecía estar desencantado, sino más bien, satisfecho de haberlos invitado al silencio.

Había una distintiva gracia en los movimientos de Ahn al estirarse para alcanzar una pieza, entregarla, tomarla de nuevo, y colocarla de regreso en su lugar. Y, cada vez, el ligero ramaje de las mangas de su traje crujía suavemente con cada uno de sus movimientos. Steve escuchó el chirrido que produjo Jess al restregar la punta de su pie con desasosiego sobre el piso de la caverna, mientras Ahn alcanzaba otra escultura y la entregaba esta vez a Sen, quien la aceptó con cortesía. Steve observó como el brazo desnudo de Sen brillaba de sudor y como su mano temblaba con el peso de la pieza, aun y cuando ésta no parecía pesar más que las anteriores. Y, seguidamente, vio una mirada de pánico asomarse en sus ojos. El Anciano miró a Sen serenamente, recobró la escultura y la regresó a su lugar. Alcanzó otra y la pasó a Steve, quien para entonces luchaba por librarse de un intenso sentimiento de aversión.

"¿Cuándo va a terminar esto?" se preguntó por centésima

vez mientras estiraba la mano para recibir la escultura que Ahn le ofrecía y procuraba apaciguar el angustioso revoloteo de su estómago. Miró la pieza brevemente antes de regresársela a Ahn y verla asumir de nuevo su lugar.

Ninguno de los visitantes había osado consultar sus relojes de pulsera. La siguiente pieza brilló en el mismo instante que Jess la tocó. Enseguida Ahn la tomó para regresarla cuidadosamente a su nicho. Rompiendo el orden, le entregó la próxima escultura de nuevo a Steve. Éste extendió su mano en un gesto mecánico, más por un sentido de obligación que por deseo, mientras angustiosos pensamientos le recordaban que aun faltaban dos grutas dentro de las cuales todavía no habían entrado. Sintió el impulso de tirar la escultura al aire y huir de la gruta como un demente, sin importarle las consecuencias. Pero en vez de esto respiró honda y silenciosamente y la ofreció de nuevo a Ahn.

Ya para entonces Jess luchaba contra la misma sensación. Su pie restregaba el suelo agitadamente y Zachary, con la mandíbula apretada, tenía una expresión tensa y hermética en su rostro. Steve observó como Zachary recibía la pequeña escultura ovalada de manos de Ahn. Supo, por el temblor nervioso de la mejía izquierda de Zachary, que éste estaba tan incómodo como él. Pero el jefe de la expedición permaneció en silencio, al igual que él. Era como si un solemne juramento los mantuviera sujetos y obedientes a las órdenes de Ahn.

Ya para ahora la angustia de Steve había alcanzado tal grado que se sintió al punto del delirio. El pánico mordía sus entrañas sin misericordia, como un tiburón. Le pareció que nada existía más allá de este mundo oscuro y monótono; era como si la luz y la claridad hubiesen desaparecido para siempre. Ahn, totalmente indiferente a sus sentimientos, procedía mecánicamente, y ni siquiera Jess,

ANYA LUZ LOBOS

con todo su atrevimiento y audacia, parecía tener el valor de protestar.

"¡Esto es como una prueba!" se dijo Steve, y se le ocurrió que así podía sentirse alguien al que lo sientan por horas y horas a practicarle un largo, doloroso y elaborado tatuaje. "¡Como si hubiese virtud en el poder resistir!"

Y Ahn continuó mostrando las esculturas, y sus huéspedes lo siguieron hasta que la última de las piezas de la pared de la gruta fue examinada. Entonces Ahn les hizo señas para que lo siguieran hasta un ancho corredor...que conducía a la siguiente gruta.

"Creo que las próximas serán menos difíciles para ustedes." Ahn miró a los hombres con una mirada tan penetrante que por un momento Steve sintió como que él y sus compañeros eran totalmente transparentes.

"Aun los Darianos experimentan desasosiego en esta primera etapa," continuó Ahn, "aunque debo admitir que estoy muy sorprendido de la intensidad de sus sentimientos." Suspiró. "Es bueno que hayamos terminado, porque ahora podremos apreciar las esculturas en su segundo nivel. Como verán, es un paso demasiado grande para experimentarlo de un solo golpe."

"Estas nuevas esculturas, entonces, ¿son diferentes de las que acabamos de ver?" preguntó Steve.

"Son lo más próximo a la perfección de lo que han visto hasta ahora," contestó el Anciano, desencadenando en los hombres toda una nueva ola de ansiedad. Y, abarcándolos a todos con la mirada, "Si les es muy incómodo podemos parar," agregó plácidamente.

Siguieron a Ahn a través del corredor y dentro de la próxima gruta para enfrentarse a todo un nuevo conjunto de esculturas: miles de ellas, alineadas dentro de las paredes de la gruta en la misma forma que la exhibición anterior. Pero estas esculturas eran apenas visibles, y parecían estar hechas de un material que daba la impresión de ser líquido y luz a la vez. Adelantándose dos pasos dentro de la gruta, Ahn alcanzó una pequeña pieza de forma muy similar a la de un huevo. Entregándosela a Steve le preguntó, "¿Recuerdas ésta?"

"La Bruno Jasper..." la respuesta de Steve fue mitad pregunta mitad afirmación. "Y, sin embargo, no se le parece en nada. Su forma es diferente y los diseños están muy gastados, casi no tienen color."

"Ahora estás experimentando con algo más básico que la forma, el diseño, o el color." Ahn recobró la pieza de Steve y cuidadosamente la regresó a su lugar.

Y el proceso de alcanzar, entregar y recobrar recomenzó. Solo que esta vez los hombres recibían cada pieza con cierta curiosidad y entusiasmo, y hacían ocasionalmente comentarios extraños tales como, "No sé qué es esto, pero sé que lo conozco."

Steve comenzó a pensar en las canciones que estuvieron de moda en la época de su adolescencia. Qué sencillas y simples eran en su mayoría. Y, sin embargo, cada vez que escuchaba la más insignificante de estas canciones, ahora que ya era un adulto, su mente corría hacia ella y, ya sea siguiendo su ritmo o recordando su letra, la canción reaparecía más bella que nunca... no solo porque le traía toda la atmósfera de su juventud, sino porque, sencillamente, vivía en sus recuerdos. Le pareció curioso que la experiencia interminable y enervante de la gruta anterior, que llegó hasta el punto de alterarles los nervios, fuera ahora la base de esta otra. Pero no lo podía negar. Él, al igual que los otros, se sentía atraído por una sensación de reconocimiento que estas esculturas, apenas visibles, hacían nacer en él. No era solamente la excitación que uno siente cuando logra resolver un rompecabezas o crucigrama. El sentía algo por estas piezas, algo parecido al afecto, tal vez porque en el fondo él sentía que, de alguna forma, las conocía. Luego, más adelante, mientras sostenía otra escultura pequeña y ovalada en las palmas de sus manos, se encontró experimentando otra sensación.

"He sostenido esta pieza anteriormente. Estoy seguro," dijo, "pero ahora siento algo por ella."

Ahn lo estudió pensativamente. "Puede que esté sintiendo la visión misma del artista," sugirió, "o quizás esté sintiendo su propia interpretación de lo que la escultura representa. ¿Qué siente, Steve?"

"Protección," contestó Steve, "como la de un padre hacia un hijo. Y, al mismo tiempo, aprehensión," agregó pensativamente, "como si en algún momento pudiera hacerme algo impredecible. ¿Qué representa esta pieza?"

Ahn vaciló por un momento y luego dijo, "Es una escultura que yo hice hace como quince años. Es mi visión…de un humano."

Zachary tomó la pieza ovalada y la sostuvo en una mano, ahuecando su palma para conformarla a ella. "Ah, si, pero más bien parece un niño." Miró inquisitivamente a Ahn. "¿Somos como niños para usted, pues? Voluntariosos e impredecibles?"

Por un momento Ahn vaciló entre la franqueza y la cortesía. "Hay mucho de niño en todos nosotros," dijo finalmente. Luego, tomó la pieza de manos de Zachary y la regresó a su lugar, antes que Sen y Jess tuvieran la oportunidad de apreciarla. "No nos estanquemos en una pequeña pieza!" rió. "Hay otras como ésta, elaboradas por mucho mejores artistas."

Muy pronto los hombres se encontraron completamente absortos en el proceso, tanto así que cuando comenzaron a intuir nuevas percepciones no fueron capaces, o no quisieron, hacer ningún tipo de comentario, pues sus propias voces parecían contrastar ásperamente con la sutileza de lo que experimentaban.

Es como bailar, pensó Steve, pues de repente le pareció que cada uno de sus movimientos, los de Ahn, y los de los otros parecían estar gobernados por una oculta coreografía. Tomó una escultura casi invisible que Ahn le entregó cuidadosamente y la acunó entre sus manos. Sintió su energía firme e inequívoca penetrar dentro de él infundiéndole vida, e instándolo a su próximo movimiento. Le regresó la pieza a Ahn, y sintió cada delicada sensación que su movimiento produjo. Se sintió como un instrumento extrañamente llamado a llenar un propósito desconocido. Por un momento se vio como un planeta que giraba en su órbita.

Por el brillo en los ojos de sus compañeros, Steve adivinó que ellos, al igual que él, se sentían encantados, cautivados, su atención tan deliciosamente captada que todo sentido del tiempo parecía haberse perdido. La danza continuó entrelazándolos sin cesar, casi mecánicamente, y los hombres no hubiesen podido detenerse aunque hubiesen querido.

Steve sostuvo con admiración cada una de las esculturas que le fueron entregadas. Y cada vez que devolvió una de estas radiantes creaciones al Anciano sintió como que obsequiaba y al mismo tiempo renunciaba a un regalo.

Cuando por fin la última escultura fue mostrada, el Anciano se enderezó, silencioso, su respiración apenas perceptible, sus ojos bajos y entre cerrados. Steve procuró seguir su ejemplo, y Zachary y los otros también, pero sus respiraciones agitadas no podían apaciguarse. Era como si hubiesen participado en una carrera larga y agotadora. Entonces Ahn rompió el momento y, con los brazos cruzados, estudió a los visitantes terrestres libremente.

Steve aun intentaba recobrar su aliento. Deseaba, más que nada, preguntar a Ahn sobre la tercera y última gruta.

Pero cuando quiso hablar su voz brotó ronca, como un ruido inesperado, y la respuesta de Ahn tuvo el rugido ensordecedor de enormes olas con altísimas crestas y profundas depresiones, demasiado profundas para ser inteligibles. Por un momento Steve se quedó paralizado, sin saber qué hacer, mientras Ahn repetía su respuesta más lentamente, sus ojos brillando con regocijo.

Y así fue cómo llegaron a comprender que la tercera y última gruta contenía sutilezas tan refinadas que solamente los Ancianos podían experimentarlas. "Y los padres, por supuesto," aclaró Ahn, su amplia sonrisa conectando los dos pequeños orificios que los hombres Darianos llamaban "orejas."

Los cuatro hombres asintieron, no muy seguros de entender, y buscaron su propia respuesta en sus sonrisas recíprocas. Entonces Ahn los llevó a través de la gruta final, aparentemente vacía, hasta salir en el extremo opuesto al sol Dariano que parecía susurrar y cantar.

Satia los esperaba. Al tiempo que sonreía calurosamente a los visitantes, tomó el brazo de Ahn y apoyó su mejía suavemente contra él. Steve se maravilló de su belleza y observó como los jaspes de sus ojos brillaban a la luz del sol.

Muy pronto Ahn platicaba con Jess, preguntándole sobre el abastecimiento de alimentos y ofreciéndole su ayuda.

En ese momento Satia soltó el brazo de Ahn y se dirigió a Zachary. Con una sonrisa le preguntó, "¿Podría pedir prestado a Steve...para hacerle algunas preguntas más sobre la literatura de la Tierra? Y mientras caminamos y charlamos," dijo, "lo llevaré al campo de incubación. Es el lugar ideal para mostrarlo a un solo visitante. Más de un visitante podría molestar a los infantes en crecimiento."

"Si le parece bien a Ahn," contestó Zachary, dirigiendo

su mirada hacia el Anciano. Ahn miró a Satia pensativamente y luego asintió en silencio.

Satia se alejó. Steve siguió sus pasos a la vez que
observaba las delicadas huellas que dejaban sus pies
palmeados sobre el polvo fino. Cuando la alcanzó ella le
preguntó si le habían agradado las esculturas. El contestó
que nunca había experimentado nada parecido y que no
podía sacudirse la sensación de que un millón de cosas
parecían estar sucediendo al mismo tiempo.

Ella murmuró algo sobre la mente Dariana que descansa infinitamente en la naturaleza.

Las palabras "descansa infinitamente" hicieron eco
dentro de él, suavemente, imperceptiblemente, hasta que
fueron perdiendo su significado, y como las tonterías que
dicen los niños de edad escolar, flotaron sobre su cabeza y
luego se alejaron.

Satia lo condujo a una pendiente polvorienta, a un
montículo de rocas por cuyos riscos comenzaron a trepar.
Cuando llegaron a la cima descansaron sobre una roca,
caliente por el sol, y miraron hacia el horizonte. Satia
señaló con su dedo y atrajo la atención de Steve hacia un
punto más cercano, a un lugar justo debajo de ellos, donde
se veían huevos maduros, a punto de romperse, y que se
abrían para dar paso a unas criaturas extraordinarias semejantes a las lagartijas, pero con cabezas redondas y voces
que gorgoteaban suavemente como el borboteo de un
lejano riachuelo, y que se acurrucaban dentro del arco de
sus colas para dormirse meciéndose.

"Sus colas se acortarán a medida que crezcan," explicó
Satia. "Cuando lleguen a la pubertad éstas habrán

desaparecido. Pero eso tú ya lo sabes!" rió. "Sino, ya las hubieras visto a través de nuestra vestimenta."

Para entonces Steve tenía tantas preguntas que no hallaba por dónde comenzar. Sus pensamientos daban vueltas dentro de su cabeza en círculos vertiginosos y parlanchines, mientras que otra parte de su ser permanecía en silencio, observando y escuchando. Finalmente un pensamiento sobresalió entre los demás y preguntó, "¿Donde están sus padres?"

Satia rió misteriosamente y contestó, "Están aquí, Steve." Pero Steve no vio a nadie que no fuera los recién nacidos. Estaba intrigado. Esperó para que ella continuara.

Entonces Satia pasó a describir el amor perfecto de las parejas recién casadas y como éste se precipitaba como lluvia mañanera para acumularse en la tierra áspera que servía de incubadora, y cuyos minerales se convertían en cristales que crecían y crecían hasta que, finalmente, se abrían cuando la vida dentro de ellos estaba formada.

Una imagen comenzó a formarse en la mente de Steve, de seres que adquirían vida a través de una concepción abstracta, y que como bruma, como nubes, sus formas emergían del golpe de fuerzas invisibles a las que los Darianos se referían no como "Dios," sino como "amantes" y "padres." Apenas comenzaba a sentirse satisfecho con esta explicación, Satia dijo que ella se preguntaba si algún día se casaría, y habló de cómo, toda su vida, había soñado con dar a luz a un niño. Le sonrió a Steve y se puso de pie, disponiéndose a partir.

Cuando bajaban de regreso por los peñascos, ella le hizo muchas preguntas. Y las respuestas fluyeron fácilmente de él, como la letra de las canciones que sabía de memoria. El mismo se escuchaba con atención como si alguien más estuviese hablando. Habló de los escritores de la Tierra, tanto pensadores como soñadores, preguntándose en voz alta cuántos de ellos habrían sido "conocedores"...a pesar de tener casi la plena certeza que de éstos había habido muy pocos en la Tierra. Después de todo, los conocedores sabios, como atrevidos exploradores, iban donde otros nunca podrían seguirlos y, por lo tanto, no se les encontraba con la facilidad que se encontraba a los charlatanes que se hacían pasar por ellos.

Entonces las palabras de Satia llegaron de nuevo a él... sobre los "amantes" y los "padres," y, por un breve instante, pensó en Ahn. Y, como si por la sola fuerza de este nombre, un millón de sombrías esculturas desfilaron por su mente. "Satia," murmuró, "Soy yo quien debería estar escuchando."

Ella le sonrió tímidamente, a la vez que una de sus manos doblaba suavemente una hoja de su vestido.

Bajaron por la pendiente polvorienta mirando hacia el lago y hacia la brillante nave de transporte que reposaba encima de sus aguas. De repente, y saliendo de la nada, Satia le preguntó a Steve qué pensaba de Sartre.

Y nuevamente, las palabras brotaron de él como un manantial desbordando una laguna, aun y cuando él mismo no podía creer que sus pensamientos pudiesen realmente importar cuando, en la distancia, embriones de tika crecían en nidos escondidos.

Zachary los divisó a lo lejos y les hizo señas. A su lado vieron a Ahn, a Jess y a Sen. El Anciano señalaba hacia el lago como explicando algo. A medida que se aproximaba, Steve sintió alegría y tristeza. Era como si su corazón deseara partir y quedarse a la vez.

"¿Te gustó el campo de incubación?" preguntó Zachary, cuando por fin llegaron.

"Claro que si," contestó éste, sonriendo a Satia, mientras Jess le propinaba un suave puñetazo en el hombro.

Satia sonrió al Anciano mientras tiraba juguetonamente de las hojas de su traje. Y enseguida ambos, de brazo en brazo, acompañaron a los hombres de regreso a su nave.

"Los contenedores de agua están llenos," informó Sen, "incluyendo los pequeños."

"Eso sí que es un alivio," suspiró Steve, contento de no tener que hacerlo el mismo.

"Verdaderamente es engorroso," agregó Jess, "sobretodo cuando los contenedores pequeños se zafan de sus fundas."

Cuando por fin llegaron al lago, Ahn se adelantó unos pocos pasos, dejando a Satia y a los demás a la orilla del agua. Con el agua hasta los tobillos, se volteó para mirarlos. El sol de la tarde brillaba sobre su túnica de hojas púrpuras. Miró a Zachary fijamente, con una mirada que expresaba una profunda simpatía, y enseguida comenzó a hablarles del ensanchamiento de las fronteras. Les explicó que así como sus mentes se habían ensanchado más allá de sus límites mientras estaban en el museo, así mismo sus cuerpos podían también expandir sus fronteras, desechando algunas de sus limitaciones.

"Esto puede ser molesto a veces," observó Satia, "y lo mejor que uno puede hacer en esos casos es pacientemente permitir que suceda." Volvió su mirada hacia Ahn que, a su vez, miraba a los hombres. El le regresó la mirada con una sonrisa, y sus ojos parecían cuchichear, "Mira lo que hemos hecho." Dio un paso hacia atrás y, con un movimiento de su brazo, señalo hacia la nave de transporte.

Steve encendió el motor de la nave. Su mente parecía querer explotar. Deseaba preguntar tantas cosas pero no sabía cómo, pues si bien sus pensamientos surgían con increíble fuerza, enseguida se desvanecían como líneas en el agua.

Fue más tarde, cuando todos estaban de regreso en su campamento en el desierto que pudo, por fin, expresarse. E igual sucedió con los demás. No fue sino hasta entonces que pudieron exponer sus preguntas e ideas. Se quedaron hasta tarde en la noche, apiñados alrededor de la mesa de comer, sorbiendo café y comparando notas. Sólo entonces se hicieron preguntas como, "¿Te sucedió algo increíble?" y "¿Qué crees que fue?"

# Capítulo Nueve

Zachary se agachó para ajustar la válvula de la pequeña lámpara. Su rayo de luz, usualmente tan estable, había estado chisporroteando como una luz de bengala cada vez que uno de los hombres golpeaba accidentalmente la mesa de cartas. Habían pasado varios días desde que los hombres habían regresado al campamento, y la distancia geográfica entre ellos y los habitantes del lugar les había proporcionado la oportunidad de reflexionar. Esta noche habían decidido reunirse para discutir el rumor de un evento ocurrido en Daria hacía mucho tiempo, mucho antes de su llegada.

Zachary se reclinó en su silla cuidadosamente y dijo, "Creo que sería bueno escuchar la historia del administrador de la nave una vez más, Jess, pero sin agregados ni exageraciones producto de tu imaginación, ¿entendido?"

Las palabras de Zachary perturbaron ligeramente a Jess, pero, después de todo, el poco tacto era cosa natural en su jefe, y todos estaban acostumbrados a ello. Jess se había repetido la historia mentalmente innumerables veces, deseando comprender cuanto había de verdad o falsedad en ella. Respiró profundamente y se inclinó un poco para exhalar el aire, haciendo vibrar la mesa de cartas. "¿Quieres que también 'deje fuera' lo que imaginó el administrador? En ese caso tendría que adivinar qué fue imaginación y que no lo fue."

"No olvidemos," interrumpió Steve, "Que Sen estaba con Jess cuando este hombre contó la historia; él la escuchó también."

Sen asintió. Sus ojos se oscurecieron por un momento, y enseguida se aclararon. "Si, así fue, por supuesto que la escuché." La voz de Sen sonó reacia. "Y me sentiría mucho mejor si el tipo no me hubiese parecido tan sincero."

"Ese hombre parecía tener unos cincuenta y pico de años, ¿qué creen ustedes?" preguntó Jess.

"Supongo que si," respondió Steve, "aunque muchos de estos hombres pueden ser mayores…la antigüedad es un factor muy importante para llegar a posiciones tan altas como esa."

"No sé," suspiró Jess, "Si tuviese unos sesenta y cinco años ahora, quiere decir que tendría solamente unos veinticinco cuando ocurrió lo que ocurrió…era muy joven. Debió haberse asustado mucho." Chasqueó los nudillos de sus manos y se reclinó en la silla. "Pero si hubo verdaderamente algún tipo de encubrimiento en todo esto, y se le ordenó permanecer en silencio todos estos años…¿por qué nos lo diría de repente?"

"Creo que se debe haber sentido responsable por nosotros," especuló Sen, "después de todo somos la expedición número tres…y la segunda nunca estuvo supuesta llegar hasta la civilización Dariana."

"Además," agregó Zachary, "no sabemos cuánto tiempo ha servido en esa nave. Tal vez no estuvo presente para la segunda expedición."

"La verdad es que no sabemos nada de nada," comentó Jess. "El tipo parecía muy nervioso cuando nos contó la historia, como si no hubiese querido detenerse en muchas explicaciones. Es como si solamente hubiese querido asustarnos." Jess aspiró hondo y luego sacó el aire de un solo golpe, mientras se inclinaba hacia delante y dejaba caer su peso sobre el brazo de la silla. "La verdad es que lo único que tenemos es esta historia." Se detuvo por un momento, su ceño ligeramente fruncido. "La cosa es que cuando el muchacho entró en la caverna y los encontró...las cosas habían llegado demasiado lejos. Eso es lo que entendí, por lo menos." Miró a Sen al otro lado de la mesa, como buscando confirmación.

Sen asintió con la cabeza.

"Así que lo sujetaron y lo amenazaron con matarlo si hablaba. Pero lo que me perturba, lo que me molesta más que nada, es lo que el tipo dijo sobre la joven: que era como si estuviera suspendida entre el temor y..." Jess buscó la palabra adecuada, "el deseo." Como si todo el asunto hubiera estado bien si tan sólo hubiera pasado de manera diferente. Y que era como si ella simplemente no pudiera imaginarse el por qué estaba sucediendo así."

En la mente de Steve se formó la visión de una joven de ojos color dorado, vacilando entre la pasión y el temor, mientras dos humanos la asediaban aprovechando su confusión.

"¡Idiotas!" espetó Zachary, frotando nerviosamente la uña de su pulgar contra su barbilla. Aclaró su garganta y volteó la vista al cielo. Pero la visión, como un holograma colectivo, colgaba suspendida de cada una de sus mentes, esperando ser transformada.

La primera vez que escucharon la historia no les había parecido tan dolorosa. La nave rumbo a Daria era un trasbordador terrestre común y corriente en su interior, ordinario en sus actividades rutinarias, y con una visión irreal y soñadora de lejanos mundos. Las habladurías de Jess y Sen relatando lo que el administrador de la nave les había contado habían servido para crear acercamiento entre los cuatro hombres. Oír rumores sobre un incidente grave ocurrido en un pequeño y lejano planeta había sido interesante, casi fascinante, como leer una novela de suspenso, violenta, pero bien escrita.

"Creo que fue en ese momento cuando la joven comenzó a desvanecerse." Jess se detuvo en espera de aprobación para continuar. "Una luz pálida y verdosa comenzó a emanar de su cuerpo. Y a medida que ésta se intensificaba, su cuerpo comenzó a cambiar...no en forma, pero sí en textura, volviéndose transparente, conservando el volumen pero perdiendo masa. Y aunque los hombres penetraban su cuerpo no podían tocarlo completamente."

Las palabras de Jess desfilaron por sus mentes como subtítulos de dicha visión. Y vieron a hombres embrutecidos que rehusaban dejar lo que ya habían comenzado, mofándose groseramente para esconder su propio nerviosismo, o quizás para no tener que escuchar los gritos de la joven. Y entre tanto, la luminosidad verde que emanaba de ella se volvió oscura, más oscura, adquiriendo una textura líquida, como si siguiera un proceso de condensación. Esta sustancia se volvió espesa y viscosa, cubriendo su cuerpo en capas y más capas. Los hombres se apartaron alarmados, sin saber qué hacer. Y de repente, inesperadamente, como si su ser albergara la fórmula de una dramática reacción química, el líquido verde y espeso que cubría su cuerpo se transformó en una masa sólida cristalizada. En seguida, los cristales, los mismos que la habían envuelto, se quebraron en pedazos y, como oscuras canicas, rodaron por el piso polvoriento de la caverna, dejando tras de sí huellas alargadas. En tanto la joven, repentinamente expuesta, cayó desnuda y sin vida sobre el piso.

"Se golpeó la cabeza contra una piedra al caer," agregó Jess con la voz quebrada. Sus brazos temblaban y un aire de culpabilidad colgaba sobre él, como si fuera inmoral el solo hecho de pensar en esto. "Conocemos el resto de la historia de nuestros propios expedientes. El diario de Dearmin dice que los hombres enfermaron poco tiempo después de arribar al campamento en la nave auxiliar. ¡Casi se mueren! Poco tiempo después el trasbordador los recogió todos. Hasta el muchacho estuvo enfermo por un tiempo. Un tipo de infección semejante al mal de radiación."

Los cuatro hombres permanecieron sentados en silencio, mientras la luz de la lámpara en medio de ellos brillaba fijamente.

"La verdad es que no sabemos nada sobre este administrador," dijo Zachary encogiéndose de hombros. "Qué sabemos si tendría alguna razón malsana para inventar semejante historia."

Jess miró al vació. "Tal vez," contestó finalmente. Y volteando la cabeza para mirar a Zachary notó una bruma pálida y verde que flotaba en el aire sobre ellos. Sacudió la cabeza. "¡Dios Mío, todo es tan vívido en este lugar!" No tuvo que explicar lo que acababa de ver; la imaginación de todos estaba excitada al máximo.

# Capítulo Diez

Ella sonrió, sus ojos dorados brillantes, y enseguida apretó su rostro contra el cuello de él, mientras sus manos se cerraban alrededor de sus brazos y tiraban de ellos suavemente, atrayéndolo sobre ella. El cedió al impulso. Sus hombros se arquearon en su dirección y su cuerpo se inclinó para cubrirla por completo. Y en el instante en que su cuerpo caía sobre el de ella se encontró, de repente, cayendo rápidamente por el espacio.

"¡Steve! ¿Estás bien?" Jess agarró a Steve fuertemente por el brazo para regresarlo al catre. "¿Acaso tuviste un mal sueño?"

Los labios de Steve soltaron una bocanada de aire que sonó casi como un silbido. "Un sueño. Vaya, hombre…" replicó, y secó el sudor de su frente.

"¿No es que me dijiste que padecías de insomnio?" bromeó Jess.

"¿Y tú qué? ¿Ya se te pasaron los dolores de cabeza?"

"Desde que Sen reprogramó mis lentes después de la cena," sonrió Jess. Volteó su cabeza hacia un lado mientras soltaba el aire de su boca y dijo, "Qué cosa curiosa. ¡Todo

ANYA LUZ LOBOS

este tiempo ha sido por culpa de esos malditos lentes! Pues, según parece, mi visión ha mejorado." Dio la vuelta para regresar a su propia sección de la casa de campaña. "Bueno, pero por lo menos ahora pareciera que tú estás durmiendo bien," dijo.

# Capítulo Once

"Campo de incubación..." la voz de Sen sonó incierta. "Entonces, ¿ellos se reproducen poniendo huevos?" Sen recogía información para utilizarla en futuros manuales.

"Algo así," contestó Steve, con una mirada de incertidumbre en su rostro. "pero lo que yo vi parecía más bien cristales que huevos. Y cuando ella me explicó cómo habían llegado allí..." Steve se rascó un lado de su cuello. "No sé, su descripción fue muy abstracta. Es como si sus órganos reproductores fuesen casi inexistentes a estas alturas."

"Eso sí que es interesante," comentó Zachary, "¿cómo llegó el proceso evolutivo de Daria a unir reptiles con mamíferos...?"

"Steve," interrumpió Jess, "¿estás diciendo que sus órganos reproductores no son los que producen las crías?"

"No estoy seguro," replicó Steve, "lo que Satia describió no se asemejó ni remotamente a lo que nosotros conocemos como procreación. Pero luego, ella indicó que le gustaría tener un hijo algún día."

"En todo caso, hiciste bien en no hacer muchas preguntas," expresó Zachary, "considerando la clasificación del planeta."

"Si, yo me dije a mí mismo que si las respuestas no salían con naturalidad, yo no iba a forzarlas. Pero quiero aclarar algo aquí…" Miró a Zachary directamente. "Fue bien difícil no hacer preguntas."

"Ya lo creo."

"Bueno, pero por lo menos tu pudiste ver el maldito campo de incubación," agregó Jess haciéndose el indignado, "sin mencionar la bella compañía en la que andabas."

El rostro de Steve se puso colorado.

"No lo avergüences!" amonestó Zachary, hundiéndose en su sillón. "No es culpa suya si tiene magnetismo literario," agregó, haciendo que Steve enrojeciera aun más.

# Capítulo Doce

Steve sacudió el polvo de sus pies descalzos y miró hacia la llanura. "Y bien, Daisy," dijo, echándose hacia atrás en su silla portátil, "Oigamos lo que tienes que decir."

Dentro de sus aros dorados y redondos pequeñas señales luminosas saltaron silenciosamente para ser acompañadas, enseguida, por la voz clara y precisa de Daisy. "Daria no es un planeta muy conocido, si lo comparamos con los mundos más tecnológicamente avanzados que han sido considerados los 'grandes descubrimientos' de la carrera espacial del siglo veintitrés, o los mundos ricos en diamantes que tan dramáticamente alteraron nuestra economía a principios del mismo siglo."

Una luz pálida color naranja pulsó con los altos y bajos de la voz de Daisy.

"'El Almanaque Universal enumera como quinientos mundos que comienzan con las letras D-a-r, aunque apenas un puñado de ellos ha sido visitado por los viajeros de nuestro planeta. ¿Quien hubiese adivinado que con el advenimiento de la tecnología de los poderes de luz el universo, en vez de hacerse más pequeño, se hubiese hecho tan insondablemente inmenso?' Steve, ¿puedo hacer un comentario sobre esta última frase?"

"Creo que ya sé lo que vas a decirme Daisy. La mayoría de la gente debió haberlo adivinado, ¿no es así?"

"Esa es la idea básica. Aunque yo hubiese dicho 'muchos' en vez de 'la mayoría.'"

Inclinándose hacia delante en su escritorio, Steve descansó su brazo en la superficie suavemente estriada de Daisy. El mecanismo interno funcionaba tan eficientemente que no lo sentía vibrar. "Vamos, no fui a la universidad para salir con frases como esa."

"No olvides lo que Ben Franklin dijo, Steve, 'No hay ganancia sin esfuerzo.'"

Una sonrisa iluminó el rostro bronceado de Steve. Él había programado a Daisy para que entendiera, aunque ella no comprendiera nada verdaderamente. Usando la función 'de escogencia al azar,' el le había dado más de quinientas citas inspiradoras o respuestas entusiastas para ser repetidas, al azar, cada vez que él expresara desaliento. Esta función 'aleatoria' era una de sus preferidas. Le permitía imaginarse que si Daisy poseyese en algún grado lo que nosotros llamamos 'alma,' ella podría expresarse por medio de este mecanismo. Se reclinó en su silla y estiró los brazos. Estos eran musculosos y cubiertos con un vello rubio que, contrastando con el verde pálido del cielo, se veía blanquecinos, casi gris.

"Lo que trato de explicar es que en el pasado la inmensidad del espacio desafiaba nuestra tecnología. Ahora desafía directamente nuestras mentes." Tiró su mirada sobre la planicie rojiza y muda. "Quizás desafía nuestra cordura," agregó, "el sentido de nuestra propia importancia." Una indescriptible tristeza se apoderó de él. "Me pregunto el porqué de todo esto, Daise, ¿Por qué esta necesidad humana de sentirnos importantes?"

La señal luminosa de Daisy pulsó lentamente. Steve encontró su silencio reconfortante. Era como si ella compartiera su melancolía.

Finalmente, después de una larga pausa, Daisy dijo, "Creo que ya pronto podrás construir tu libro, Steve. Tienes ya noventa y cinco bloques completos."

No habiendo sido programada para registrar impulsos visuales, la expresión de incredulidad en el rostro de Steve pasó desapercibida para ella.

"Vamos, Daise, tu ya me conoces, a mí y mis libros…"

A pesar de la variedad de gustos en diferentes temas, casi todos los intentos de Steve por escribir eran alentados por un mismo deseo: llegar a encontrar algún día algo tan importante y a la vez tan abstracto; que se le escapaba como un recuerdo efímero—como querer atrapar átomos con los dedos.

"Pienso que lo que escribiste ayer sobre las esculturas de energía estuvo muy bueno."

Steve pasó la mano por su cabello claro. "Gracias, pienso lo mismo. Lamentablemente eso no se publicará nunca."

"¿Por qué no?"

"Petición oficial de parte de los representantes de Daria."

"Hmm, comprendo."

Comenzaba a hacer viento. Pequeños remolinos color canela se formaban aquí y allá sobre el suelo del desierto, para enseguida dispersarse. "O, quizás solamente fue por petición de Ahn, el Anciano…no sabría decir. Él parece tener mucha autonomía." Steve sopló el polvo de la superficie de Daisy, luego se hundió en su silla mientras miraba hacia el desierto. "Supongo que es porque es el único Anciano que habla nuestra lengua."

"Pareces muy intrigado con ese Anciano."

Steve sonrió ante tal observación. "Lo encuentro fascinante," contestó, "y a la vez un poco intimidante."

"No creo comprender."

"Creo que me deslumbra." Steve se reacomodó en la silla, y descansó su brazo derecho sobre la orilla lisa de la mesa. "Toma esas esculturas, por ejemplo. No puedo imaginarme como él u otros artistas Darianos pudieron haberlas creado. ¿Con qué herramientas?" Alzó su mano gesticulando. "Pero cada vez que uno de nosotros le preguntó sobre ellas...fue como si nuestras preguntas no hubiesen sido para él más que un ruido molesto que estaba decidido a no escuchar—la mayoría del tiempo, por lo menos." Se inclinó sobre la mesa, con una expresión pensativa en sus ojos. "Nos sentimos atrapados allí dentro por mucho tiempo," confesó, "claustrofóbicos, o algo así. Yo conversé con los otros después...fue algo intenso, para todos. Horas tras horas en esa gruta, y él presentándonos esas piezas una tras otra...sin tener idea por lo que estábamos pasando.

Claro que todo fue completamente irracional," continuó, "todos nosotros hemos estado en situaciones más apretadas que ésa, y no hemos reaccionado así. No me explico por qué nos afectó de la manera que lo hizo, o por qué no dijimos nada al respecto." Los hombros de Steve se alzaron apenas, para enseguida caer. "Pero poco antes de llevarnos a la siguiente gruta Ahn dijo algo...no recuerdo sus palabras exactas, pero nos quedó viendo con esos sus ojos increíblemente sensitivos y comentó sobre la intensidad de nuestros sentimientos. Pero Daise, fue la forma como lo dijo..." Había una mirada de incredulidad en el rostro de Steve. "Me dio la impresión que el Anciano había estado completamente consciente—todo el tiempo—de todo por lo que pasamos y sentimos. Y, sin embargo, no hizo ningún comentario hasta muchas horas después!" Steve se echó hacia atrás, haciendo que la silla se sostuviese sobre las dos patas traseras. "Es como si los sentimientos—aún los más intensos—fuesen solamente fenómenos curiosos para él."

"¿Estás preocupado, Steve?"

Regresó su silla a su posición original. "Es solamente mi habitual aprehensión hacia un nuevo planeta, Daise," dijo riendo. "Además, es bien claro que Satia piensa maravillas de Ahn. Eso me inspira confianza. Ya te la he descrito."

"Si, Steve. Y me parece extraordinaria. ¿Acaso está comprometida con el Anciano?"

Steve sonrió. "Los Ancianos no se casan…no mientras sean Ancianos, por lo menos. Sólo quise decir que ella parece tener una gran estimación por él, casi como si él fuese su tutor, o algo así." Recordó cómo Satia tomaba el brazo del Anciano cuando los dos estaban juntos o caminaban hacia algún lado, a veces apretando su mejilla contra el mismo. "Supongo que podría haber algo entre ellos," agregó pensativamente.

La brisa vespertina se había calmado repentinamente. Colgaba sobre el ambiente de un color café brumoso, saturada de partículas de polvo que la ventisca anterior había dejado flotando en el aire. "En todo caso, brincaría de gusto si tuviera la oportunidad de ver esas esculturas nuevamente, a pesar de los inconvenientes. Una vez que salimos de esa primera gruta, lo que experimentamos fue asombroso." Se quedó quieto por un momento, recordando. "Estábamos como drogados…ya te lo he contado. Yo apenas si podía hablar. Es hasta ahora, que lo pienso en retrospectiva, que me asusta un poco."

"¿Cómo así, Steve?"

"Talvez porque no fue sino hasta más tarde que comprendí lo poderoso que es este hombre. Sabía bien todo lo que ocurría dentro de nosotros, y él era el dueño de la situación, no nosotros." Steve frunció el seño. "No hay duda que tiene una alta posición y una gran autoridad.

Eso es obvio y lo entiendo. Sin embargo pienso, más bien, en lo que dije antes sobre el poder…me da la impresión de que Ahn tiene conocimientos y habilidades que nosotros no podemos siquiera concebir. ¿Y qué sabemos nosotros sobre él? Nada. Todo lo que vemos es la superficie: Una persona extrañamente desapasionada y sumamente sensitiva, casi como dos seres en uno. Y lo más curioso es que a todos nos agradó; Daise, por lo menos a mi me agradó mucho. Pienso que esto es lo que más me inquieta…ese inexplicable vínculo que siento hacia él."

"Esto me recuerda la descripción que hiciste hace algunos días, Steve. Sobre la primera vez que lo viste."

Steve permaneció en silencio por mucho tiempo, perdido en sus reflexiones. Finalmente murmuró, "Fue como si me penetrara con su mirada…" Había un leve temblor en su voz. "Como si viera cosas dentro de mi que nunca he mostrado a nadie."

# *Capítulo Trece*

*L*a pequeña nave de transporte volaba hacia adelante sobre su suave colchón de aire. Sus cuatro pasajeros sabían que la nave se movía por la estela de polvo anaranjado pálido que los rodeaba como una aureola. Aparte de las luces titilantes del panel de control nada indicaba ningún movimiento—no había vibración de motor, ni inclinación de la nave hacia uno u otro lado.

Steve estaba de pie dentro de la cúpula de cristal de la nave, mirando hacia su campamento. Éste había desaparecido casi por completo de su vista. Una inmensidad rojiza, sin fin, se extendía delante de él, interrumpida ocasionalmente por una que otra colina polvorienta; y sobre esta vasta extensión, como una inmensa borla color verde pálido—el cielo.

Era ya pasada la media tarde. La nave descansaría muy cerca de las montañas esta noche, para entrar a la civilización Dariana, nuevamente, a la mañana siguiente.

"¿Manteniendo los ojos abiertos en busca del color púrpura?"

"No, no del todo," replicó Steve. La polvorienta uniformidad del desierto semejaba una frazada que ahogaba todo sentimiento de excitación o anticipación. "Pero estamos muy cerca de verlo," agregó, mientras giraba sobre el piso alfombrado para ver hacia las montañas que se alzaban al frente.

"¿Esperando con ansiedad nuestra última visita?"

"Sí, lo estoy," contestó Steve. "Me alegro que los días de Daria sean un poco más largos que los terrestres, tomando en consideración las restricciones de tiempo del Congreso Universal."

"¿Extraño, no?" preguntó Jess. "Quiero decir, que esta gente haya sido tan amable con nosotros. Nada que ver con lo que dice el código 27...¿crees que el Congreso Universal haya cometido un error?"

"Lo dudo," replicó Steve. "Es el mismo período de tiempo que los representantes de Daria solicitaron hace cuarenta años, a través de la comunicación gráfica."

"Del alba al alba," dijo Jess pensativamente. "O de atardecer a atardecer, supongo yo."

"Además," interrumpió Steve, "Zack tiene un buen punto. Ninguno de ellos ha dado la más mínima señal de que una extensión de tiempo podría ser factible." El comienzo de una sonrisa se dibujó en su rostro. "Tal vez nos ven como eclipses lunares...disfrutan de nosotros mientras nos ven."

Jess rió y luego recostó su cuerpo contra el suave forro de la estructura de metal de la cúpula de observación.

"Creo que es lo mejor," continuó Steve. "Todavía tenemos una cantidad enorme de extracciones de suelo y substancias no identificadas que tenemos que analizar antes que el trasbordador nos recoja."

"Hey," sonrió Jess, "¡Y a lo mejor hemos encontrado la fuente de la juventud!"

"A lo mejor."

"¿Quieren ver la Exposición Terrestre del año pasado?" La voz de Sen flotó dentro de la cúpula de observación. Estaba de pie en la grada que conectaba la cúpula al cubículo principal.

"No estaría mal," contestó Jess, "me perdí gran parte de ella el año pasado." Bajó de la cúpula y se dirigió hacia el mullido sofá.

Muy pronto él y Sen estaban bien acomodados frente a la gran pantalla, al lado de Zachary que en esos momentos quitaba el envoltorio de una galleta.

Solamente Steve permaneció quieto, de pie, sonriendo amablemente y viendo la pantalla desde donde estaba. Luego, volteando su cabeza nuevamente, escudriñó el mundo exterior—imaginándose que su "hogar" era aquel punto diminuto que apenas se veía debido al sol Dariano. Hasta sus recuerdos, llegando de tan lejos parecían ser los de otra persona.

"Dios, que belleza!" exclamó Zachary y, por un momento, Steve volteó la cabeza para mirar la entrada China a la Competencia de Baile Espacial. Los dos bailarines giraban con una gracia increíble. Concluyeron su acto abriendo uno al otro los bolsones decorativos de sus trajes, dejando escapar cientos de flores que flotaron en el aire formando dibujos caleidoscópicos.

"Eso sí que le ganó a la entrada Rusa, sin lugar a dudas," comentó Jess.

En esos momentos vino a la memoria de Steve una conversación que tuvo lugar muchos años atrás: "Nadie quiere flores que no puedan comerse," su hermano menor le había dicho, de pie detrás del mostrador de su negocio de flores congeladas. Steve sonrió para si, al pensar en su doble profesión de geología y literatura. "Si hubiésemos comprado esas malditas rosas-fresas, ambos estaríamos retirados ahora," se dijo a sí mismo, pensando que hubiera hecho con tanto dinero y tiempo libre. Y en ese instante un recuerdo doloroso penetró en su mente, de la mujer con la que pudo haber compartido esa riqueza, y el rompimiento que, quizás, se pudo haber evitado de no estar él siempre tan lejos debido a su trabajo.

Entonces su mente saltó aun más atrás en el pasado... a excursiones de pesca y reuniones familiares, y a las largas vacaciones de verano de su adolescencia, al principio tan apreciadas, y luego monótonas y aburridas. Desde entonces él siempre estuvo preocupado de cómo manejar su tiempo. ¿Se había liberado alguna vez de esta preocupación? Intentó deslizarse dentro de los portales de su niñez, hacia un tiempo donde le pareció que él era el centro más importante del universo, y que simplemente ser ese centro era suficiente. Pero, en algún momento el "ser" había cedido al "hacer", y el hacer había exigido el hacer más. "¿Se había roto una ley sutil en ese cambio?" se preguntó. En un rincón de su mente Steve vio a un estudiante de Quinto Grado, de pie en una feria de ciencia, apretando una cinta roja entre sus dedos manchados de tinta. Seis años después, ese mismo muchacho vendía boletos para una exhibición de ciencia en Tirán, luchando por comprender la tecnología Tirania.

Se le ocurrió a Steve que los habitantes de Daria no parecían tener la menor preocupación por asuntos de progreso o logros. Y, sin embargo, su raza era todo menos atrasada, pensó para sus adentros.

"¡Mira hacia el frente, Steve!" exclamó Zachary, interrumpiendo su embeleso. Estaba de pie junto a Steve.

Steve vio como la explanada polvorienta se transformaba en un terreno áspero del cual brotaban miles de pequeños montículos rojizos y, entre ellos, se asomaban los radiantes arbustos color lila.

# Capítulo Catorce

"¡Por Dios, ¡que bien me siento!" Jess dio cinco pasos lentos y circunspectos alrededor del centro de la caverna, que servía de alcoba, hasta completar un círculo.

Zachary miró a su subordinado con curiosidad desde el catre donde estaba sentado.

"¿No te sientes bien, Sen?"

"No tan bien como pareces sentirte tú," replicó Sen, después de una pausa. Éste estaba sentado junto a Steve sobre el sofá tejido, directamente en frente de Zachary. Miró a Jess como quien ve un fenómeno extraño.

"¡Bueno, tal vez ustedes se sienten aún mejor que yo," los ojos de Jess brillaban, "sólo que quizás no se han dado cuenta aun!" Miró a Sen con una expresión franca en su rostro, esperando que su amigo absorbiera el entusiasmo que él sentía.

"Me alegro que esto esté ocurriendo aquí y ahora," comentó Zachary poniéndose de pie, "y no después, cuando estemos en la caverna principal." Dio dos pasos hacia Jess estudiándolo con atención.

"¿Dudas de mi capacidad de poder dominarme?" Jess habló con su usual voz baja y sus ademanes tranquilos. Los miró plácidamente, los pulgares de sus manos dentro de las bolsas de sus pantalones. "La verdad es que me he

ANYA LUZ LOBOS

sentido así todo el día. Desde esta mañana que llegamos."

"Pues definitivamente lo has escondido muy bien," comentó Zachary.

"Me tenías engañado," agregó Steve.

"Bueno, pues, es que apenas hace un momento, aquí en esta nuestra pequeña alcoba privada, se me ocurrió que era egoísta de mi parte el seguir escondiendo este sentimiento de ustedes, mis compañeros de viaje que me conocen tan bien y saben de…mis gustos en las comidas, mis gustos de las mujeres…"

"Yo también he estado sintiendo algo," interrumpió Sen, indiferente a las payasadas de Jess. "Tal vez no sea lo mismo, exactamente, pero inmediatamente después de la excursión de esta tarde…ya ustedes saben, cuando Satia se retiró a su caverna y Ahn y los Ancianos nos escoltaron hasta aquí…bueno, pues, no sé si es porque Ahn se puso tan silencioso o porque Satia ya no traducía para los Ancianos. Pero, hombre, ¡me sentí como alucinando mientras caminaba por el sendero! Sólo que para mí no fue solamente esa extraordinaria sensación de bienestar, sino algo más real y palpable," deslizó las palmas de sus manos a través del aire húmedo de la caverna, "fue un sentimiento huidizo. Me pareció que cada vez que levantaba el pie para dar un paso era como si ya hubiese tocado el suelo delante de mí."

"Sí, así mismo es, como si hubiese algo escurridizo, insustancial en todo," agregó Jess.

"Yo he sentido lo mismo," agregó Steve. "Esta mañana, cuando llegamos y encontramos a Ahn sumergido en el lago hasta las rodillas, ¿recuerdan lo remojado que estaba porque había estado nadando?"

"Estaba empapado."

"Y de repente se me ocurrió que estaría más cómodo si se secara. ¿Recuerdan cómo temblaba de frío dentro de la cúpula de observación mientras hacia todas esas preguntas sobre el panel de control?"

"Asi es." "Estaba frío aquí dentro comparado con el exterior."

"Bueno, pues, allí estaba yo pensando que Ahn necesitaba una frazada. Y, de repente, empujé el botón del panel 253 en la tabla de control para que éste se abriera. Se abrió el panel y se deslizó la bandeja y en ella había una gruesa y limpia frazada." Steve los quedó mirando. "¿No les parece extraño?"

"Las frazadas están en el panel número 12, contiguo a los camarotes," aclaró Sen.

"Exactamente," exclamó Steve. "Todos sabemos eso. Es una regulación común."

"Francamente que es extraño, Atkins," intercaló Zachary, "ahora que lo pienso."

"¿Que hacía allí esa frazada?"

"Qué sé yo," contestó Steve. "Todo lo que sé es que yo no tenía idea que estuviese allí. No he mirado dentro de esos paneles de alta numeración desde que comenzó esta misión." Permaneció silencioso por unos momentos como para dar énfasis a sus palabras. "A como yo lo veo: Ahn necesitaba una frazada, y la más cercana se hizo accesible para él."

"Yo no diría tanto…" Jess se interrumpió a si mismo al ver a un joven alto de pie en la entrada de la caverna. Tenía una enorme sonrisa que permitía ver todos sus dientes, y piernas largas y flacas del color de la canela. "Parece que llegó nuestro acompañante," comentó mientras saludaba al muchacho con un movimiento de cabeza.

"Bueno," dijo Zachary en un tono de voz oficial, "asegurémonos de no olvidar nuestras normas de comportamiento durante las festividades de esta velada." Su mirada se dirigió primordialmente a Jess.

# Capítulo Quince

Los hombres fueron llevados a la espaciosa caverna que servía de comedor e invitados a sentarse en las sillas-hamacas, las cuales estaban colocadas cerca de las de los Ancianos. Steve se sintió como un actor que repite una escena de una obra de teatro. En esta ocasión, sin embargo, había deliciosas pastas hechas de raíces y envueltas en hojas, las cuales estaban colocadas sobre los anchos brazos de los asientos, así como vasijas llenas de dulces jugos de frutas; y el montículo de cristales luminosos parecía estar más bajo y más disperso, aunque igualmente brillante. Ahn hizo un ademán con su mano y señaló hacia la entrada de la caverna. Se hizo un profundo silencio, y Satia hizo su entrada.

Steve observó que su llegada era particular y al mismo tiempo social, ya que más y más niños, cubiertos con trajes de hojas, se arremolinaban alrededor de ella y seguían su grácil andar. Era como si un mar de hojas flotara y girara alrededor de ella siguiendo sus movimientos, mientras ella, el centro de toda esta conmoción, permanecía tranquila y serena. El solo mirar su cuerpo ligero y sus movimientos suaves aceleró el pulso de Steve, y, por un momento, se sintió como un adolescente torpe atrapado en una atracción romántica. La compostura muy pronto retornó a él, sin embargo, y su mirada franca encontró la de ella, que era inocentemente directa. Ella sonrió afectuosamente y se volvió hacia los niños quienes, bajo su dirección, entonaron varias canciones terrestres y otras en la lengua Dariana. En los números más alegres se balanceaban de lado a lado, sus vestidos de hojas crujiendo suavemente con sus movimientos.

Durante una de las piezas Darianas más lentas, Steve notó que una orquesta se estaba formando a pocos metros a su izquierda. Consistía de ocho instrumentos y lo que parecía un pequeño coro. Steve y Jess inmediatamente reconocieron al muchacho que los había acompañado desde su alcoba. El muchacho notó su mirada y los saludó con la mano, orgulloso de ser reconocido en la compañía de sus colegas. Steve le sonrió y enseguida observó que Satia y los niños acababan de terminar su presentación. Inclinando sus cabezas giraron lentamente para saludar a todos los lados de la concurrida caverna. En medio de la aclamación general, Steve aplaudió entusiasmado, su mirada puesta en Satia, esperando el momento de encontrarse con sus ojos. Cuando ella lo vio, el inclinó la cabeza en un gesto de apreciación, al cual ella contestó con una sonrisa tan radiante que, por un momento, Steve creyó que solamente ellos dos existían. Entonces ella y todos los niños se dejaron caer suavemente sobre el piso dando la impresión de una ola en receso.

La primer pieza que tocó la orquesta le recordó a Steve la Soca Jamaiquina del Siglo Veinte, con su influencia Afro-Latina. El había aprendido este tipo de música hacía muchos años, en una de sus clases de antropología de la Tierra. Algunos de los instrumentos musicales le recordaron a Steve ese viejo estilo Jamaiquino. Un instrumento de percusión, en particular, producía un sonido muy agradable parecido a un cruce entre la marimba y el sonajero. La niña que lo tocaba era un prodigio de destreza por la habilidad y pasión con que manejaba los bolillos. El resultado era una melodía bella de patrones complicados. ¡Steve apenas si podía ver sus manos! Y, sin embargo, a pesar de toda su compleja rapidez, la melodía fluía delicada y suave, siguiendo un ritmo que Steve encontró increíblemente tranquilizador. Por un momento se sintió transportado a otra época...o, por lo menos, eso es lo que hubiera deseado, ya que desde el final de la presentación de Satia se sentía inquieto y desasosegado.

Si le hubiesen preguntado no habría podido describir el motivo de su inquietud. Se le ocurrió que tal vez podría haber sido la última canción que Satia y los niños habían cantado, porque su melodía le había parecido muy triste, aun y cuando las palabras en lengua Dariana no habían tenido ningún significado para él. Además, casi nunca la melodía o la letra de una canción se quedaban con él una vez que ésta terminaba. Era más fácil para Steve especular sobre su inquietud en vez de asociarla directamente con Satia. "Después de todo," se dijo a si mismo, "apenas si la conozco. Y esta tarde, durante la excursión, no era como que hubiese habido algo especial entre nosotros. ¿Y cómo podría haberlo?" murmuró enfáticamente. "Lo que me tiene inquieto tiene que ser alguna otra cosa que nada tiene que ver con Satia. Aunque, ella es maravillosa... capaz de volver loco a cualquier hombre."

Steve observó que sus manos se apretaban contra los brazos de la silla-hamaca. Y su pierna derecha se levantaba hacia arriba nerviosamente aunque siempre apoyada sobre la planta del pie. Era como si sintiera la necesidad de levantarse y caminar...pero sin saber hacia donde o porqué. "Estoy seguro que esto nada tiene que ver con los acontecimientos de las últimas pocas horas," pensó. Después de todo, nada particularmente turbador había ocurrido. Tal vez su ansiedad se debía a lo que ocurría a sus espaldas...eso le pareció más sensato.

A lo largo del día y la tarde entera, Steve había estado presintiendo cosas. Algo ocurría en este planeta que nada tenía que ver con los eventos ordinarios que acontecían. Pensó Steve que Daria no era muy diferente a sus esculturas y que, como ellas, el planeta poseía una inefable característica que él encontraba misteriosa y al mismo tiempo natural. Y, aunque él tenía algunas ideas filosóficas sobre lo que este elemento invisible podría ser, no podía decir a ciencia cierta que lo comprendía. Pero sí sabía que deseaba entenderlo; más aún, poseerlo, como nunca antes había deseado poseer algo en su vida.

"La palabra 'insustancial,' no se acerca ni remotamente a describirlo..." pensó, recordando la descripción casual de Jess. Se preguntó qué diría Daisy si le contara el aprieto en que se encontraba. "¿Queriendo agarrar átomos con las manos, de nuevo, Steve?" Sonrió al recordar su comentario. "Así es, Daisy," pensó. "Eso, y el hecho que partimos mañana por la mañana para nunca más volver a ver a esta gente. Yo diría que eso explica, muy bien, lo que siento." Una profunda tristeza lo invadió al pensar en estas últimas palabras, mientras la imagen de Satia—sonriéndole—penetraba en su conciencia.

Respiró hondo y miró hacia el lugar de la caverna donde ella estaba sentada. Su espalda estaba vuelta hacia él mientras se inclinaba para atender a un niño que parecía inquieto.

La atención de Steve captó súbitamente una serie de chasquidos secos y rítmicos. Volteó la cabeza buscando su origen y vio que salían de las bocas de los cantantes, creando un ritmo acoplado y tonificante que, finalmente, terminó en un sonido, profundo y largo, que salió de unos de los instrumentos de la orquesta parecido a una flauta.

ANYA LUZ LOBOS

Su sonido era como el que produce el oboe. Enseguida los cantores corearon arpegios alrededor de sus vibraciones dulces y melodiosas. Luego un instrumento de viento, con un sonido más agudo, tocó la melodía de "Claro de Luna," recordándole aún más a Steve su inminente partida.

A medida que la función llegaba a su fin, los adultos comenzaron a acarrear a los niños dormidos fuera de la caverna. El corazón de Steve se encogió al ver a Satia levantar a una pequeña medio dormida y llevársela. La música había cesado para cuando el último de los niños había sido sacado de la caverna.

Zachary se puso de pie, aplaudiendo. Muy pronto todos hicieron lo mismo, incluyendo los miembros de la orquesta. Los Ancianos se inclinaron y dieron la mano a los visitantes mientras se alejaban, cada quien por su lado. Ahn acompañó a los cuatro visitantes a la salida de la caverna. Una vez afuera, les indicó la dirección de su alcoba y, con un movimiento de su mano, les dijo adiós.

Sintiéndose como una hoja arrastrada por la corriente, Steve acompañó a sus tres compañeros hasta la entrada de su alcoba. Pero cuando sus amigos se sentaron sobre los catres tejidos y comenzaron a quitarse sus zapatos y sandalias, un súbito impulso de correr de regreso a la gran caverna y encontrar a Ahn lo invadió. Para su propia sorpresa se encontró incorporándose y corriendo hacia ella. Mientras corría, sus pensamientos, muy lejos detrás de él, lo llamaban para que se detuviera.

# Capítulo Dieciséis

Cuando Steve llegó a la gran caverna alargada, el Anciano ya no estaba allí. "Quizás esté con Satia," murmuró entre dientes, recordando el lugar de su caverna. "Mañana no habrá tiempo para ninguna de mis preguntas," se quedó pensando por un momento, deliberando. Y, enseguida, caminó hacia la caverna de Satia con paso rápido, ensayando las palabras que iba a decir; mientras algo en lo más profundo de su ser se reía de este ridículo razonamiento. Porque él sabía muy bien que estaba violando su promesa de no aproximarse a una mujer Dariana en secreto, aunque quisiera convencerse de que ningún rompimiento de las regulaciones resultaría de este encuentro.

"Debo estar loco," se dijo, al virar hacia la izquierda en un cruce de sendero. Pero continuó caminando. Y, al llegar a la caverna de Satia, se dirigió hacia la entrada dos veces, deteniéndose en ambas ocasiones. Finalmente decidió, "Llamaré a Ahn. Si no está aquí, me iré." Cruzó el pasadizo débilmente iluminado de la caverna y entró en su oscuro interior.

Era obvio que Satia se preparaba para dormir, pues todos los cristales que se alineaban en sus paredes estaban cubiertos con unas capuchas de hojas para disminuir su

ANYA LUZ LOBOS

luminosidad. No estaba totalmente oscuro en el interior, en parte porque la luz se filtraba a través de las capuchas, y en parte debido a un orificio que se encontraba en un extremo en lo alto de la caverna, y por el cual se divisaban las estrellas.

Más allá, en el interior de la caverna y como viniendo de un rincón, pudo ver una débil luz. Recostándose contra uno de los muchos pilares irregulares llamó, "¡Ahn! ¡Satia!"—sintiendo que mentía, pues él no tenía ninguna razón para pensar que Ahn estuviese allí. "Satia!" llamó por segunda vez, y vio una sombra que se movía. Satia vino lentamente hacia él.

"Steve," dijo sonriendo, mirándolo con atención. Y no dijo nada más.

Las palabras que había preparado le parecieron tontas ahora, pero no sabía con cuales otras reemplazarlas. Respiró hondo y sacó el aire de un solo golpe, como quien tira un peso. "Han ocurrido tantas cosas el día de hoy. Siento como que no he verdaderamente…" La miró directamente y se detuvo por un momento, como buscando como reunir palabras que se encontraban dispersas. "No sé," dijo finalmente, rascándose la barbilla. Bajó su mano y ésta quedó como suspendida en el aire frente a él, como colgando de una cuerda. "No sé porqué estoy aquí," sonrió con timidez.

"Ven," dijo ella alargando su mano. "Hablemos."

Mientras lo guiaba dentro de su alcoba brillantemente iluminada, Steve solamente pudo pensar en cuán suave era la piel de su mano.

"Iba a comenzar a leer tu libro," dijo, señalando la pequeña computadora que Dearmin había dejado. En la pantalla podía verse la primera página. "Me sentí tan feliz cuando me lo diste hoy. Deseaba poder darte mis impresiones antes de tu partida mañana." Se acomodó en un sofá tejido e hizo señas a Steve para que se sentara a su lado.

Steve se sintió conmovido y al mismo tiempo avergonzado. "Mi modo de pensar ha cambiado mucho desde que escribí ese libro," dijo a modo de disculpa, sentándose a su lado. "Sería mejor que leyeras cualquier otro de mis libros favoritos, escrito por otro escritor, y que están en el programa que te di."

"Vamos, Steve!" rió, colocando su mano sobre la de él para retirarla enseguida. El la había visto hacer este gesto muchas veces, con Ahn. Era algo natural en ella.

"Satia," dijo después de un largo silencio, "Ahn me contó que Daria no tiene una lengua escrita propia. Pero como has pasado tanto tiempo leyendo la nuestra... ¿acaso hay algún libro que te haya gustado más que los demás?" Esperaba que su respuesta le diera alguna perspectiva, algún medio de comprender por lo menos un aspecto del pensamiento Dariano.

"Esa es una pregunta difícil de contestar, pero si tuviera que escoger, creo que escogería a Huckleberry Finn."

"¿De veras? ¡A mi también me encanta Twain!"

El rostro de Satia se iluminó con entusiasmo, como si la respuesta de Steve le hubiese dado bríos. "Uno de mis pasajes preferidos es cuando la conciencia de Huck lo está perturbando," continuó, "porque ha estado ayudando a su amigo Jim, el esclavo, a escapar. ¿Recuerdas, Steve, qué ruin y malo se sentía por haberle robado 'el negro a una pobre mujer?'"

Steve rió. "A mí me encantó lo que Huck finalmente decidió," dijo, buscando en su memoria. "'¡Bueno, pues entonces, me iré al infierno!'"

Mientras se reían juntos, todas las preguntas que Steve había pensado hacer le parecieron como prendas de vestir demasiadas formales, no aptas para la ocasión.

"Me asombró," dijo Satia, "que mientras hacía una acción buena, pensara que iba a ser castigado eternamente por ella."

"Bueno, al menos eso es mejor que hacer algo malo y convencerse de que es bueno," dijo Steve con un suspiro. Enseguida vio aparecer una expresión seria en el rostro de ella. Miraba hacia otro lado y parecía absorta en sus pensamientos. Se le ocurrió a Steve que quizás estaba arrepentida de haber invitado a un hombre dentro de su caverna tan tarde en la noche.

"Creo que debo irme," dijo incorporándose y poniéndose de pie. "Gracias Satia," agregó mientras ella también se levantaba. "Qué bien me he sentido aquí contigo."

Ella le sonrió amablemente, pero había una expresión distraída en su mirada. Lo acompañó a través de la poco iluminada caverna hasta el umbral. Justo en el momento en que ingresaban en el pasadizo final que conducía hacia afuera, Steve se volteó para despedirse.

"Steve," susurró, mirándolo con una expresión muy cercana al terror, "¿ocurre a veces en tu planeta que la gente hace cosas terribles, a sabiendas que son malas?"

La gravedad de sus palabras y el tono mesurado de su voz hicieron que el estómago de Steve se encogiera en un nudo. La miró atentamente, preguntándose cuáles serían las consecuencias de lo que iba a preguntar. "¿Algo ocurrió aquí hace cuarenta años, no es así?"

Y entonces ella le contó la historia: de la joven que fue a las cavernas portando un regalo de boda. De los Ancianos que presintieron que algo andaba mal pero que, debido a la distancia, no lograron llegar a tiempo para prevenir la violencia. De los restos de la joven que fueron enterrados en un lugar sagrado.

"Esto causó una herida tan profunda en nuestro planeta, que a la fecha los Darianos experimentamos dificultad al hablar de ello," dijo con voz temblorosa. "No solamente porque alguien murió inesperadamente, Steve, sino por la forma degradante en que ocurrió. Un acto así era totalmente inimaginable para nosotros."

"Maldición," murmuró Steve entre dientes. "Temíamos que la historia fuese cierta." Y enseguida, impulsado por la ira y la vergüenza, golpeó con su puño el costado de la entrada de la caverna. Agarró sus nudillos lastimados sintiéndose estúpido y tonto, como el inconsciente pastor que, sin querer, pisoteó un campo de flores. "Maldición," repitió, apretando su labio inferior contra los nudillos de su mano, como si el besarlos aliviaría el dolor.

Satia tomó su mano y la atrajo hacia ella. Había una mirada de preocupación en sus ojos, casi de pesar por haber sido tan franca. "¡Por favor, Steve! Ya basta…sabemos que no todos los habitantes de tu planeta harían una cosa así. Ciertamente ni tú ni ninguno de los miembros de tu tripulación. Hemos visto dentro de sus corazones muy cuidadosamente desde el momento que arribaron. Es por eso que hemos permanecido tan silenciosos."

Mientras Satia hablaba, Steve se percató de un suave cosquilleo que parecía brotar del punto donde los dedos de Satia tocaban su mano, y que parecía deslizarse cálidamente por sus venas, extendiéndose a lo largo de su brazo, hasta su hombro. Ella lo estudió atentamente, como percibiendo lo insólito de su experiencia, entonces bajó la cabeza y, en un gesto de curación puramente Dariano, lamió lentamente con su lengua las lastimaduras de su mano.

Steve sintió que se disolvía bajo su contacto, tan suave que apenas si lo sentía en el fondo de su naciente deseo. Deseaba atraerla hacia él y besar sus labios entreabiertos, y delinear con su lengua los suaves y delicados contornos de los mismos. Por un momento se sintió completamente arrebatado, su razón muy lejos. Pero, de pronto, una sensación de repugnancia se apoderó de él, un temor de lo que podía suceder, como si su corazón estuviese poseído de una salvaje y perversa locura. Una tremenda pulsación recorrió su cuerpo, abandonándolo luego lentamente. Él bien sabía que no debía ceder a estos impulsos. "Debo irme ahora mismo," murmuró, haciendo esfuerzos por liberarse del deseo. Su mano permaneció en la de ella por un momento. Intentó retirarla.

"Steve," dijo ella sin soltarla. "No tengas miedo de tus sentimientos," su tono era casi suplicante, "yo también siento lo mismo."

De repente Steve se sintió desnudo frente a ella, su alma completamente al descubierto. Y, turbado, se preguntó si esta inocente niña comprendía la vehemencia de su añoranza.

Si ella adivinó lo que él pensaba no lo hizo evidente, sino que continuó pasando sus delicados dedos sobre los de Steve, mientras lo miraba con una especie de timidez salvaje. Un suave suspiro se escapó de sus labios y sus ojos húmedos lo miraron con resignación. Steve percibía que una fuerza irresistible la arrastraba y que, como agua, corría para unirse a él en un momento puro e interminable.

El deseo se apoderó de él totalmente, ahuyentando todo lo demás, mientras una resolución nueva y vacilante crecía gradualmente dentro de él. Apretando los dedos tiró de la mano de Satia sin alterar su equilibrio. La mano de Satia no se soltó, sino que, por el contrario, se mantuvo firmemente unida a la de él y se dejó llevar, haciendo que su gracioso cuerpo se tambaleara imperceptiblemente. Cada movimiento de Satia en su dirección le pareció a Steve como el comienzo de una caída abismal. La respiración de ella era jadeante ahora, su rostro radiante brillando a la luz de la caverna. Steve tiró de ella con más fuerza y, en dos tambaleantes pasos Satia se hundió en sus brazos.

Sus manos acariciaron el pecho de Steve a través de las estrujadas bolsas de su ropa. "Ah, Steve," suspiró, sus dedos temblorosos trazando una línea a lo largo de su clavícula y luego deslizándose por la apertura de su camisa para tocar su plexo solar.

El besó la suavidad de su cuello y entrelazó sus manos alrededor de su cintura, de sus caderas; su cuerpo fuerte apretándose contra el de ella.

Sin embargo, aun dudó de su deseo, preguntándose si no sería probable que en el despertar de su inocencia Satia no estuviese realmente preparada para enfrentarse al sentimiento que estaba provocando. La cogió por los hombros y la apartó un poco para mirar dentro de sus ojos. Pero éstos, como diáfanas lagunas, lo atrajeron hacia ella indefinidamente. Una corriente de placer lo invadió, y una risa ronca se escapó de su pecho. Ya no podía detenerse...a menos que ella se lo pidiera.

Con sus dedos pulgares tiró de los tirantes de hojas que cubrían sus hombros, y vio cómo su vestido se deslizaba por su cuerpo como una pálida cascada de hojas. Estaba bella allí de pie, toda húmeda y temblorosa, sus pechos llenos y redondos suavemente agitados. El pasó un dedo por sus labios y luego por su barbilla. Recorrió la ancha y casi imperceptible línea azulada que parecía dividir el lado derecho del izquierdo de su cuerpo y se detuvo, de pronto, justo arriba de su cintura, haciendo brotar de ella un suspiro de anticipación. Colocó sus manos sobre sus pezones y trazó círculos con sus dedos, y sintió intensamente la emoción que le provocaban sus suspiros. Con qué gracia se tambaleaba, casi desvaneciéndose, sus ojos medio cerrados de placer. Steve tiró de su propio traje y éste se desprendió fácilmente, cayendo silenciosamente sobre el piso de la gruta, como suave ropaje. Los ojos de Satia se agrandaron, y sus orejas, de un azulado luminoso, se dilataron, despidiendo pequeños destellos, como joyas irradiando luz.

La vista de esto le causó risa a Steve. "Ah, Satia," suspiró, apoyando su cabeza sobre ella y poniendo sus labios sobre la aleta suave y protuberante de una de sus orejas. Saboreando la dulce humedad de su piel, besó su sien, su mejilla, y luego sus labios, abriéndolos suavemente para sentir su lengua mojada, suave, y delicada, que con curiosidad exploraba dentro de él. La apartó una vez más para mirar dentro de sus ojos y verla de pie, junto a él, deseándolo.

Entonces, por primera vez, la mano de Satia se movió con seguridad y bajó por el jadeante pecho de Steve, siguiendo sus contornos, resbalando sobre su denso vello rubio oscuro. De pronto, cambiando de rumbo, su mano descansó en lo alto de su cadera. Hubo una mirada de vacilación en su rostro, y cuando bajó la vista y vio la masculinidad de Steve, sus ojos brillaron con una especie de asustada pasión.

Steve se preguntó si esta reacción se debía a la inexperiencia de ella o a la fisiología propia de él, extraña y alienígena. Se imaginó que todo esto era demasiado extraño para ella y que su figura terrestre podía no ser lo que ella esperaba. Entonces vio que los ojos de Satia se llenaban de lágrimas.

Haciendo acopio de todas sus fuerzas, Steve le habló. "No tenemos que continuar. Esto no tiene que suceder."

"Ah, Steve," suspiró, y deslizó su mano hacia el miembro erecto para, enseguida, retirarla temblorosa. Satia parecía impotente, sus movimientos eran casi frenéticos. "¡Ah!" su voz era suplicante, "por favor, Steve, no te detengas." Y entonces, como si estas palabras hubiesen servido para liberarla, envolvió con su mano la masculinidad palpitante de Steve, dando pequeños gritos ahogados que explotaron como espasmos convulsivos. "Ah, Steve," suspiró nuevamente, apretando sus labios contra el pecho de él, mientras el velo entre sus piernas rozaba suavemente sus muslos.

Para entonces Steve estaba completamente encendido. "Ah, Satia," suspiró, sus manos por todas partes al mismo tiempo, deslizándose por la espalda arqueada de Satia, por sus caderas redondas, y trazando curvas en el interior de sus muslos. De pronto, un temor repentino se apoderó de él de que quizás había ido muy lejos y que en su último arrebato la hubiese violado. Volvió su mirada hacia el rostro de Satia para asegurarse de su bienestar, esperando encontrar sus ojos sonriéndole con deseo. En vez de esto, se sorprendió de encontrarlos brillando como luces doradas, iluminando hasta los rincones más remotos de la caverna. Sus orejas estaban completamente encendidas, irradiando una luz azul-verde iridiscente. Su figura, antes del color del cobre, relucía ahora como ámbar luminoso, y la línea luminosa que corría por el centro de su cuerpo ahora emitía una luz opalina azulada. Pero fue su porte lo que más le sorprendió, tan seguro y lleno de convicción.

"Está bien, Steve," rió con coqueta timidez. "Así es como ocurre." Y la luz de su mirada se derramó dentro de los ojos de Steve, hundiéndose profundamente en su alma. "Por favor, Steve," le sonrió, "por favor…tortúrame más."

Ah, ¡que raudal de felicidad! De risa incontenible… que brotó del pecho jadeante de Steve y resonó, con tonos de fiesta, por toda la caverna. Celebró su escogencia de palabras y su exquisita belleza. Y se rió a carcajadas y estrepitosamente de su propia e irresistible pasión. Estaba fuera de sí, como si sus cuerpos, el suyo y el de ella, hubiesen sido abandonados muy lejos, y solamente su ser estaba allí, completamente inmerso en la esencia elemental de Satia. Se sentía como acero derretido dentro de la energía abrasadora que de ella emanaba y que, gradualmente, los llevaba a ambos hasta un punto de fusión total. Sus ojos sonrientes lo miraron y su mano se estiró para alcanzar la mano más grande de él. La llevó a su boca y la besó. ¡Qué suave eran sus labios, sus manos! Qué linda y delicada toda su persona. Qué femenina su figura, qué húmeda y translúcida. Se preguntó cómo la sentiría ahora que estaba toda iluminada—cuán dulce sería su sabor, su olor, sus movimientos, y por qué delicadas señales le revelaría ella su propio placer y gozo. Tomó la mano de Satia y la besó tiernamente. Ésta brilló bajo su contacto, y su luz pulsó suavemente. Cuando abrió los dedos su mano brilló como un abanico dorado cuyo centro se componía de un resplandor vibrante de color turquesa. Steve pasó la punta de su lengua por las membranas palmeadas y azuladas, haciéndolas centellear ante sus ojos como luciérnagas enloquecidas. Satia suspiró, sus ojos repletos de lágrimas que brillaban como líquido fundido. Él recordó su extraña petición y quiso cumplirla. Agachándose lentamente hasta quedar de rodillas, apartó el velo y comenzó a explorar con deliciosa curiosidad.

# Capítulo Diecisiete

Satia estaba acostada a su lado como un venadillo color ámbar, sólo que más suave, más tranquilo. Él besó su tibio cuello. Descansando su cabeza al lado de la de ella, se sintió transportado dentro del silencio de su ser.

El había experimentado esta tranquilidad ya una vez antes en su vida, hacía mucho tiempo, en la Tierra, y había sentido la misma plenitud que sentía ahora. El había colocado su propio deseo desnudo al lado del de otra persona, y había sentido sus emociones inflamarse dentro de él como olas gigantescas. Por mucho tiempo, sus propios deseos y los de una bella mujer habían caminado estrechamente unidos, como al paso de una danza. Le había parecido a él, entonces, que este andar había existido siempre, y así llegó a creer que nunca cesaría. Quizás fue este artículo de fe lo que hizo que el final fuese tan inaceptable. Cuando alguien, cuya alma ha sido parte intrínseca de la nuestra de repente se aleja… ¿pero es esto posible? ¿Puede el ser abandonar el ser? Por años, aún después que había cesado de pensar en el nombre de su esposa, la mente de Steve había viajado por sendas sutiles buscando estar con ella de alguna forma, a pesar de la separación. Quizás, en alguna medida, ella existiría para él siempre. Llamándola por otro nombre, había intentado capturarla en sus escritos—"La Verdad," esa suprema y esquiva criatura que permanecía quieta el tiempo justo para permitir que las palabras la envolvieran, para luego huir por entre sus barras como un gorrión escapando la jaula de un león.

Y ahora, en el más inesperado de los lugares, Steve se encontraba contemplando su meta anhelada una vez más. No dentro del mecanismo controlado del pensamiento escrito, sino en la forma impredecible de una mujer. El temor y el placer lo acosaban simultáneamente, susurrándole: "No te pierdas!" y "Encuéntrate!"

"¿Por qué será que algunas personas insisten que todo aquello que ocurre repentinamente no puede ser real," pensó Steve, "sino una mera ilusión?" Seguramente habría pasado mucho tiempo desde que estos escépticos habían sentido la incuestionable certeza de esta grandiosa caída.

Porque esto era amor, Steve lo sabía, y una vez más preferiría morir en su fuego que darle la espalda y abandonarlo.

# Capítulo Dieciocho

*H*abía estado fuera toda la noche. Ahora, al entrar de nuevo en la caverna había renuencia en la forma como saludó a sus colegas, como si le molestara el hecho de que cada palabra que dijera lo llevaría, inevitablemente, a otra.

La respuesta a su saludo fue igualmente reservada, reflejando su propia vacilación, y mientras caminaba hacia uno de los catres los otros lo observaron en silencio. Todos sabían que algo ocurría. El catre crujió brevemente bajo su peso. "Averigüé lo de la joven," comentó. "Es cierto."

En circunstancias normales este comentario hubiese desatado una docena de preguntas. Pero sus compañeros estaban más preocupados por lo que sucedía en estos momentos que por lo que había ocurrido cuarenta años atrás en una remota caverna de Daria.

"He roto las regulaciones. Esto es obvio." Steve miró a Zachary con vacilación. "Y lo que es peor aun, intento romperlas de nuevo."

"¡Por Satia, por supuesto!" contestó Zachary, estudiándolo con gravedad.

Steve asintió una vez con la cabeza mientras sus miradas se cruzaban de nuevo. "Ella se reunió con Ahn y algunos de los ancianos temprano esta mañana. Parece que ellos no tendrían inconveniencia en que yo me quedase. Pero, aun así, expresaron el deseo de hablar con nosotros al respecto."

Zachary permaneció sentado por lo que a Steve le pareció una eternidad. Sus ojos estaban fijos en el piso de la caverna, y a la débil luz de su interior Steve pudo ver como su sien izquierda palpitaba nerviosamente. Jess y Sen parecían seres inanimados.

"Me imagino que sabes bien que yo no soy el tipo de persona que va a arrastrarte de regreso, pateando y chillando," dijo finalmente. Frotó el nudillo de su dedo pulgar contra su barbilla, y luego bajó su mano para que su brazo descansara en su pierna. "Y si los representantes Darianos no piden explicaciones, esto coloca este asunto en áreas grises. "Pero, Steve…" Repentinamente el comportamiento de Zachary cambió, como enojado consigo mismo por estar conteniendo su cólera. "¿No sabes la posición en que nos pusiste al irte así—especialmente después de la petición de Ahn?" La voz de Zachary resonó en la caverna. "¿No se te ocurrió pensar en las consecuencias? ¡Maldita sea, Steve! ¡Este es un planeta de Código Veintisiete! Peor aun, uno que ya sufrió una violación grave." Zachary fulminaba a Steve con la mirada mientras gritaba, su cara descompuesta por la cólera. "¡Y uno de mis hombres, supuestamente el más confiable, se escapa en la noche para estar con una mujer Dariana!" Zachary hacía gestos de exasperación. "¡Para cuando me enteré que te habías ido…no supe si ir a buscar a Ahn o quedarme! ¡Por casi dos horas me engañé pensando que estabas con él!" Zachary retiró la mirada de Steve, perturbado, mientras frotaba las palmas de sus manos una contra otra. "No tenía idea de donde encontrar a Ahn, ninguno de nosotros sabía," agregó, "o, si al buscarlo, empeoraríamos las cosas. ¡No había nadie, Steve!"

Sus ojos se encontraron momentáneamente, luego Zachary regresó su mirada al piso de la caverna, dándose tiempo para que regresara su compostura. El movimiento de sus manos fue cesando gradualmente.

Miró a Steve directamente, su mirada penetrante, "Y no te parece extraño que esta gente...sabiendo lo que sucedió aquí hace cuarenta años, ¿esté dispuesta a aceptar que te quedes?"

Steve se estremeció. "Yo no puedo explicar la bondad de esta gente hacia nosotros, considerando lo que ocurrió aquí." Su voz era más suave que de costumbre y sonaba entrecortada. "Excepto para contarles lo que Satia dijo: que no todos los hombres lo hubieran hecho." Miró brevemente a Jess y luego a Sen. "Quizás es así de simple. Esta gente tiene su propia forma de ver las cosas." Sus ojos encontraron los de Zachary brevemente, y luego volvió su mirada hacia otro lado, como abrumado por la sensación de su propia transparencia. "La verdad es que ni siquiera quiero cuestionar su actitud hacia nosotros, sintiendo lo que siento por Satia." Su voz se quebró. Se sentó, con la mirada baja, para recuperar su compostura.

El silencio que llenaba la caverna era espeso y casi impenetrable. Cuando Steve miró a Zachary una vez más, lo hizo con la mirada de alguien que pide disculpas. Entonces notó que los ojos de su amigo estaban llenos de lágrimas.

"Zack, reconozco que he hecho una locura. Lo supe todo el tiempo mientras la hacía," agregó, incapaz de decir nada más.

Permaneció sentado en silencio largamente, gotas de sudor rodando por sus sienes. Miró a Jess y luego a Sen. "Ustedes pensarán que perdí la mente...todo a sucedido tan rápidamente."

Zachary asintió brevemente en aceptación, y luego

aclaró su garganta. "Yo no soy nadie para cuestionar tus decisiones, Steve, siempre y cuando éstas sigan los lineamientos del Congreso Universal."

Los hombros de Steve se relajaron aliviados. Sus ojos siguieron las curvas de la pared de roca que tenía enfrente de él. "Zack, se bien que te he puesto en aprietos." Miró a su amigo en silencio, sin agregar nada más.

Zachary asintió en silencio. "Solamente espero que no estés cometiendo un error."

Los ojos de Steve se llenaron de lágrimas. Enseguida, sin embargo, recobró su sentido de equilibrio. "La verdad es que no creo que haya nada que pueda decirles para tranquilizar sus mentes. Zack, todos hemos sentido como este planeta afecta a la gente, como afecta nuestras mentes. Yo no puedo saber con certeza si lo que cometo es un error." Miró a su jefe y luego a los otros. "Todo lo que se es que si no tomo el riesgo y lo averiguo..." Sus ojos se fijaron en un rincón apartado de la caverna. "Dios," suspiró, imaginándose como viviría el resto de su vida con este remordimiento.

"Podría ser un tiempo muy largo..." la voz de Jess interrumpió su pensamiento. Durante toda la conversación había estado como en suspensión animada, agarrando la orilla de su bota como para calzarla. "Quien podría adivinar cuando llegará la próxima expedición de la Tierra. Pero debo admitir que me siento bastante celoso en estos momentos," rió.

"Ella es bella," agregó Sen. Y mientras sus ojos se encontraban con los de Steve, todo lo que parecía existir entre ellos era su mutuo afecto.

Enseguida, todos estaban apretando la mano de Steve y aprestándose a reunirse con los Ancianos, mientras Jess comentaba que existían cosas peores que la de unirse a los trotamundos. Steve le explicó a Sen que necesitaría sacar a Daisy y su micro-biblioteca fuera de la nave de transporte, y que deseaba grabar un mensaje para sus padres y su hermano. Todo le parecía como un sueño, del cual despertaría en cualquier momento o cambiaría a otro completamente diferente.

# Capítulo Diecinueve

*A*hn hizo ademán para que los hombres se sentaran lo más cómodamente que pudieran en una de las largas rocas que se encontraban sobre la arena húmeda, justo a la orilla del lago.

Mientras los viajeros se sentaban, Ahn, Satia y dos mujeres más, miembros del Consejo de Ancianos, se acomodaron en otra roca similar que se encontraba a una distancia corta de donde ellos estaban. El aire era fresco, pues el sol se encontraba bajo sobre las montañas, sus rayos amarillos agrupándose sobre el brillante exterior de la nave para luego reflejarse sobre la superficie del lago.

"Es mejor que hablemos aquí," dijo Ahn, "pues tenemos algunas inquietudes y, en caso de no llegar a un entendimiento," miró brevemente a Satia, luego a Zachary, "sería mejor que su partida no se prolongase."

Una ola de aprehensión pasó sobre Steve al darse cuenta que había ocurrido un cambio desde que él y Satia estuvieron en la caverna. Ella no había demostrado ninguna preocupación o anticipado ningún problema con respecto al deseo de Steve de quedarse. Por el contrario, se había sentido feliz cuando él le había expresado su sentir. Ella había partido temprano por la mañana para buscar el consejo de varios Ancianos. Cuando regresó, poco tiempo después, lo hizo con optimismo y entusiasmo. Sin embargo, ahora ella estaba sentada a cierta distancia de él y Steve podía detectar una mirada de preocupación en sus ojos.

"He hablado con el resto de los Ancianos," anunció Ahn con voz grave, "y es nuestra opinión común la que expresaré aquí." Se detuvo por un momento mientras sus ojos se encontraban con los de Steve.

"Como tú bien sabes, Steve, el estudio de tu raza y tu planeta ha sido el trabajo de toda una vida de Satia."

Steve asintió.

"Es por esta razón que la inicial y natural atracción de ella hacia ti—una atracción de la que nos dimos cuenta desde un principio—fue algo digno de respetar, aún y cuando tuviéramos dudas. Sabíamos que tu estadía en nuestro planeta sería breve; y no podíamos anticipar hasta qué grado tu relación con ella podría llegar a desarrollarse. Aún así, no le impusimos limitaciones severas. Es más, no fuimos de la opinión que el imponerle restricciones fuese lo más indicado para el natural progreso de su vida." Ahn se detuvo por un momento, como buscando las palabras apropiadas para continuar. "Hoy, Steve, cuando nos hemos enterado de tu amor por Satia y tu deseo de permanecer con ella…nuestra reacción inicial fue una de gran alegría. Sabemos la felicidad que le has traído, y nada nos agrada más. Sin embargo, y quizás debido a nuestro inicial entusiasmo, nuestras inquietudes no fueron inmediatamente aparentes. Tú debes comprender," continuó, dejando que su mirada se desplazara más libremente, "que no está en nuestra naturaleza anticipar dificultades. Las cosas funcionan tan bien en nuestro planeta que raras veces ocurren problemas. Es por eso que la idea de que un extraño se nos uniera—es decir, en forma permanente —nos pareció aceptable en un principio. Solamente pensamos en la felicidad de las dos personas involucradas, y nos alegramos con las perspectivas de su unión."

Ahn alzó las piernas y puso sus talones sobre la rocosa superficie debajo de él. Al hacerlo, sus rodillas cobrizas aparecieron por entre las hojas de su vestimenta. "Fue solamente después de examinar nuestros sentimientos más profundamente que observamos que algunos cambios aparentemente inofensivos pueden llevar a futuros cambios no tan inofensivos. Si pudiésemos separar lo que es bueno para dos personas, de lo que es bueno para todo un planeta...entonces no tendríamos ninguna duda sobre este asunto." Ahn se volvió hacia Satia, colocando su mano brevemente sobre su rodilla.

Ella lo miró atentamente y luego, inclinándose un poco le dijo, "No permitas que tu amistad conmigo interfiera con lo que debes de decir."

El asintió pensativamente y miró a Steve con una expresión preocupada, apesadumbrado por la incomodidad de su presente situación. "Siento que mis próximas palabras deben ser dirigidas a Zachary, ya que él, en cierto sentido, es su 'Anciano.' Siendo que él es su jefe, es su responsabilidad tomar ciertas decisiones. Por lo menos, eso es lo que yo entiendo."

Steve asintió, su mano derecha apretando los nudillos de su mano izquierda.

"Desde su primera expedición a nuestra civilización," Ahn continuó, "hemos estado conscientes de la atracción entre los hombres de su raza y las mujeres de la nuestra. Aunque, en verdad, no es del todo correcto decirlo de esta manera, ya que durante la visita del Coronel Dearmin se expresó una muy grande admiración de parte de los jóvenes Darianos hacia los miembros femeninos de su tripulación." Los pies de Ahn cayeron sin hacer ruido sobre la arena. Inclinándose un poco se puso de pie. Su vestido crujió suavemente al hacerlo. "Y aunque no vemos nada malo en el aprecio mutuo, el poner en práctica dicha atracción naturalmente nos inquieta. Suponiendo que Steve se quedase con nosotros...aún y cuando él viviría en las cavernas internas con Satia, como es la costumbre de los amantes Darianos, y el resto de nosotros no lo veríamos con mucha frecuencia...esto establecería un precedente que no sólo influenciaría a nuestra gente, sino a la de ustedes también. Y aunque sentimos mucha apreciación por su raza en general, no podemos negar el dolor que algunos miembros de su comunidad nos han infligido." Al decir esto Ahn miró a Zachary con una mirada tan penetrante que el jefe de la expedición retrocedió un poco, como conmocionado por su impacto.

"Por supuesto que también hemos descubierto que la atracción entre nuestras dos razas contiene promesas," el Anciano Dariano continuó. "Los sentimientos de Satia y Steve lo demuestran." Pero ustedes no pueden garantizarnos la calidad de la gente que nos envían," sus facciones se endurecieron repentinamente, "y nosotros no queremos exponernos a la posibilidad de tragedias futuras." El Anciano daba pasos muy marcados al hablar, su cabello ondulado brillando al sol y sus manos unidas detrás de él. "Es por esta razón que solicitamos que si Steve decide permanecer con nosotros...toda futura visita a nuestra civilización debe cesar." Ahn se detuvo al hacer este pronunciamiento como para estudiar y calcular el efecto de sus palabras. "Con la excepción de una visita final, no antes de seis años, la que permitiremos en consideración a Steve, para que durante los primeros años de su adaptación a nuestra cultura, no se sienta permanentemente separado de su propia gente. Y si él llegara a encontrar serias dificultades en adaptarse a nuestra forma de vida, o a nuestro ambiente…esta visita final le daría la oportunidad de reconsiderar la decisión que tome hoy."

Ahn regresó a su lugar en la roca al lado de Satia y plegó sus manos sobre su regazo—sus largos y finos dedos casi desapareciendo dentro de las hojas color malva de su vestimenta. Miró a Zachary esperando una respuesta.

Zachary miró a Steve con vacilación mientras se inclinaba hacia él para hablarle al oido. "Esto cambia las cosas considerablemente," murmuró, "y me temo que no puedo hacer promesas. Necesito saber si tu posición se mantiene firme. ¿Estás de acuerdo con la petición de Ahn?"

Steve asintió con firmeza.

Zachary se volvió al Anciano. "Déjeme estar seguro que entiendo esto," dijo. "Si Steve permanece aquí usted desea que nuestras visitas a su civilización cesen, aparte de esa única excepción que usted mencionó. Pero, ¿podremos todavía visitar su desierto exterior?"

"Sí, si es en beneficio suyo," asintió Ahn.

"Y si Steve regresa con nosotros, ¿cuál sería entonces su posición?"

"Seríamos más flexibles bajo esas circunstancias, y acordaríamos continuar con el presente arreglo. Pero exigiríamos de parte de ustedes un reglamento más estricto de las regulaciones entre hombre y mujer y sanciones más severas. Por nuestro lado, nosotros también tomaríamos mayores precauciones…porque, no es solamente la violencia futura la que buscamos evitar." Ahn miró brevemente a Satia y luego se volvió hacia Zachary, una mirada grave reflejándose en sus ojos. "Quisiera que entendieran que el amor que siente un Dariano, no es algo que puede tomarse a la ligera. Si Steve nos deja ahora, su partida le causará mucho dolor a Satia. A causa de esta experiencia tomaríamos nuestras propias medidas para prevenir que situaciones similares llegaran a ocurrir en el futuro. No esperamos que entiendan a cabalidad nuestra posición o que comprendan como es que, habiendo expresado tanto interés, como lo hemos hecho, en su cultura, ahora deseemos mantenerlos a distancia."

"Ahn," interrumpió Zachary, "mucho de lo que ha dicho tiene mucho sentido para mí. Y no me sorprende que su raza, siendo tan receptiva como lo es, sea igualmente ágil a cerrarse con el fin de preservarse. En nuestro planeta nuestra gente también ha sufrido mucho como resultado de nuestra franqueza y claridad, y nuestras leyes de inmigración son ahora tan estrictas que ni siquiera se permite a los turistas visitar nuestras ciudades-museos a menos que sean parte de una excursión específica. No es usted el que nos debe una explicación. Es todo lo contrario." Zachary se frotó su barbilla lampiña nerviosamente. "Debo decir...que sentimos una enorme pena por el daño que nuestra raza les ha causado. Y, si usted nos percibe como una amenaza, entonces, quizás lo seamos. Pero temo que su posición me desgarra totalmente— debido a mi lealtad a la misión de investigación que es mi deber proteger." Miró a Ahn con la expresión intensa y sincera del que intenta ser comprendido. "Si algunas de las substancias que hemos recogido de su suelo desértico resultan ser valiosas, como pensamos que lo son, la expectativa de vida de nuestra raza podría aumentar considerablemente. Cuando me dijo anoche el número de años que usted lleva siendo Anciano, apenas si lo podía creer —¡nuestra propia expectativa de vida siendo apenas de ciento noventa años!" Zachary se inclinó hacia adelante, una mirada de súplica en sus ojos, mientras colocaba una mano sobre el hombro de Steve. "Ahn, usted no se imagina como deseo permitir que este hombre se quede. Pero el agua y la alimentación son críticas para nuestra operación minera y no estaría en los mejores intereses de mis superiores el que yo disminuyera la disponibilidad de un recurso potencial por proteger la relación entre dos personas."

Pareciera que estamos en posiciones similares," respondió Ahn, "y que su decisión ha sido tomada."

Zachary asintió con renuencia.

Satia exhaló un suspiro de angustia y apretó sus manos contra su pecho, transfigurada de dolor.

Steve dio un salto para correr a su lado pero fue detenido, no tanto por los brazos interventores de Ahn sino por la firme mirada de éste.

"El dolor de Satia es producto de su energía interna queriendo alcanzarlo, Steve. Su presencia solamente puede causarle más dolor. Por favor, ¡váyase!"

Las dos mujeres Ancianas agarraron a Satia y la acostaron sobre el suelo. Emocionalmente paralizado, Steve apenas se dio cuenta que Jess y Sen sostenían su peso, mientras lo ayudaban a dar la vuelta y caminaban con él hacia el lago. Ni tampoco advirtió que Ahn y Zachary guiaban el grupo, el primero tomando del brazo al segundo mientras caminaban. Y aunque Steve sintió el agua fresca del lago salpicando sus pies mientras se aproximaban a la nave de transporte, toda sensación parecía haber sido arrancada de él, como si el agua no fuese real y no pudiese tocarlo. "Ahn, no sé qué pensar." Las palabras de Zachary atrajeron la atención de Steve momentáneamente, desvaneciéndose luego en su conciencia. Mientras permanecía en el lago, con el agua hasta las rodillas, a la entrada de la nave, y viendo cómo la puerta se deslizaba para abrirse, Steve fue presa de un sentimiento de fatalidad. Sacudió sus hombros en un movimiento angustiado y desesperado, como queriendo escapar. Pero sus movimientos carecían de convicción, pues sabía que no tenía hacia donde correr.

"Por favor, no se inquieten por el bienestar de Satia," dijo Ahn, con una mirada tan sincera que ellos no se fijaron en su rostro, sino más bien en la mezcla extraña de serenidad y angustia que reflejaba la experiencia que estaba viviendo. "Sus energías son enormes. Está en nuestra naturaleza enfrentarnos con los desafíos directamente, y para Satia no hubiese sido posible enfrentar esta situación de forma diferente. No los culpamos por lo que sucede," dijo, dirigiendo su mirada a Zachary. Dando unos pasos hacia delante, Ahn colocó su mano sobre el hombro de Steve y miró directamente dentro de sus ojos, su mirada fija, como si nadie más estuviese presente. Steve le devolvió la mirada angustiado, pero no dijo nada. Entonces Ahn se volvió y se alejó, caminando hacia la orilla.

Los cuatro hombres entraron a la nave de forma tan mecánica que parecían estar desprovistos de vida. Zachary le ordenó a Sen encender las válvulas de aire, y luego se sentó sobre la alfombra, junto a Steve, que estaba sentado en el piso e inclinado contra la puerta cerrada —su rostro pálido, como si estuviese desvanecido. Aunque Jess estaba de pie junto a Sen, y frente a los controles, no accionaba, aparentemente perdido en sus pensamientos. La nave de transporte se alzó suavemente, y voló sobre el lago.

Steve permanecía paralizado, como una estatua, sus manos colgando flácidas sobre la orilla mojada de sus botas. Su mirada perdida y sumisa. Pero, aunque aparentemente parecía tranquilo, en realidad era como una convulsión congelada. Su corazón y su mente corrían desesperadamente en mil direcciones separadas—todas llevándolo renuentemente de regreso a un mismo lugar, uno que no admitía acción; porque no había enemigos que confrontar, ni argumento justificado que emplear. Volviéndose hacia la derecha notó los talones de Zachary que se hundían en la espesa alfombra sobre la cual estaban sentados. El cuerpo de Zachary estaba tenso, y por un breve momento a Steve le pareció que se veía a sí mismo, porque él comprendía la forma de ver las cosas de Zachary, tan parecida a la suya propia. Nuevamente el anhelo de Satia se apoderó de él, acompañado del recuerdo de como la había dejado. Olas de angustia se derramaron sobre él, oponiéndose a su razón, casi distorsionándola, hasta el punto que temió caer dentro de una ira salvaje. Pero, logró sobreponerse, diciéndose a sí mismo que no serviría de nada, recordando sus responsabilidades hacia la misión de investigación, y procurando convencerse que en cualquier momento caminaría hacia la computadora de la nave para continuar con el trabajo comenzado la mañana anterior. Notando un pedazo de rama que de algún modo se había atascado en una de las mangas de su traje, comenzó a tirar de él.

"¡Maldición! ¡Paren la nave!" gritó Zachary inesperadamente. "¡Maldita Sea!" exclamó, mientras Sen seguía de pie frente a los controles, su mano aún colocada sobre el panel de freno.

Jess clavó los ojos en su comandante. "No puedes cometer ninguna locura, Zach…"

"Yo les diré lo que es una locura," contestó Zachary, poniéndose de pie. "Es la decisión que he tomado. Es este malestar que me desgarra por dentro y que me dice que todo esto está mal." Levantó la mano y se limpió el sudor de su frente. "Hay demasiadas condiciones en todo esto," suspiró. "Que si hubiese un factor de rejuvenecimiento, que si no pudiésemos sintetizarlo nosotros mismos…¡al carajo! Y aunque pierda mi trabajo…porque la responsabilidad es mía, no de ninguno de ustedes." Caminaba a largos pasos por la cabina. "Además, lo que Ahn pide no es más que una gran inconveniencia. ¡Por Dios! hemos estado en otras instalaciones mineras donde el agua y los alimentos eran inaccesibles. Durante cincuenta y ocho años he estado a cargo de numerosas expediciones, y no he roto muchas reglas. Tal vez porque no encontré muchas que ameritaran romperse." Se detuvo por un momento entre un paso y el siguiente, una expresión de disgusto en su rostro. "Ahora estoy frente a unas bien importantes y no puedo violarlas sin automáticamente romper otras. Pero, ¿no es la idea proteger a la gente?" Su rostro adquirió la expresión de un colegial perplejo. "Y ¿no le haríamos más daño a Daria si nos llevamos a Steve de regreso con nosotros?"

"Pienso que eso mismo es lo que diría el Congreso Universal." Era la voz de Sen, suave y reflexiva.

Zachary miró a Sen como sorprendido de que alguien estuviera escuchando sus deliberaciones. Talvez sintiendo alivio de que una de sus ideas hubiese sido corroborada. Con un gesto alentó a su subordinado a continuar.

"Históricamente esa es la línea que el Congreso Universal frecuentemente ha seguido," explicó Sen con su usual tono de voz suave y seductor. "En aquellas circunstancias donde ya se ha cometido una infracción, el Congreso Universal tiende a favorecer un curso de acción que beneficie a la parte ofendida, aunque esto signifique ir en contra de las regulaciones establecidas."

"Hmm." Zachary se rascó la barbilla. "En lo que concierne a Steve y Satia no hay parte ofendida. Se involucraron los dos por deseo mutuo. Pero si consideramos lo que sucedió aquí hace cuarenta años..." Permaneció en silencio por un largo tiempo, perdido en sus reflexiones. "Nadie está contento con esta decisión," murmuró para si mismo, "ni nosotros, ni nadie en Daria."

Estudio a Sen pensativamente. "Volvamonos," le dijo con una voz firme y un poco cansada. Zachary froto las palmas de sus manos por un largo rato, su mirada pensativa y seria. Gradualmente el movimiento de sus manos fue cesando. Hasta el Congreso Universal estaría disgustado, si supieran de este asunto. Y me refiero a que lo supieran todo... retrocediendo cuarenta años. Probablemente nos dirían 'Al carajo con sus derechos minerales,' si no fueran siempre tan corteses y formales."

Zachary volteó su cabeza para mirar el monitor de la nave. "Detente aquí," ordenó, lanzándole una mirada a Sen. Enseguida se volvió para mirar a sus subordinados. "No quiero que todos regresemos a hablar con esa gente." Su tono era temperamental. "Ya les hemos fastidiado sus vidas hasta más no poder. Si vamos todos ahora nos podrían echar." Soltó una risa ronca mientras se volteaba hacia la puerta de la nave. "Es mejor que te inclines hacia delante," le ordenó a Steve. Tocó un panel verde y la puerta de la nave se deslizó para abrirse detrás de la espalda de Steve. "No te podría decir cuán profundo está allí abajo," le dijo. "Espero que sepas nadar."

Steve lo miró con asombro, casi con desconfianza, como si Zachary fuera una impredecible tormenta a punto de cambiar su curso en cualquier momento. "Tú bien sabes como deseo ir," dijo finalmente, con palabras mesuradas. "Pero, Zachary…"

"Ah, ya sé," replicó Zachary, sentandose sobre sus talones. "¡Dudas de mi cordura! Debo admitir que yo mismo me he hecho esa misma pregunta varias veces —desde que llegamos a este planeta, y, no sólo por lo que a mi respecta. Pero la verdad del asunto es que…yo siempre me he dejado guiar por mi instinto. Lo que pasa es que a veces no lo he descubierto hasta que ha sido muy tarde." Miró a Steve pensativamente. "Lo que nos trae a nuestra presente situación. Mira, no hay tiempo para pensarlo mucho. En cinco días el trasbordador nos recogerá y hay mucho trabajo que hacer. Estoy claro de lo que estoy haciendo, y si me encuentro con mucha oposición de parte de mis superiores, pues llevaré este asunto ante el Congreso Universal." Miró a su amigo con intensa franqueza. "No puedo saber con cuanta rapidez la gente se repone de una pena de amor en este planeta, pero adivino que hay alguien allí que se muere por verte. Así que, ¡ve!" ordenó, esbozando una pequeña sonrisa mientras empujaba el hombro de Steve con la palma de su mano.

Jess lanzó un alarido de júbilo.

Steve agarró la mano de Zachary y apretó sus anchos y ásperos nudillos hasta que los músculos de su propio antebrazo se abultaron debido a lo intenso de la presión.

"Me aseguraré que tu familia conozca tu historia," le prometió Sen a Steve, inclinándose sobre el panel de controles sin advertir cuantas luces acababa de encender.

Steve sonrió a Sen, y luego a Jess brevemente, pues sus ojos comenzaban a llenarse de lágrimas.

"Dile a Ahn que me aseguraré que sus peticiones se cumplan," le instruyó Zachary.

Steve asintió, y colocando su mano contra el dintel de la entrada de la nave, balanceó su cuerpo a través de la puerta y se lanzó al agua, la cual respondió levantando alrededor de él olas desiguales y entrecortadas. Estaba con el agua a la cintura, sonriéndoles, un poco avergonzado. Luego, medio nadando, medio caminando, se dirigió hacia la orilla.

"No olvides esto," gritó Sen, lanzando dos objetos al aire. Éstos cayeron dentro del agua y desaparecieron momentáneamente, para enseguida surgir a la superficie. Steve agarró las correas y continuó su camino, con el agua a la altura de sus piernas y dos cajas brillantes flotando detrás de él como barquitos de juguete. A lo lejos, en la distancia, una figura delicada y cubierta con una vestimenta de hojas se lanzó al agua para recibirlo.

# Capítulo Veinte

Los brazos de Steve se agarraban fuertemente a sus piernas y las apretaban contra su pecho como para detener el temblor de su cuerpo. Una manta de color café claro, hecha de suaves hojas, cubría sus hombros. Su piel brillaba a través de los orificios del tejido debido al aceite que Satia había frotado sobre ella.

"¿Le diste un poco de ari?" pregunto Ahn.

"Dos hojas," contestó Satia, "pero no parecen haber ayudado en nada."

Ahn le apretó los hombros suavemente y luego se dirigió a la cama, se subió en ella y se sentó frente a Steve.

Éste ni siquiera se percató de la presencia del Anciano, su mente estaba demasiado ocupada con el cúmulo de sensaciones que experimentaba. Finalmente dijo, "Me alegro que esté aquí," y enseguida sintió un tirón en su cuello debido a una súbita contracción de uno de sus tendones.

"Creo que sé cual es el problema," le contestó Ahn, "pero necesito que me lo describas para estar seguro."

"Son todos estos espasmos..." Mientras hablaba su hombro izquierdo se encogió en respuesta a una contracción del brazo. "Es todo este dolor..." su voz se debilitó. "Y este temblor a lo largo de mi columna, y que ya he sentido antes."

La expresión de Ahn se tornó pensativa. "¿Cuando, Steve?"

"Hace un par de semanas, en el desierto exterior." Steve apretó su brazo con su mano libre como para calmar el espasmo del músculo. "Subí una colina para darle servicio al equipo," trató de explicar a través de su agitación, "y, por alguna razón, me desvanecí." Respiró hondo. "Probablemente fue a causa del aire tan enrarecido."

"¿Fue entonces que sentiste ese temblor que acabas de describir?"

"Creo que fue al día siguiente."

Ahn tomó la mano izquierda de Steve y la apretó entre las suyas. Después de una larga y silenciosa pausa dijo, "Lo que tienes es una especie de envenenamiento, Steve. Si no hago salir gran parte del veneno los espasmos que sientes se volverán más intensos." Sujetó fuertemente con su mano derecha la izquierda de Steve de manera que la punta de sus largos y cobrizos dedos formaron una línea recta contra los tendones de los dedos de Steve. "Esto va a doler," advirtió.

"No se detenga," suspiró Steve distraído, y enseguida dio un grito ahogado, apretando su cabeza contra sus rodillas en respuesta al fuerte apretón de Ahn.

Con su mano libre Ahn presionó la frente de Steve, empujándole la cabeza hacia atrás. "Mírame a los ojos, eso te ayudará," le sugirió, mientras lo miraba fijamente. Cuando logró que Steve lo mirara con concentración, colocó la palma de su mano izquierda sobre el hombro de su paciente y la dejó descansar allí.

Satia, de rodillas sobre la cama, sostenía los hombros de Steve fuertemente mientras éste gritaba del dolor que sacudía su estómago y su pecho. "Por Dios, Ahn," suspiró Satia, "¡Detente por favor!"

"Sabes bien que no ayudaría si lo hago," contestó Ahn

con impaciencia, mientras sus ojos permanecían fijos en los de su paciente. "Steve, respira profundo. Esto no tomará mucho tiempo." Ahn se estremeció imperceptiblemente al sentir el dolor de Steve. "Vamos bien, ya comienza a desviarse...lo sentirás peor por un momento, pero enseguida pasará. Ahn vio el rostro de Steve contraerse debido al tumulto de sensaciones que corrían por su cuerpo. "¡Ya...ya está bien!" dijo finalmente, dejando escapar un suspiro de alivio mientras aflojaba la mano de Steve y se echaba hacia atrás en la cama de hojas.

Los labios de Steve se unieron para exhalar un silbido lento, mientras su cuerpo temblaba visiblemente. Sin embargo, se sentía mucho mejor a pesar del temblor, como si éste no fuese más que una consecuencia de su padecimiento. "Creo que lo logró," suspiró. Y, en medio de su aturdimiento, vio como Satia colocaba sus piernas una sobre otra y le echaba los brazos hacia atrás para darle apoyo. Lo besó suavemente en los labios y luego se sentó y tiró sus piernas hacia un lado para acomodarse en la orilla de la cama.

Entretanto, Ahn sacudía su mano cobriza de la muñeca para abajo, haciendo chasquear y crujir sus dedos al chocar los unos contra los otros. "Lo que tienes se llama 'araga,'" explicó, dejando caer sus manos en su regazo. "A pesar del malestar que causa no es un veneno peligroso, y habrá salido completamente de tu sistema dentro de un par de días. Es muy raro que alguien muera por su causa. Tu pareces estar tolerándolo bastante bien."

Steve se lastimó la mano en la caverna hace dos noches," explicó Satia.

"Eso lo causó sin duda alguna," respondió Ahn, mirando directamente a Steve. "El cuerpo reacciona lentamente al araga, que se encuentra en abundancia en lugares húmedos y oscuros aquí en Daria. Muchos de nuestros niños se enferman por su causa una o dos veces antes de desarrollar tolerancia hacia él." Se volvió hacia Satia. "Las hojas que le diste, ¿eran frescas?"

"Si, y amargas." Ahn pareció perplejo. Se reclinó un poco sobre sus brazos y las sombras de la caverna dibujaron manchas sobre su rostro. Se quedó sentado donde estaba por un momento, completamente inmerso en sus pensamientos. Luego, se inclinó hacia un lado para mirar a Steve. "En tres días esto habrá pasado. Mi preocupación es qué hacer entretanto. Tu cuerpo lucha para expulsar lo que queda del veneno y, por lo tanto, muchas de las sensaciones que sentiste hace poco volverán. Desafortunadamente, las hojas de ari, usualmente tan efectivas para detenerlas, no parecen hacerte efecto. Me temo que la única alternativa que te queda es aguantar, o, quizás..." Miró a Steve detenidamente, como midiendo su respuesta. "Puedo activar el centro del sueño en tu cerebro. Pero, si lo hago, permanecerás inconsciente por unos tres días más o menos."

"¡Pero cómo! ¿Quieres decir que podría dormir la mayor parte del tiempo mientras pasa esto?"

"Pues si, pero..." Ahn se detuvo, su mirada vacilante y renuente. "Me temo que sería un sueño totalmente inconsciente."

Steve analizó este comentario extraño por un buen rato. Finalmente preguntó, "¿Qué otro tipo de sueño hay?" Miró a Ahn y luego a Satia y observó la misma expresión de incredulidad en ambos rostros.

"El sueño alerta," respondió Satia, con un poco de timidez.

"¿Quieres decirme que los Darianos se acuestan y permanecen despiertos toda la noche?" preguntó Steve intrigado.

"Si, excepto por los niños," respondió ella. "Nuestros

cuerpos y mentes pueden estar en completo descanso y permanecer conscientes al mismo tiempo."

"Y eso, ¿no es aburrido?" preguntó Steve.

"Por supuesto que no," rió Satia. "De hecho, la idea de perder la conciencia es inconcebible para un Dariano."

Ahn pasó la punta de su largo dedo sobre la membrana que rodeaba el orificio de su oído, mirando a su paciente complacido. "Steve...hace solamente dos días escuché a Jess decir que había tenido un buen sueño. ¿Como pudo saber si era bueno si no lo experimentó?"

La pregunta confundió a Steve, especialmente en vista de la expresión seria de Ahn. "Supongo que es un razonamiento por deducción. Si nos sentimos descansados después de haber dormido, entonces asumimos que tuvimos un buen sueño..." Steve guardó silencio momentáneamente, sintiéndose fuera de lugar por el giro que había tomado la conversación. "Me siento muy bien ahora," agregó. "¿Cree usted que ya salí de esto?"

"Ya quisiera yo que el veneno restante saliera así de fácil," contestó Ahn. Steve vio a Satia que le sonreía. Mientras le devolvía la sonrisa exhaló una bocanada de aire que sonó a risa, y luego miró a Ahn. "No tengo ningún inconveniente en que active mi centro del sueño ...o lo que sea que me haya dicho; si eso me sacará de este apuro."

Ahn sonrió con alivio. "Como nunca antes he hecho esto a un humano, iré suavemente, como lo haría con un niño. Siempre puedo hacerlo de nuevo, si es necesario. No dolerá," dijo. Tomó la mano de Steve y apretó la punta de sus dedos cobrizos dentro de las hendiduras de los nudillos de la mano de Steve. En el mismo instante Steve se dobló y cayó, como un bulto, sobre la cama.

"Ay, Ahn," murmuró Satia, sorprendida y asustada al mismo tiempo.

"Creí que se pondría soñoliento," respondió Ahn, empujando el hombro de Steve para acostarlo boca arriba, mientras Satia le estiraba las piernas. Ahn colocó la frazada sobre el cuerpo de Steve y enseguida comenzó a agitar su mano en el aire, en un movimiento de escobilla, que comenzó por encima de la cabeza de Steve y descendió hasta sus pies. Un vapor blanquecino salía de su mano. "No lo mimes tanto, Satia," la amonestó, mientras se bajaba de la cama. Sus piernas temblaron visiblemente al ponerse de pie y alejarse.

"Ahn!" Satia corrió hacia él para ayudarlo a sostenerse.

"Ni a mi tampoco," agregó de buen humor.

Satia le sonrió, tirando de un lado de su vestimenta para acomodarla parejamente sobre sus hombros.

Ahn la abrazó con ternura y la besó en la nariz. "Veo lo bueno que es él para ti. Me sorprende haber pensado alguna vez que tus sueños de casarte no se harían realidad, y que, al cabo, escogerías convertirte en un Anciano."

"Y yo no he olvidado, Ahn, a una joven que una vez soñó con que tu te casarías..." Había un fulgor en sus ojos al decir esto.

"No pienses, Satia, ni por un momento, que tu propuesta no fue tentadora." Ahn sonrió y colocó sus manos alrededor de la cintura de ella mientras la miraba a los ojos. Poco a poco su sonrisa se desvaneció. Se separó de ella un poco y se volteó para mirar a Steve. "Solamente quiero que recuerdes que él no es como nosotros. No siempre podremos saber lo que es bueno para él." Mientras miraba al huésped terrestre, su expresión se tornó seria.

Se volvió a Satia una vez más. "Debemos permitirle vivir su propio destino." La mirada de Ahn era tan intensa que sus pensamientos parecían llegar a ella antes que sus palabras.

"Lo se...usualmente no lo protejo tanto." La inquietud de Satia trajo lágrimas a sus ojos. "Y Ahn, lo que dijo del desierto exterior."

"Si, lo se, Satia. A mi me preocupó también." Su mirada era perpleja y su expresión pensativa. "Yo detecté algo inusitado en él cuando lo vi por primera vez, pero no he podido saber qué pueda ser."

"Crees que..."

"Satia, no podemos saber con certeza qué sintió allí o a que grado pudo afectarlo."

"Pero Ahn," lo interrumpió, "Lo que haya sido lo hizo perder el conocimiento. ¡Por lo tanto debió haberlo afectado profundamente!"

"Si, por supuesto," el Anciano asintió, "¡pero recuerda que él es un humano, Satia! Bien pudo haber sido solamente el aire ralo, como el piensa."

Satia analizó las palabras de Ahn en silencio. "Tienes razón," dijo finalmente, más tranquila. Fue hacia Ahn y colocó su cabeza contra su pecho.

Ahn la tomó en sus brazos y la meció suavemente. "De todos modos, mi luz, no hay nada que podamos hacer ahora." La soltó suavemente y la miró a los ojos. "Si nuestra inquietud tiene fundamento, seguramente debe haber una razón por la que no recuerde nada. Tu sabes bien el daño que puede resultar de tratar de forzar un recuerdo."

"Si, lo se," Satia asintió. "Lo que pasa es que él lo abandonó todo—todo. Y es tan diferente a nosotros...A veces siento como que estoy haciendo un terrible experimento."

Ahn frotó la membrana interior de sus orejas, como para hacerle cosquillas. "El es fuerte," le aseguró, "y no olvides que éste es su experimento también."

Satia lo abrazó con afecto, apretando su cara contra su cuello.

"¿Cuándo piensas trasladarte a tu nuevo hogar?" preguntó.

"Pensábamos hacerlo dentro de tres días." Se apartó lo suficiente para mirarlo de frente.

"Quizás sería bueno darle un día más…para darle oportunidad de restablecerse. Y procuren frenar sus deseos por lo menos cuatro o cinco días."

"Así lo haremos," prometió Satia. "Gracias." Lo besó suavemente en la barbilla y se volteó para mirar a Steve que se movía en su sueño. "Oh, Ahn," suspiró, "es tan bello."

# Capítulo Veintiuno

Y así ellos dos,
Cumpliendo con la costumbre Dariana,
Se fueron a vivir entre
Las cavernas centrales,
En medio de las cuales
El único río de Daria
Serpenteaba como una anguila verde,
Con sus aguas
Moviéndose lentamente.

Ellos hicieron la clase de cosas
Que uno esperaría que hicieran
Los amantes,
Como buscar constelaciones
En los cielos,
O amontonar hojas
Para protegerlas del frío
Y luego tirarse encima de ellas,
Como niños
Que retozan sobre el heno.

A veces ellos yacían juntos,
Quietos,
En el banco de arena,
Sus rodillas rozándose como ramas
Y hablando como en susurros,
De manera que no se sabía
Quien hablaba:
Si ellos o el río.

Cuando vinieron las vacaciones,
Se dirigieron al pueblo,
Para juntarse con la gente,
En sus celebraciones.
Otras veces
Ella se iba sola
Para visitar a Ahn
Y él se quedaba atrás
Esperando y escuchando...
Esperando conocer
A los padres.

Una vez, cuando ella regresó,
Le preguntó a él cómo estaban los padres...
De una manera
Que no necesitaba una respuesta.
Él le contestó que pensaba
Que ellos estaban bien,
Pero sus voces eran tan suaves,
Que él apenas si
Podía escucharlas
Y él disfrutaba escuchando
Su risa.

Algunas noches ella cantaba para él
Las canciones que sus padres
Cantaron para ella,
Cuando era muy pequeña,
Y como un niño
Él se hundía en un sueño silencioso,
Como si supiera
Que las fuerzas nutricias
Lo observaban.


De vez en cuando
Él le preguntaba a ella
El significado de las palabras
De una canción
Que ella había estado cantando.
Ella trataba de dar una interpretación
De la mejor manera posible,
Pero los significados se perdían
En la traducción.
Ella diría "Me encanta
Leer lo que has escrito"
Y "Nadie puede decir cosas
Como las dices tú" y
"Acaso tú mismo deberías escribir
Algunas canciones de cuna
Porque algún día tú también
Serás un padre."
No obstante él aprendía que Sati
Significa conocer…
Así como el cielo
Conoce al viento,
Y que awu,
Más delgado y más delgado.

Algunas veces él estaba
Tan lleno de ideas,
Que primero habían empezado
Muy despacio
Y después habían crecido
Hasta casi reventar.
Agarrado a la manija de Daisy,
Encontraría un árbol sombreado
Y escucharía sus propias palabras,
Que provenían de ella.
Y se preguntaba si los padres
Estaban detrás de esto…
O si esto era algo
Planeado por él.


Un día Satia encontró una piedra plana,
Que estaba lisa como seda en un lado,
Y con diseños en el otro lado.
Ella dijo, "Imagínatela
Como infinitamente delgada
De manera que cada lado
Se confundiese con el otro
Sin importar de qué lado
Vienen los diseños."


Así él aprendió a dejar
Que sus pensamientos
Fluyeran fácilmente,
Y a encontrar sus ideas
Dondequiera que él las encontrara.
Y al escuchar a los escritores
De su propio mundo,
Él podía decir que algunos de ellos

También habían escuchado
A los padres.


Con el tiempo aprendió a escuchar
Con un corazón tan calmo y silencioso,
Que le parecía
Que se transformaba en un océano,
Como los peces del río,
Parecidos a una ola,
Que se volvían tan grandes
Y transparentes,
Que finalmente él a duras penas
Podía verlos.
Y los reconocía
Buscando sus propias sombras.


Algunas veces cuando acariciaba a Satia,
Su piel se volvía tan suave y lisa,
Que sus manos difícilmente
Podían sentirla.
De pronto él la miraba a ella
Para asegurarse que estaba ahí,
Y sentía miedo,
Aunque no se lo podía decir.


Así como otras parejas,
Que sueñan lo que otras parejas sueñan,
Ellos tuvieron el sueño
De tener niños.
Algunas veces incluso él
Podía sentirlos esperando
Por su llegada,
Como pequeñas manos
Que rasguñaban su conciencia.

Una vez mientras escalaban
Algunas rocas,
Se encontró con un grupo
De pequeñas iguanas que aun
Eran amamantadas
Y le llegaron recuerdos,
De hacía mucho tiempo,
Cuando los Darianos alimentaban
A sus crías,
De la misma forma que los humanos.

Recordó el misterio
De los terrenos incubadores
Y de los bebés,
Que emergían de sus cristales...
La forma de Satia,
Brillando cuando él la tocó...
Y su propia forma
Tan completamente humana.
Y le parecía
Tan extraño,
Desear un niño
Cuando ni siquiera sabía si podía ocurrir.

# Capítulo Veintidós

Steve abrió los ojos y notó que ella no estaba, y que el calor que había atribuido a su presencia, mientras dormía, no era otra cosa que un simpático kumac acurrucado contra su espalda. Pero, él sabía donde encontrarla, pues ella le había contado sus planes la noche anterior, mientras descansaban. Imaginó su sonrisa al verlo llegar, y la satisfacción con que ella le enseñaría todo lo que había hecho.

Rodó de la cama haciendo crujir las hojas suavemente. Algunas se quedaron pegadas a su cuerpo y fueron cayendo, una a una, mientras caminaba hacia la entrada de la caverna. Salió a la aún oscura mañana y miró hacia la parte del cielo que mostraba un verde mucho más claro, gracias al sol naciente. En seguida distinguió su forma cobriza contra la palidez que se hacía más y más brillante. Se encontraba sentada cerca de la orilla de una alta meseta.

Corrió rápidamente hacia la polvorienta base. Dando manotadas para agarrarse, como si nadara hacia arriba, comenzó a subir—su cuerpo ágil y ligero por haber subido así tantas veces antes. Al llegar a la cima la besó en la frente, apartó su largo cabello café claro de su mejilla y le sonrió.

Ella parecía estar muy a gusto sentada allí, rodeada de

una vasta inmensidad color crema y cercada de plumas anaranjadas de windu, las que había colocado en pequeños montículos de polvo hasta formar un perfecto óvalo alrededor de su persona. Satia elevaba una ofrenda a Adriu y Tayan, que recientemente se habían encontrado el uno al otro y pronto vivirían cerca de ellos—en las cavernas interiores al otro lado del río, pero no muy cerca de la vivienda de los otros amantes Darianos, para no perturbar su privacidad.

Steve sabía que la forma y diseño de la ofrenda no importaba. El le había ayudado hacer dos ofrendas anteriormente y ella le había explicado que no era el arreglo lo que importaba sino la intención. De manera que, aunque ahora ella invitó a Steve a agregar su propio diseño, esta vez él prefirió sentarse y observar solamente.

"Steve," dijo inclinándose para comenzar otra fila de montículos, "Estoy tan feliz por Tayan. No hace mucho ella pasó por un tiempo muy difícil."

Steve recordó a Satia mencionar que Tayan había estado enferma, pero en ese momento no se le había ocurrido pedir detalles. Asumió que su enfermedad era pasajera, pues sabía que los Darianos casi nunca se enfermaban y que cuando esto ocurría se reponían rápidamente.

Satia le había presentado a Tayan durante uno de los festivales del pueblo. Era una joven bonita de cabello largo y ondulado y con una suave sonrisa que se asomaba bajo las pecas de su cara. A Steve le había gustado la forma como cantaba describiendo la fruta que distribuía, y su carácter jovial había permitido que él pudiese comunicarse con ella usando una mezcla de sonidos Darianos y Terrestres, combinados con una buena cantidad de gesticulaciones. Durante el recién pasado festival la había visto acompañada de Adriu, un joven alto de ojos verdosos y ancha sonrisa. Sentado junto a ella le había ayudado a pelar Jamaguas, con el aire orgulloso de quien está en compañía de una prenda preciosa.

"Nunca me imaginé que su enfermedad hubiese sido grave."

Satia se inclinó hacia atrás, dejando caer sus manos sobre sus piernas y apretando su rodilla derecha sobre un puñado de plumitas vaporosas, para evitar que el viento las dispersara por toda la meseta. Lo miró fijamente como si la mente de Steve fuera un laberinto complejo y ella tuviera que decidir cuál pasaje tomar para que sus palabras pudieran llegar a él.

"Cuando una Dariana ama, Steve—cuando se entrega sin reservas al amor y las caricias—no hay regreso fácil. Cada célula, cada átomo de su cuerpo pertenece a su amado y éste se convierte en el camino hacia su total y completa plenitud. Y si llegara a suceder que, por algún motivo, su amado se aleja…el dolor que siente, que todo su ser padece, es casi insoportable, como si cada una de sus células fuese brutalmente arrancada."

"Como te sucedió a ti…" se detuvo por un momento, mirándola con seriedad, "antes que Zachary accediera a que me quedara."

Ella asintió. "Es como si tu cuerpo se quemara, Steve, pero la fuente de este dolor es mucho más profunda, porque el corazón no logra comprender. Lo mismo le ocurriría a un Dariano si su amada lo dejase. Pero esto nunca ha sucedido."

Steve se quedo quieto, esperando una explicación.

"En Daria, los hombres y mujeres maduran casi al mismo tiempo. De vez en cuando, sin embargo, un Dariano puede madurar más lentamente. Y entonces, aun y cuando su forma física está bien desarrollada, la totalidad de su percepción, que es parte integral de un Dariano, no lo está. Como resultado, confundirá sus sentimientos con la pasión hasta llegar a creer, honestamente, que está enamorado...cuando en realidad no lo está. Cuando esta pasión inmadura pasa, abandonará a la mujer que una vez lo apasionó."

"Y la chica, ¿no tiene como darse cuenta de esta inmadurez?"

"No si es muy joven y si en la intensidad de su pasión, él la convence de su devoción. Hay un momento en que una mujer no es capaz de ver."

"Así que... ¿alguien abandonó a Tayan?" preguntó, mirándola pensativamente.

"No había otra cosa que hacer. El no podía servirle si no la amaba."

Steve movió la cabeza recordando su propio primer encuentro torpe con una mujer.

"Es nuestra más grande debilidad," continuó Satia. "Cuando un Dariano se entrega a otro...el alma se involucra totalmente. No existe ninguna separación entre los amantes, excepto en el caso de un joven que se haya lanzado precipitadamente."

"La gente aquí, entonces, ¿se compromete a relaciones largas, para estar seguros de sus sentimientos?"

Satia frunció el ceño suavemente. "Así sucede con algunos. A otros, les ocurre de un día para otro. No es tanto un asunto de cuánto tiempo los enamorados pasan juntos, sino de percibir correctamente. En un tono de voz mucho más alegre agregó, "nadie se preocupa mucho por los errores cometidos por la premura porque éstos ocurren muy rara veces. Cuando dos personas perciben acertadamente que se pertenecen el uno al otro nada los separa. La última vez, antes de Tayan, que alguien sufrió de amor yo era muy pequeñita...ni siquiera había salido del campo de incubación."

"En mi mundo este tipo de cosas sucede todo el tiempo,

aunque las consecuencias usualmente no son tan graves. Una persona puede sentirse desgarrada…pero lo que tu describes suena mucho peor, casi como que la vida de la persona peligrara."

Satia asintió. "le tomó a Tayan casi cincuenta días recobrar su salud…y durante este tiempo todos los curanderos de Daria estuvieron constantemente con ella. Su joven amante estuvo a su lado también. Ahora es su mejor amigo."

"¿Acaso era Imiel?" preguntó Steve sorprendido, recordando como los dos ellos lo habían deleitado en los festivales contando leyendas Darianas.

Satia rió al ver su reacción.

"Debido a que su recuperación fue tan completa ella pudo continuar siendo su amiga. No me sorprenderá si Imiel escoge a alguien muy parecido a Tayan cuando esté listo para casarse. Pero debo admitir que fueron cincuenta días muy largos," suspiró.

Steve alcanzó la mano de Satia y la colocó sobre su rodilla, cubriendo su mano con la suya propia. "En la Tierra, Satia, no es nada extraño que un hombre le haga el amor a una mujer sin tener intenciones de permanecer con ella. Se me acaba de ocurrir que tú tomaste un riesgo muy grande cuando me abriste tu corazón. Aparte de los problemas que Ahn y Zachary discutieron… ¿qué hubiera pasado si yo hubiese decidido partir?"

Ella apretó su mano y le sonrió con picardía. "Yo sabía muy bien lo que tú sentías, Steve. Soy mayor que Tayan."

Anya Luz Lobos

# Capítulo Veintitrés

Sucedía de vez en cuando que, en vez de quedarse haraganeando en la cama, salían al alba y subían las colinas polvorientas, más allá de la arboleda de Tuloc, mucho antes que el hambre hiciera presa de ellos y los enviara en una voraz búsqueda de frutas, sus cuerpos desnudos saltando como Guanakos de árbol en árbol.

A veces ocurrían cosas extrañas durante estas vigorizantes caminatas, usualmente a comienzos de las mismas, cuando los pálidos rayos del sol se asomaban curiosamente por entre las colinas, o, a veces, un poco después, cuando descansaban después de una ardua subida. De repente Steve se sentía perturbado por eventos que, recién ocurridos, no podía recordar claramente qué es lo que había sucedido o cuánto tiempo había transcurrido. En ocasiones le parecía que Satia iba caminando a su lado…y, de pronto, la veía en otro sitio, talvez sentada en el suelo trazando con sus dedos patrones delicados en el polvo y viendo hacia la llanura, mientras él observaba, sin decir nada, incapaz de recordar como había llegado ella allí.

Momentos después, vería su forma cobriza inclinarse suavemente contra el cielo, y sus ojos sonreírle calladamente como para silenciar sus pensamientos. Entonces, con el polvo fresco arremolinándose contra sus pies, escuchaba el agradable sonido que producen los Tikas al volar hacia arriba en espiral.

¿Qué era lo que lo absorbía tan completamente y luego, con la misma rapidez, lo soltaba, dejándolo más vivo que nunca y más completamente humano? A veces se encontraba deseando que este sentimiento regresara, que la sensación se repitiera más frecuentemente y anidara dentro de su ser, en vez de volar sobre él como una inesperada ráfaga de viento, imposible de sujetar.

Anya Luz Lobos

# Capítulo Veinticuatro

"**H**'ng dey enayo, Steve." Los ojos castaños de Tayan lo miraron con afecto, su nariz pecosa arrugada debido a su sonrisa.

"H'ng dey, Tayan," contestó Steve, besándola en la mejilla. Hablando en lengua Dariana agregó, "Regresa pronto," y se volvió para mirar el rostro sonriente de Adriu. "Gracias por grabar estas leyendas para mí," dijo, su voz bajando de tono al final de la frase. Podía sentir la atenta mirada de Satia sobre él.

"¡Chara, chara, Steve! ¡N'de Satia!" Escuchó la risa alegre de Tayan.

"Aún no la hablo muy bien," contestó Steve en lengua Dariana. "Pero si, tienes razón, ella es una excelente profesora." Miró a Satia que parecía explotar de orgullo.

"Steve, H'ng dey." Los ojos verdes de Adriu brillaron mientras abrazaba a Steve. "Elag d'na," agregó, soltándolo. Enseguida se volvió para abrazar a Satia.

Mientras sus amigos se alejaban hacia el río, Satia tomó el brazo de Steve con ternura. "Elag d'na," gritó en el momento en que Tayan se disponía a saltar al agua.

Tayan se enderezó rápidamente y se volvió para mirar a Steve y Satia una vez más. Con un gesto les dijo adiós y enseguida saltó, junto con Adriu, al río.

"¡Mírala nadar!, exclamó Steve. "Parece una anguila. Adriu ni siquiera hace por donde alcanzarla."

"Adriu sabe muy bien que no puede," rió Satia.

Poco después, mientras caminaban hacia su caverna, Steve dijo, "Hay algo que se me olvidó preguntar sobre la primera leyenda que Adriu me contó."

"¿Acaso es la leyenda sobre el niño, Steve?" Satia lo tomó de la mano mientras caminaban.

"Si, ¿Cómo supo el niño cuándo era tiempo de dejar el terreno de incubación?"

"Porque, para entonces, su mente y cuerpo estaban lo suficientemente desarrollados y estaba listo para vivir entre la población."

"¿Pero, qué es lo que lo hizo saber? ¿Acaso es un instinto natural como el de los pájaros al dejar sus nidos?"

Satia dio unos pocos pasos antes de responder. "Los padres se lo dijeron," respondió.

"Ah, vamos." Steve respiró hondo mientras la miraba. "¡Los padres! Todavía no comprendo quiénes son, Satia. Acaso se comunican por..." Steve se detuvo a media frase, recordando que, en todo el tiempo desde que conoció a Satia, nunca había recibido una descripción satisfactoria sobre quiénes eran los padres o qué hacían. Y, sin embargo, sabía que Satia no hacía esto a propósito. Por el contrario, muchas veces permanecía pensativa por mucho tiempo antes de contestar una de sus preguntas, como buscando las palabras adecuadas. Y luego, cuando finalmente respondía, describía algo tan abstracto que Steve no entendía y que no parecía estar del todo relacionado con su pregunta original. Steve había tenido la misma dificultad en sus conversaciones con Ahn. Finalmente había llegado a la conclusión que el tema de "los padres" era demasiado confuso—o demasiado extraordinario—para poder expresarlo en palabras, por lo menos para los

Darianos, a pesar que éstos se referían a ellos constantemente. Así que esta vez, y para evitar otra explicación
insustancial, Steve prefirió olvidar la pregunta. Mientras
continuaba su camino por el sendero vio que Satia lo
miraba con insistencia.

"Tal vez es como un instinto," sonrió, y continuó caminando a su lado en silencio.

# Capítulo Veinticinco

"¡Caminé alrededor de todo el desierto central hoy!" Entró dentro del recinto principal de la caverna con una expresión de satisfacción en su rostro. "¡Es la primera vez que lo hago!"

Satia le sonrió calurosamente mientras se ponía de pie. "Nunca pensé que se pudiera hacer en un día, Steve."

"Bueno, comencé al alba," dijo, "inmediatamente después que tú te fuiste para reunirte con los Ancianos; y corrí la mayor del camino." La abrazó tiernamente y la besó largamente en los labios. Luego, sin soltarla, se echó hacia atrás haciendo que los pies de Satia se levantaran un poco del suelo. "Hum," suspiró con placer, bajándola suavemente. "Pensé que sería un buen día para hacerlo, teniendo en cuenta todas las actividades que tú tenías planeadas."

En la claridad de la caverna los ojos de Satia despidieron destellos color ámbar. "Parece que tuviste un buen día."

"De hecho, así fue," contestó, midiendo sus palabras, mientras sostenía dentro de las palmas de sus manos las delicadas y bronceadas de ella. "Al atardecer me senté para observar la puesta de sol a través de esos grandes riscos—tú sabes—los que forman la gruta de sanación.

"¿No entraste al desierto central, Steve?"

"No, por supuesto que no, Satia. Observé desde mi lado el horizonte hacia el este. Y aún desde allí los riscos se veían tan altos. Sólo que se alzaban oscuros, como siluetas, y por detrás de ellos surgían los más bellos reflejos de sol de un carmín encendido."

"Qué belleza." Había un tenue temblor en la voz de Satia.

"Fue increíble," continuó Steve. "Recuerdo haberme preguntado si tú y Ahn estarían allí—en la gruta, quiero decir."

"Es probable," contestó ella. "Llegamos allí al caer la tarde y cuando salimos ya anochecía." Alcanzó la correa de la bolsa de Steve y la retiró de sus hombros. "Yo misma acabo de llegar hace algunos minutos." Dando dos pasos colocó la bolsa en una repisa baja contra la pared. "Vamos a comer," dijo, tomándolo del brazo y caminando con él hacia el comedor.

"Algún día quisiera entrar al desierto central—con el permiso de Ahn y el de los Ancianos, por supuesto."

Ella se sentó en su silla y alcanzó una jamagua grande y madura que estaba colocada en el brazo curvo y ancho de la silla, y que servía de mesa.

"¡No porque crea que haya nada extraordinario que ver!" rió, "aparte de los peñascos que forman la gruta." Y se sentó en su silla frente a ella.

Ella le sonrió mientras mordía la punta alargada de la fruta hasta que un jugo rosado y lustroso salió de la misma. Entonces se la entregó a Steve.

"Gracias, Sati," dijo, mientras tomaba un sorbo largo y refrescante. "Esto sí que es bueno," suspiró, entregándole la fruta de regreso a ella y observando cómo ella la llevaba graciosamente a sus labios. "Ahn debe ser el mejor curandero de Daria," dijo, mirándola.

"¿De veras? ¿Por qué crees eso?" Y sonriendo le devolvió la fruta.

"Todos los meses, cuando vas a la gruta, siempre regresas tan…tan…no se cómo decirlo, es difícil de describir. Es como si regresaras más fuerte, de alguna forma. Es como si tú, como si nosotros, nos acopláramos mejor."

"Te has percatado de eso," rió ella mientras se inclinaba hacia delante para desdoblar cuidadosamente una hoja que estaba rellena de pasta de oyaru.

"Aunque, ahora que lo pienso, cuando vienes de salmodiar con los Ancianos, he observado a veces un efecto similar."

Ella le sonrió suavemente. "El salmodiar causa un efecto estabilizador en el cuerpo."

"¿Acaso hay algo en la gruta de sanación que la hace beneficiosa? Ahn me dijo una vez que los curanderos de Daria se turnan para usarla para sus prácticas."

Ella asintió. "Esos peñascos cierran toda conciencia de los alrededores. Como nuestros curanderos tienen su conciencia tan alerta, la gruta les ayuda a concentrarse mejor."

"Comprendo como el aislar las distracciones les ayuda," contestó Steve pensativamente. "Quisiera poder ver el interior de la gruta algún día. ¿Crees que podría acompañarte la próxima vez que vayas?"

Los ojos de Satia se abrieron asombrados.

"Para ver qué es lo que Ahn hace contigo, quiero decir."

"No se." Su respuesta salió rápida, mientras utilizaba la orilla cortante de una piedra para dividir la pasta de oyaru en pedazos cuadrados. "Quizás en alguna ocasión especial. Recuerda que la gruta ES parte del desierto central."

Steve se sonrojó. No había sido su intención el querer violar las restricciones de Daria. Observó como Satia halaba metódicamente los tallos planos de una planta acuática. "Me asombra lo circular que es el desierto central," continuó, encogiéndose de hombros como para aliviar su frustración, "es casi como si hubiese sido hecho por el hombre."

La mano de Satia tiraba de un tallo rebelde.

"Pero si lo vemos bien, todo este lugar está hecho de círculos, ¿no es así? ¡Las cavernas cercan el desierto, las montañas rodean las cavernas, y supongo que hasta se podría decir que todo este planeta polvoriento encierra las montañas!"

Ella sonrió al escuchar sus observaciones al tiempo que colocaba una hoja cubierta con pedazos de oyaru y tallos de planta acuática en el brazo de la silla de Steve. Enseguida se levantó rápidamente.

"¡Oye! ¿A dónde vas?"

"Voy a caminar un poco."

"A caminar…¿ahora?"

Ella asintió con la cabeza, sonriendo a medias. "Siento ser tan abrupta, pero necesito meditar sobre algo."

"¿Acaso dije algo que te molestó, Satia?"

"No estoy molesta contigo, Steve," replicó, "pero necesito estar a solas." Se inclinó hacia él y lo besó en la sien. "Te quiero," susurró, y se dirigió al arco de la caverna para salir.

No regresó hasta muy entrada la noche, cuando él ya se había acostado. Steve había permanecido despierto, en la oscuridad, esperando su regreso. Sin embargo, cuando ella se metió bajo las cobijas y se acurrucó contra él, sintió un repentino deseo de hacerse el dormido. Permaneció inmóvil por un tiempo largo, sintiendo el cosquilleo del cabello de Satia sobre su espalda. Luego, reprochándose por su naturaleza rencorosa, se volteó y colocó su brazo alrededor de ella. "¿Estás bien?" Preguntó.

"Si, lo estoy." Lo besó en los labios. "Solamente necesitaba reflexionar un poco."

# Capítulo Veintiséis

"¿Adónde vas tan temprano, Satia?" La desfalleciente aurora apenas se asomaba por la entrada de la caverna.

"No quise despertarte," dijo suavemente mientras caminaba hacia la orilla de la cama. La manta de hojas crujió bajo el peso de sus rodillas. "Otra ceremonia con los Ancianos...Ahn me recogerá cerca de la colina." Se inclinó para besarlo y abrazarlo, y luego se apartó de él un poco para mirarlo a los ojos. "Siento que estaré fuera todo el día, otra vez. Pero regresaré antes del anochecer. ¿Quieres que vayamos a nadar esta noche?"

"Claro que me gustaría," le sonrió, advirtiendo que su superficial respuesta no reflejaba el sentimiento de angustia que sentía en su pecho.

# Capítulo Veinte y Siete

"**D**escansemos un rato, Daisy, hasta que consulte esto con Adriu."

"Me parece una buena idea, Steve. Esta leyenda en particular nos ha dado una buena dosis de dificultades."

Steve se reclinó en la silla y dejó caer las manos sobre su regazo. "Quizás vaya a visitar a Adriu y a Tayan mañana," dijo. "Es muy probable que nos hayamos tropezado con otra de esas sutilezas gramaticales con las que a menudo nos encontramos. Cada vez que pienso que ya dominé esta lengua, me tropiezo con otro obstáculo."

"Quisiera poder ayudarte más, Steve, pero hay ciertos sonidos en la lengua Dariana que mis sensores sencillamente no pueden distinguir."

La luz de Daisy pulsaba lenta y serena, a su acostumbrado ritmo.

"¡No se si dije algo que la molestó o qué!" Se puso de pie al decir esto y dio varios pasos hacia el rincón de la pared de tierra que hacía de estudio. Se apoyó en ella con una mirada de preocupación en sus ojos.

"¿Me quieres decir que Satia está molesta contigo, Steve?"

"No sé, Daise," sus hombros se alzaron expresando su incertidumbre. "Su comportamiento ha cambiado."

Regresó a su silla y se sentó, y se rascó un lado del cuello. "Quiero decir…aparte del hecho que sale mucho últimamente…pero no es eso solamente." Dejó caer su mano pesadamente sobre la mesa, haciendo que una pequeñita salamandra saliera disparada de entre un hueco. Corrió sobre la superficie de la mesa y brincó hacia la pared, para desaparecer enseguida entre una de sus rendijas. "Parecía tan asustada anoche, cuando le dije que me gustaría visitar la gruta de sanación."

"¿Hablaste de esto con ella, Steve?"

Por un breve momento Steve se sintió molesto de tener que compartir sus más profundas inquietudes con una máquina. "Ese es el problema, Daise, ella no quiso hablar de ello."

Desde donde estaba sentado, Steve podía ver el dormitorio de la caverna con su cama ovalada de hojas y lianas entretejidas, y más allá, hacia la derecha, la amplia y espaciosa área de estar con sus asientos bajos y su cómodo sofá frente a la entrada iluminada por el sol. Juntos, él y Satia habían construido todos los muebles de la caverna.

"Esta gruta, Steve…¿acaso no es parte del desierto central?"

"Si lo es, técnicamente hablando. Se encuentra justo en la orilla oeste." Se reclinó en la silla mientras aspiraba una bocanada de aire lentamente. "Esta parte del desierto está dentro del 'código rojo,' por lo que a mí concierne." Su mano derecha resbaló de su regazo y quedó colgada a su lado. "Es terreno sagrado Dariano." Había un tono de sarcasmo en su voz. Permaneció sentado dentro de un silencio pesado.

# Capítulo Veintiocho

uvo que ponerse de puntillas para poder besarlo en los labios. "Espero que todavía estés dispuesto para ir a nadar," suspiró, sus talones tocando el suelo de nuevo. "Ha sido un día tan largo, Steve. Y durante todo el tiempo estuve pensando en lo sabroso que sería estar sumergida en el agua fresca." Sus ojos brillaban al mirarlo en la penumbra de la caverna.

"Satia…"

"¿Dime, Steve?"

"Por favor no me mal entiendas," comenzó, "Me alegra que los Ancianos te inviten a sus ceremonias privadas…" Sostenía las manos de ella entre las suyas mientras hablaba. "Cuando cantas con ellos en los festivales, es algo maravilloso." Le sonrió torpemente, y luego calló por un breve momento. "Supongo que me está costando mucho adaptarme a tu reciente flujo de actividades."

"Lo se," dijo, apretándole la mano. "He salido mucho últimamente, y me temo que mañana será igual." Suspiró. "Pero los próximos tres días estaré aquí. Y, en menos de un mes, en cuanto Ad'ventis esté llena, estas reuniones con los Ancianos retornarán a su frecuencia habitual."

Le encantaba a Steve escuchar el chasquido que producía la voz de Satia al pronunciar el nombre de la luna mayor de Daria.

"Esto no ha sido un problema antes, ¿no es así, Steve?"

Él tenía la mirada puesta en el suelo mientras ella le hablaba, apretando sus manos entre las suyas. Con la mirada todavía baja contestó, "No, no lo ha sido," y soltó una pequeña risa. "Cuando te vas solamente por dos o tres días, de vez en cuando, no hay nada de qué quejarse." Sus ojos se alzaron para mirarla. "Tengo muchas cosas que hacer, yo también. He estado pasando apuros con una de las leyendas que Adriu grabó para mi, sin mencionar mi libro."

"No sabía que tu libro te estuviera dando problemas," contestó sorprendida, "Lo que me leíste en la arboleda de tuloc fluyó tan bien!"

"¡De veras! ¿Te lo parece?" Sus ojos brillaron. "Tal vez he estado demasiado involucrado en mi trabajo que ya no logro apreciarlo claramente. De todas maneras, he escrito mucho más desde ese día en la arboleda."

"¿Me podrías leer un poco más esta noche, después que nademos?"

El miró dentro de sus brillantes ojos. "¿Por qué no mañana por la noche?" preguntó, atrayéndola hacia sí. "Tengo otros planes para esta noche."

# Capítulo Veintinueve

"Héme aquí, el cónyuge humano de Satia…en medio de nada más que Darianos! Es probable que algunos de los Ancianos todavía desconfíen de mí. Ellos aún no me conocen realmente. Ahn es quien responde por mí ante ellos." Levantó una mano para rascarse el cuello y luego la dejó caer en la parte interior del codo izquierdo. "Tal vez la puse en aprietos el día que le pregunté si podía ir a la gruta. Podría haber creado problemas para Ahn."

"Eso tiene sentido, Steve. Por lo que me has contado, el Desierto Central es un lugar muy especial para esta gente."

"Así es," suspiró, mientras se reclinaba en su silla. Por lo que he logrado enterarme, Satia puede caminar libremente por él solamente un día al año—eso es, aparte de sus visitas rutinarias a la gruta." Se imaginó a Satia caminando sola a través del soleado desierto. Enseguida, otra visión tomó el lugar de ésta…la de Satia con el Anciano dentro de la gruta, sonriendo el uno al otro.

Anya Luz Lobos

# Capítulo Treinta

La miró a través del aire amarillento y poblado de enjambres de cocuyos.

"Te divisé desde la colina, Steve, al aproximarme a casa. ¿Qué haces aquí?"

"He estado aquí toda la tarde." Sus ojos se dirigieron a un macizo de altos bejucos que surgían del suelo pantanoso, justo al lado de donde ella se encontraba. "Crucé el río temprano para visitar a Adriu y Tayan, pero ya no están allí." Lanzó las últimas cuatro palabras con fuerza, como para comprobar su reacción. "Su caverna está vacía."

"Si." Había un cierto temblor en la voz de Satia.

"Entonces, ¿esto no es una sorpresa para ti?" El tono de su voz era frío.

"Siempre supe que su estadía era temporal."

Se quedó paralizado de asombro. "¿Adónde se fueron, Satia? ¿Podremos visitarlos?"

"No," contestó abruptamente, mirándolo con vacilación. "Ellos ya no viven en las cavernas interiores. No los podremos visitar ya más."

"¿Cómo? ¿Por qué? ¿Qué pasó?" Sintió su pulso acelerarse.

"No pasa nada."

"Satia!" El nombre salió de sus labios como a través de

espinas. Entonces, tomando su mano, tiró de ella hasta quedar sentados los dos, silenciosamente, sobre el pasto mojado. Podía escuchar dos insectos llamándose el uno al otro desaforadamente a través del pantano. "¿Por dónde comienzo?" preguntó, soltando la mano de Satia y fijándose en dos diminutos escarabajos redondos que trepaban por los tallos de hierba y parecían motas rojizas.

"Lo que tú y yo tenemos, Sati, es algo tan...¿cómo podría describirlo?" Sus hombros gesticularon su interrogante. "Es tan...malditamente perfecto, que olvido por completo que tú eres una Dariana y yo un humano. Lo olvido todo...cómo llegué aquí...cómo te conocí. Todo fluye tan armoniosamente bien que, ¡maldita sea! Satia, yo me siento como en las nubes, ¿me entiendes?"

Ella asintió suavemente. "¿Y luego que sucede, Steve?" Su mirada llegó hasta él a través de la penumbra del anochecer.

"Entonces, tropiezo y caigo." Lo dijo con naturalidad. "De repente me doy cuenta de lo diferente que somos tú y yo, y me pregunto si algún día voy a entender la manera como tú ves las cosas." Puso su mano sobre la de ella momentáneamente, apretándola contra la hierba húmeda. "En mi mundo, Satia...en la Tierra, de donde yo vengo, los amigos no dejan a sus amigos sin, por lo menos, decirles adiós. ¡Yo pensé que éramos amigos de estas personas! Es la única pareja con la que nos hemos relacionado. Las tres veces que los visitamos...¡nos divertimos mucho!" La miró a los ojos. "¿No significó esto nada para ti?"

"Tayan y Adriu son dos de mis amigos más queridos," contestó mirándolo abiertamente.

"¿Entonces por qué no me dijiste que se iban? ¿Por qué no me lo dijeron ellos?"

Ella permaneció en silencio, con una expresión entre pensativa y preocupada. "Steve," dijo finalmente, "Yo estoy muy contenta por Tayan y Adriu, porque..." Había vacilación en toda ella, como si buscara qué decir y qué callar. "Porque se fueron para casarse, y..."

"¿Se fueron a casar?" Exclamó, sintiéndose a la vez sorprendido y gozoso. "No sabía que los Darianos se casaban. ¿Hacia dónde fueron?"

"Amu Inl," contestó, después de otra pausa.

"¡Pero cómo! ¿Al Desierto Central?" Sintió una vaga opresión en el pecho.

"Así es," asintió ella, "Amu Inl, en el mismo centro del desierto."

Trató de ignorar el malestar que sintió en la boca de su estómago. Apenas hacía cinco días, después de estar fuera casi la mitad del día, ella había regresado sin ninguna explicación de dónde había estado. "Y la boda, ¿ya se celebró?" Preguntó.

"Los Darianos no celebran bodas ni hacen fiestas," respondió. "Ellos se fueron solos."

Su respuesta alivió la sospecha de que había sido secretamente excluido. "Ah," contestó, sin encontrar nada más que decir, y luego se sumió en un largo silencio. "Entonces...¿que harán ahora?" Preguntó finalmente.

Ella continuaba mirándolo con vacilación, lo cual hizo que él se sintiera totalmente excluido. Y, sin embargo, la mirada de ella era sincera. "Ellos tendrán hijos, Steve." Sus ojos se humedecieron repentinamente.

"Hijos...eso tiene sentido," espetó nerviosamente, y seguidamente, "¡Pero, dónde van a vivir? No hay cavernas cerca de los campos de incubación."

Ella parecía encontrarse totalmente perdida.

"Y, a propósito, ¿en dónde viven los padres de esos niños, Satia? Repitió con un tono ligeramente cortante en su voz. "Solamente los niños mayores y los solteros viven en las cavernas exteriores...que yo sepa no hay parejas viviendo allí."

Ella parecía tener miedo de hablar.

"Satia," le gritó, agobiado por la impaciencia. "¿En dónde viven estos padres? Si no viven en las cavernas interiores ni en las exteriores…entonces, ¿en dónde?" Nunca le había hablado en este tono antes.

"Steve!" La voz de Satia se alzó. "No es mi deseo esconder nada de ti. No está en mi naturaleza ocultar las cosas."

"Entonces, ¿qué pasa?" ¿Por qué no me dices nada?"

Su mirada se apartó de él por un momento. Luego, como adquiriendo determinación, volvió los ojos hacia él y lo miró directamente. "Porque no es lo mismo que permitirte que descubras las cosas por ti mismo."

"¡Que descubra por mí mismo!" Su cara se encendió, mientras su cuerpo entero se tensaba. "No soy un niño que necesita que lo animen a aprender, Satia. Soy un ser humano adulto." Se puso de pie rápidamente, apartándose de ella. "¡Parte del aprendizaje del ser humano se logra preguntando!" Caminaba con impaciencia de un lado a otro sobre el pasto lodoso, dejando a su paso un rastro luminoso de luciérnagas. "Y, dime, ¿cómo aprenderé por mí mismo con todas las restricciones que me han impuesto? ¡No puedo visitar la gruta de sanación, tú no quieres decirme adónde se fueron nuestros amigos! El mes pasado, durante la celebración, cuando le pregunté a Ahn qué significaba Amu Inl…¡ni siquiera me contesto!" Steve continuaba caminando frenéticamente por entre los altos bejucos del terreno pantanoso. "No tenía idea que los Darianos se casaban," exclamó. "Pude haber pasado años asumiendo que solamente vivían en unión libre, al igual que nosotros." En esos momentos una sospecha golpeó su mente, pero continuó hablando para no darle entrada. "Solamente quiero respuestas," dijo con la voz alzada. "No ves cómo…"

"Significa el lugar donde se realizan los casamientos." Su voz cortó el aire.

De repente se sintió desorientado. Se volteó para encontrarla de pie en el mismo lugar donde, un instante antes, estaba sentada.

"Amu Inl…" Caminó hacia él. "Significa el lugar donde se realizan los casamientos."

Permaneció de pie en silencio frente a ella, con las luciérnagas revoloteando en círculos alrededor de ellos.

Más tarde esa noche, acurrucados el uno contra el otro, Satia le susurró, "Me encanta que me hagas preguntas." Luego, volteándose suavemente, "Siempre me ha encantado." Por favor, nunca dejes de hacerme preguntas." Una lágrima rodó por su mejilla. "Perdóname si no puedo contestarte siempre," dijo besándolo una y otra vez.

# Capítulo Treinta y Uno

"Creo que ya sé qué es lo que la molesta, Daise."

"¿De veras, Steve?"

"Creo que lo supe siempre, pero me ha faltado el valor para abordar el tema."

ANYA LUZ LOBOS

# Capítulo Treinta y Dos

Estaba sentada a la orilla del río, sus pies enterrados hasta los tobillos en la arena de una pequeña poza de agua color verde oscuro. Steve se aproximó y se sentó a su lado.

Era esa hora, al caer la tarde, cuando los peces-olas doblaban su tamaño y flotaban en la superficie del agua como cintas transparentes. Steve observó cómo nadaban, firmes y seguros, corriente arriba.

"Tu deseas tener hijos, ¿verdad Sati?"

Sus ojos lo abrazaron.

Los ojos de Steve sostuvieron su mirada por un momento, para apartarse enseguida. "Me temo que... quizás, yo no pueda dártelos. Mírame..." Levantó sus palmas al aire como presentándose, o viéndose a sí mismo. "Soy un humano, no un Dariano." Y se sumergió en un silencio pesado.

"Steve," dijo ella mirándolo con franqueza. "He escuchado y escuchado por días, esperando una respuesta de los padres. Y todo lo que sé, todo lo que concluyo, es que en este mundo, cuando nace un niño...la criatura se forma de la plenitud del amor entre los dos padres. No por ninguna otra razón." Sus ojos lo miraban fijamente mientras hablaba.

¿Con qué palabras podía él responder a esto? Por sobre todas las cosas él deseaba creer que era así de simple. Permaneció sentado en la arena, con la mano de Satia en la suya, mientras en los distantes árboles los Tikas entonaban sus melodiosos cantos.

No fue hasta más noche, cuando estaban acostados juntos en su caverna y el cuerpo de ella aún resplandecía de amor, que él se sintió animado a hablarle de nuevo.

"Amu Inl. ¿Es el lugar de casamiento para todas las parejas Darianas?" preguntó.

"Si," asintió ella suavemente.

"Entonces yo quiero ir allí contigo, Sati...algún día." Miró dentro de sus ojos. "Quiero estar unido a ti de todas las maneras posibles."

"Oh, Steve," se inclinó sobre él para abrazarlo. "Tú sabes bien que yo deseo lo mismo." Lo envolvió con una mirada cálida y húmeda, mientras se hundía de nuevo en la cama.

"Sati..." Procuró ignorar el nudo que comenzaba a formarse en su garganta. "Si estuviéramos casados...quiero decir, desde la perspectiva Dariana, ya tendríamos un hijo, ¿no es así?"

Ella lo miró con una mirada afable y asintió silenciosamente.

El desvió su mirada hacia otro lado, como agarrado en falta, y se encerró en un silencio hermético, mientras los recuerdos de una época lejana llenaban su mente, cuando su matrimonio de diez años terminó inesperada y amargamente, arrebatándole toda esperanza de tener hijos.

"Steve..." La voz de Satia logró llegar hasta él. "Te encuentras tan lejos."

"Estoy en el planeta Tierra."

"¿Pensabas en Claire?" Preguntó tímidamente.

Él había mencionado su nombre una vez solamente,

hacía varios meses, pero Satia lo había retenido.

"Con frecuencia he pensado que si hubiésemos tenido hijos, las cosas hubieran sido diferentes. Pero no..." Meneó la cabeza como dudando de su propia hipótesis. "Dudo que así hubiera sido. El principal impedimento fue mi trabajo."

"¿Debido a tus misiones en otros mundos?"

"Y su propio trabajo, también...sus compromisos. Cada vez que yo regresaba de un viaje teníamos que comenzar a conocernos de nuevo, ambos cambiábamos tanto. De hecho," agregó reflexionando, "siempre me agradó el recomenzar, hasta esa última vez." Su cara reflejó una angustia pasajera. "Pero eso ocurrió hace mucho," prosiguió, "y en otro mundo. Aquí, por el contrario, muy pocas cosas nos distraen el uno del otro...esto es, hasta hace poco."

Ella lo miró con ternura, dándole la impresión que saboreaba cada una de las palabras que él acababa de decir. De repente se sintió cohibido, como un capullo bien cerrado que luchaba por abrirse en su presencia.

"En este planeta," dijo ella suavemente, "a medida que el amor entre un hombre y una mujer madura, aumenta en definición, y nada más importa."

"Quieres decir, ¿después que se han casado?"

"Aún antes que eso," contestó ella. "Mientras todavía viven en las cavernas, así como nosotros...pero han ganado la libertad de visitar el Desierto Central, ya sea juntos o por separado. Ese tiempo se está aproximando para nosotros, Steve. Entonces, ya no iremos más a las celebraciones, y yo ya no iré más a visitar a los Ancianos."

Sus palabras lo asustaron. "¿Eso incluye a Ahn?" preguntó, y esperó la respuesta que tardó en llegar.

"Si," contestó ella, con una expresión seria.

# Capítulo Treinta y Tres

"*M*e temo que lo perdí." Steve estaba casi sin aliento.

"No importa, encontrará su camino a casa."

"¡No tenía idea de lo rápido que corren las crías de los Wanakos!"

"Guanakos," lo corrigió divertida.

"Guanakos," repitió sonriendo, limpiando el sudor de su frente. Seguidamente extendió sus brazos para alcanzarla y atraerla hacia él en un abrazo. "No fue mi intención crear tanto pánico," le susurró en el oído.

"Por supuesto que no, Steve. No podías saber que te adentrabas dentro de su madriguera."

"Eso mismo," exclamó, dando un paso hacia atrás para mirarla. "Pero aún así me siento mal por haberlo hecho. Pobre animalito, cómo corría y cómo chillaba!" Se detuvo por un momento. "Pero caramba," Steve cortó el aire con su mano abierta mientras soltaba un silbido. "Corrí detrás de ese animalito a través de dos mesetas y la arboleda de Tuloc…" Parecía estar exhausto de sólo hablar. "…para perderlo después en el Desierto Central."

"Steve," exclamó Satia, tomando su mano y poniéndose repentinamente pálida.

Se asustó al verla tan alterada. "Está bien," le aseguró,

colocando su mano sobre la de ella, "Sé bien que es terreno sagrado. En cuanto me di cuenta que estaba en sus
pálidas arenas, me regresé."

"Ah," suspiró aliviada. Y, de pronto, como poseída de
una segunda duda, "¿Cuánto te adentraste antes de deten-
erte?"

"No mucho." La miró intrigado, queriendo descifrar su
preocupación. "Solamente unos cinco o seis pasos.
Aunque se me hizo difícil detenerme." Sus ojos permanecían fijos en ella. "Quiero decir, que fue difícil abandonar la caza."

"Ah," sonrió ella un poco temblorosa. Luego, después
de una larga y angustiosa pausa, "Él encontrará su camino
a casa, Steve, los Guanakos siempre pueden." Apartó la
mirada brevemente y enseguida volvió a mirarlo. "Creo
que nunca te he dicho el fino sentido de orientación que
tienen...aun las crías." Dijo esto en un tono alegre, pero
que a Steve le pareció forzado.

"Satia, te has asustado mucho cuando pensaste que
había entrado al desierto." Sostenía la mano de ella mientras hablaba.

"Si," suspiró.

"Yo comprendo que es un lugar muy especial. Estoy
consciente de todas las restricciones. Pero, Sati...¿qué
daño podría haber si yo me adentrase en él accidentalmente?"

"Bueno, pues, probablemente ninguno," rió, mientras
levantaba sus hombros un poco y después los dejaba caer
relajadamente, como reprochándose por tomar las cosas
tan en serio. "Además, no fuiste lejos."

Su respuesta picó su curiosidad. "Y qué si me hubiese
adentrado un trecho más largo, sin intención, por
supuesto."

Sus ojos lo miraron con vacilación. "No sé lo que

hubiera pasado." Miró hacia otro lado.

Steve la miró pensativamente. "Nunca te he visto así, Satia."

"No," contestó, sus ojos muy abiertos y serios.

"Cada pregunta que te hago…tengo la impresión que no debería hacerla."

Los ojos de Satia se humedecieron. "Me es difícil escuchar tus preguntas," confesó, "porque no sé cómo contestarte, por lo menos así ocurre en este momento."

Steve se quedó quieto y silencioso por un momento. "¿Quieres darte un poco de tiempo para pensarlo? Estoy aprendiendo a no apresurarte."

"Si," contestó ella con los ojos llenos de lágrimas. "Gracias," agregó, abrazándolo.

# Capítulo Treinta y Cuatro

Satia se incorporó rápidamente y se inclinó para quitar la cubierta de hierbas del cristal colocado al lado de la cama. Un pequeñito yebu corrió por la pared dejando huellas rojizas y pegajosas.

"Tuviste una pesadilla," dijo, agarrando con sus manos el brazo de Steve, mientras él permanecía sentado en la cama.

"Si, supongo que si," suspiró entrecortadamente. Pequeñas gotas de sudor cubrían su frente y su pecho. "Algo me espantó." Cerró los ojos mientras continuaba respirando pesadamente. Podía escuchar el estridente chillido de los bichos del pantano. "¿Acaso grité, o algo parecido?"

"Así es, Steve."

Notó cuán moteado se veía el rostro de Satia por las sombras de la caverna. "Si fue un sueño, no recuerdo nada." Pasó los dedos por su cabello mojado de sudor y luego exhaló un suspiro de cansancio. "Todo lo que sé es que me siento pésimamente mal." Volvió a respirar con fuerza. "Como si me hubiesen inyectado adrenalina o algo parecido. Y mi espalda..." Frunció el entrecejo como buscando palabras con qué describir lo que sentía. "Siento una sensación extraña y temblorosa. La he sentido antes."

Satia lo miró con detención. "Te ves asustado."

"Aterrorizado, más bien." Emitió un ronco sonido que pareció un conato de risa, sus ojos fijos en los de ella. "Y esta sensación…" Una serie de expresiones angustiosas cruzaron sucesivamente por su cara. "La puedo sentir aquí, en la boca del estómago," prosiguió, "como cuando algo terrible ha sucedido." En ese momento notó cómo se distorsionaban las facciones de Satia en la penumbra de la caverna. Era como si toda la delicadeza hubiese desaparecido de su rostro, para ser reemplazada por una apariencia áspera de reptil. Apartó la mirada, asustado, y entonces notó sus dedos, fríos y toscos, agarrando su brazo. "Todo se vuelve extraño, Satia," dijo, y enseguida sintió nauseas y un deseo de vomitar, mientras el chirrido de los insectos se volvía más fuerte dentro de sus oídos.

"Es mejor que te acuestes." Satia se alejó rápidamente de la cama y fue hacia la entrada de la caverna. Abrió las cortinas y las  ató hacia un lado para dejar entrar el aire fresco de la noche.

El ruido de los bichos se volvió ensordecedor, y el aroma de los capullos de ooang, que se colaba a través del aire húmedo, lo enfermó.

"¿Todavía sientes el malestar en tu estómago, Steve?" Se arrodilló en la cama junto a él. Su voz sonó ronca, o quizás solamente nerviosa.

"Si," logró contestar.

"Cierra los ojos."

"¡Sati!" jadeó, pues el aire le parecía demasiado espeso, demasiado pesado para respirarlo.

Colocó sus manos sobre su estómago.

"Dios," se lamentó Steve, abriendo los ojos, y enseguida se echó para atrás en la cama al verla.

"No mires," le advirtió ella. "Solamente siente. Es más fácil así."

Las manos de Satia se sentían ásperas y carrasposas contra su piel.

"Ay," jadeó, tragando bocanadas de aire espeso y húmedo.

# Capítulo Treinta y Cinco

Le fue imposible pensar durante toda la mañana. Cada pensamiento que intentaba entrar en su mente parecía venir navegando a través de un viscoso pantano. Su cuerpo estaba quebrantado y tembloroso.

Había estado sentado sobre el sofá tejido esperando el regreso de Satia. Cada momento le había parecido intolerablemente largo en la espera que su regreso le trajera sosiego y alivio. Pero ahora que, por fin, la tenía enfrente no sintió ninguna diferencia. "¿Dónde has estado?" preguntó.

"Con Ahn."

Su respuesta desencadenó una repentina irritabilidad. Pero enseguida recordó que Ahn era un curandero y que, seguramente, ella había ido a verlo por él. "¿Qué me sucedió anoche?" Habló en un tono quejumbroso y agresivo como quien ha recibido una inesperada injuria.

Ella lo miró silenciosamente. Una ola de furor se apoderó de él al pensar que, después de todo lo ocurrido, ella pudiera negarse a darle una explicación.

"Satia, necesito saber."

Ella asintió en silencio sentándose en un cojín hecho de hierbas que se encontraba en el suelo enfrente de él. Permaneció así por un rato, ni viéndolo a él ni viendo a ningún otro lado, con la mirada perdida. Finalmente sus ojos lo buscaron, mientras sus labios se abrieron suavemente para hablar. "Los hombres de la tripulación de Dearmin, los que violaron a la joven Dariana..."

El asintió.

"Ellos cruzaron parte del Desierto Central antes de encontrarla en las cavernas interiores." La voz de Satia temblaba al hablar. "Los Ancianos encontraron las huellas de su pequeño vehículo en la arena del desierto."

Steve permaneció sentado, reflexionando sobre lo que acababa de escuchar. "¿Me quieres decir...que el Desierto Central tuvo algo que ver con lo que esos hombres le hicieron a esa joven?"

Ella asintió, las lágrimas brotando de sus ojos. "Quizás los Ancianos no le explicaron con claridad al Coronel la importancia de evitar el desierto. O, quizás, los hombres lo cruzaron sin intención alguna. Steve..." Lo miró consternada. "Nunca pensamos ni remotamente que algo así pudiera ocurrir."

"¿Pero cómo?" Preguntó desconcertado. "¿Cómo puede un pequeño y desolado desierto afectar a alguien así? Hasta los niños se adentran en él en ocasiones, ¿no es así? Me parece que Ahn dijo algo al respecto." Se inclinó hacia adelante, apoyando sus brazos rígidos sobre sus piernas. "¿Cómo puede ser esto?" Enmudeció, sin saber qué más decir.

Ella se re-acomodó en el cojín de hierbas mientras lo miraba silenciosamente. "El Desierto Central puede parecer desolado, Steve, pero es el jardín de los padres, y vibra con vida."

"No comprendo..."

"Es como un campo de flores invisibles, cada una deseando dejar entrever hasta el último de sus pétalos. Por eso es que se le conoce como el revelador de secretos."

Steve observó cuanto más calma parecía estar Satia, como si las palabras que pronunciaba la llenaran de un apacible sustento.

"No me refiero a los secretos sanos que uno guarda en beneficio de la privacidad o por alguna bien intencionada razón. Hablo, más bien, de los secretos dañinos y limitantes que uno esconde de los otros, y hasta de uno mismo. El Desierto Central es un revelador gradual de todos los resentimientos guardados, de todos los sufrimientos ocultos, y de las ilusiones perdidas."

Permaneció sentado en silencio, esperando que ella continuara.

"Es como un jardín eternamente abierto a su máxima expresión. Y, como tal, no esconde nada. Todo el conocimiento se encuentra latente en él. Cada vez que un Dariano lo visita obtiene una mejor visión de sí mismo y de su entorno. Llega a conocer sus propias cualidades personales...sus fuerzas, sus debilidades, sus deseos y temores. Y revive, vívidamente, sus orígenes antiguos y tempestuosos: los siglos de batallas entre los pacíficos reptiles del desierto y los predadores mamíferos del lago—cada uno de ellos con habilidades y recursos que el otro necesitaba, cada uno de ellos controlando territorios separados. Hasta que finalmente, después de muchos siglos de intensa lucha, un profundo reconocimiento de futilidad se abrió paso en la conciencia de ambos, y una gran unión tuvo lugar."

"Un niño Dariano entra en el Desierto Central, por primera vez, exactamente un año después de haber salido de los campos de incubación. ¡A los cuatro años de edad, Steve...seis, cuando más! Y, sin embargo, durante ese día y esa noche que pasa solo en el desierto, el niño se impregna de un profundo conocimiento de lo que es ser un Dariano. No a través de la enseñanza, sino a través de la experiencia directa revelada. A medida que el niño crece, y con cada subsiguiente visita anual, adquiere más conocimiento y sabiduría. Y así es como un Dariano llega a reconocerse a sí mismo...a sí misma, como una expresión de vida."

"Pero, Steve... Lo miró directamente. "El desierto no puede aclarar todas las incertidumbres en un solo día. El querer descubrir mucho demasiado pronto, puede desencadenar emociones explosivas y desconcierto." Lo miró con gravedad. "Nosotros no sabemos con qué secretos de su propio pasado se enfrentaron los hombres de Dearmin, ni con qué intensidad. Ni tampoco sabemos qué impacto causó en ellos las visiones de la historia de Daria."

"Entonces, fue realmente el desierto el que causó su locura."

"El desierto muestra la verdad, nada más. Pone fin a la locura, no es la causa de ella. Pero si un hombre lucha contra lo que el desierto le ha revelado...su resistencia entorpecerá toda futura revelación. Este hombre no podrá, entonces, expandirse para ver una visión total y liberadora, y permanecerá aprisionado en las garras de sus propias y mezquinas percepciones."

Steve permaneció en silencio por un buen rato, sus ojos fijos en el suelo de la caverna, su mente luchando por encontrar el sentido de todo lo que Satia acababa de decirle, mientras su cuerpo todavía se agitaba dolorosamente a causa de la conmoción de la noche anterior. Finalmente levantó la vista. "Pero, ¿por qué no pudiste decirme esto antes, Satia?" Su tono era quejumbroso, como quien tiene una herida abierta.

Ella lo miró con ojos preocupados y enseguida retiró su mirada. Permaneció en silencio por unos momentos como para organizar sus ideas. Finalmente levantó la cabeza y lo miró. "Hay dos cosas muy importantes que considerar,

Steve…cuando se trata de la primera visita de un Dariano al desierto. Los Ancianos están convencidos que estos dos requisitos no se aplican únicamente a los Darianos, sino de igual manera a los humanos, por lo menos hasta cierto punto. Y es que, como verás, el desierto tiene sus propias exigencias."

Steve la escuchaba en silencio.

"El primer requisito…es que el Desierto Central debe experimentarse de una manera natural y espontánea, sin afectaciones ni ideas o expectativas preconcebidas. Cuando nuestros niños entran en él por vez primera, ellos no saben qué esperar. No se les dice ni explica nada. Y, sin embargo, el impacto total que allí experimentan siempre ha sido bien asimilado por ellos. A algunos niños les resulta más fácil que a otros, pero todos, al final, crecen y se convierten natural y gentilmente en adultos."

"Entrar en el momento preciso es igualmente importante," continuó diciendo Satia. "Todo nuestro planeta opera en ciclos precisos. Cuando un niño Dariano sale de los campos de incubación en busca de su primer contacto con los habitantes de nuestro planeta, el "sentimiento de plena y total confianza" que trae consigo es cuidadosamente recogido y atesorado por nuestro planeta. Este sentimiento le es devuelto, al mismo niño, un año después, justo cuando el pequeño está por dar su segundo paso exploratorio dentro del desierto. Steve…" lo miró fijamente para asegurarse que comprendiera. "Dentro de solamente cuatro días, a un día de la luna llena de Ad'ventis, se cumple un año desde que tú y tus compañeros cruzaron nuestras montañas por vez primera para hacer contacto con nuestra gente. Los Ancianos han visto esto como algo muy similar al primer paso que da un niño Dariano dentro de la sociedad de nuestro planeta, y han creído que éste sería el día ideal para tu entrada en el Desierto Central."

Lo miró con franqueza. "Pensábamos contarte este plan, de una forma muy natural, un día antes del día previsto. De esta manera tu exploración del desierto ocurriría de una forma inocente. Y, como precaución adicional, los Ancianos han estado celebrando ceremonias especiales en tu nombre durante todo el mes previo a tu entrada."

"¿Esto es lo que has estado haciendo todo este tiempo?"

Sus ojos se encontraron mientras ella indicaba que sí con la cabeza. "Por supuesto que, como nadie puede estar completamente seguro de los resultados," continuó, "y considerando que tú eres un Humano y no un Dariano…" Lo miró con una mirada vacilante. "Los Ancianos consideraron que Ahn y dos personas más permanecerían cerca de nosotros por algunos días, en caso que tú llegaras a experimentar dificultades serias."

"¿Estaban preocupados por tu seguridad?" Lo dijo con sarcasmo. Le molestó que desconfiaran de él hasta el punto de tomar tales precauciones.

"Les preocupa la seguridad de ambos," contestó.

Steve apartó la mirada y bajó la vista al piso, sintiéndose totalmente abrumado. "Parece que arruiné todas las cosas," dijo finalmente.

"No era tu intención hacerlo."

Hizo un ademán para que ella se detuviera. Estaba demasiado molesto para recibir consuelo. "Y, ¿ahora qué?" preguntó finalmente, su mirada encontrándose con la de ella para apartarse enseguida.

Ella esperó que él volviera a mirarla. "Tu has roto el sello del desierto," contestó con voz calma. "No estaba segura al principio, pero después de anoche ya no tengo dudas." Lo miró pensativamente. "Cuando alguien hace algo así, el desierto exige una conclusión. Esto significa permanecer, solo, en el desierto durante todo un día y una noche. Las dos exigencias iniciales—la inocencia y el momento apropiado—ya no se aplican a ti, Steve. Te digo esto solamente para que comprendas cuáles eran nuestros planes y por qué se te dijo tan poco sobre el desierto."

"Comprendo todo esto ahora, Satia. Pero, ¿no acabas de decir…que el desierto me llama a pasar un día y una noche en él?" Sintió ansiedad.

"No es un llamado al que estás obligado a responder, Steve. Para que el desierto pueda recibir a un visitante que ingresa por vez primera, se requiere una rotación completa de nuestro planeta sobre su eje. Si este ciclo básico llega a interrumpirse, emerge en la atmósfera una sensación de inestabilidad."

"¿A esto es lo que se le dice la llamada del desierto?" Ella asintió.

"Pero entonces, ¿qué sucede después que un niño Dariano ha permanecido en el desierto el tiempo requerido? ¿Hay otros requisitos adicionales que considerar?"

"El niño se habrá adaptado al desierto, pero deberá mantener sus visitas a intervalos de un año. Algunas visitas serán más interesantes y retadoras que otras. Pero, como tú ya sabes, esto no se aplica a los amantes Darianos ni a los Ancianos. Ellos pueden entrar tantas veces como quieran."

Satia lo miró con ternura. "Considerando tus condiciones actuales, nadie espera que entres al desierto de inmediato. Sería un gran error. Ni siquiera sabemos cuánto tiempo durarán los efectos de tu entrada inicial." Levantó los hombros y los bajó enseguida, indicando incertidumbre. "Lo único que podemos hacer es ayudarte, poco a poco, a recobrar tu salud y bienestar. Ahn vendrá cuantas veces sea necesario para ayudarte. Cuando te hayas recobrado totalmente podrás considerar nuevamente acercarte al desierto."

Todo esto era demasiado para Steve. Mientras escuchaba a Satia, luchaba contra un sentimiento de enajenación. Era como si ella fuese un ser extraño, mucho más extraño de lo que él nunca hubiera imaginado. Y a pesar del afecto y dulzura que encerraban sus palabras, el recuerdo de la noche anterior empañaba su conciencia. Le pareció que en este mismo momento Ahn, y por lo menos dos personas más, estarían escondidos, muy cerca, observándolo. Este pensamiento lo incomodó. Su cuerpo se sentía raro, como si sus células estuvieran repletas de arena húmeda y áspera.

# Capítulo Treinta y Seis

"Parece estar observando siempre, Daise, sin tregua."

"¿Observando siempre, Steve?" Su superficie dorada estaba cubierta con una fina capa de polvo. La pulsación de su pálida luz se reflejaba suavemente en los ojos de Steve.

"Inhóspito, impersonal. No se le escapa nada. Deduzco que es el desierto."

"¿Te refieres al Desierto Central, Steve?"

La voz de Daisy sonó extrañamente metálica en sus oídos. "Es este cúmulo de visiones; de cosas antiguas, ¿me explico?"

"La última vez que hablamos fue hace doce días, Steve." Había urgencia en su voz. "¿Me puedes decir qué ha ocurrido?"

"Son todos estos recuerdos…"

"Steve, ¿acaso entraste al desierto?"

"Tan dolorosos."

"¿Steve?"

"Mi vida está deshecha, Daise."

ANYA LUZ LOBOS

# Capítulo Treinta y Siete

Cada anochecer, cuando miraba hacia el cielo, Ad'ventis se mostraba grande y llena, al igual que la noche anterior. Hasta que muy gradual e imperceptiblemente fue menguando y, una noche, todo lo que quedó de la luna mayor de Daria fue una lonja muy delgada. Pero el alivio no llegaba. Poco a poco se fue volviendo huraño, y a menudo ni siquiera sentía deseos de hablar. Daisy permanecía abandonada, sobre la mesa de la alcoba, recogiendo polvo, sin que él le dirigiera la palabra.

En algunas ocasiones regresaba la claridad mental a su mente y podía, aunque fuera parcialmente, entregarse a las tareas del día de una manera que él consideraba aceptable, con pensamientos más o menos lúcidos y suficiente energía física para caminar hasta el río y regresar sin dolores musculares y temblores. Pero esto suponía una lucha, porque Steve estaba poseído de una desesperanza que no lo abandonaba, como si estuviese parado al borde de un precipicio y gradualmente fuera resbalándose hacia abajo.

Satia permanecía fiel a su lado pero sin imponer su presencia, lista para aprovechar cualquier oportunidad de ayudarlo y hacer más llevadero su sufrimiento. Pero el sentía angustia en su presencia, como si mil emociones batallaran dentro de su mente reclamando su atención. Hasta sus malestares corporales se intensificaban cuando tenía que hablarle por más de un breve momento. Era más fácil para él permanecer alejado de ella y caminar a lo largo de la ribera del río o por entre las mesetas, deteniéndose para recuperar sus energías. Muchas veces no regresaba a casa hasta que el sol se había escondido. Entonces la saludaba cordialmente, sin detener su mirada en ella. Algo le impedía abrazarla, aun y cuando a veces lo deseara.

Ahn lo visitaba con frecuencia y le ofrecía sus servicios de curandero para ayudarlo a recobrarse. Otras veces sólo lo invitaba a dar un paseo con él. Pero, cualquiera que fuese la naturaleza de la invitación, Steve siempre la rechazaba.

# Capítulo Treinta y Ocho

De repente se encontró sentado en la cama, totalmente despierto, gotas de sudor rodando por su rostro y su pecho.

"¿Otro sueño?" La oyó preguntar con preocupación.

Steve asintió mientras bajaba las piernas de la cama para irse. No había tenido ninguna intención de quedarse dormido. Desde hacía un tiempo se había hecho el hábito de comenzar la noche acostándose al lado de Satia para luego, cuando el sueño comenzaba a vencerlo, levantarse y retirarse a una caverna cercana, donde sus sueños no pudieran incomodarla. Esta decisión había sido suya, no de Satia. "Espero no haber gritado," dijo, volteándose un poco para verla mejor.

"No, no lo hiciste," contestó ella suavemente, incorporándose sobre un brazo. "Por favor no te vayas."

Se sintió impotente al escuchar sus palabras. "No es que yo quiera, Satia," dijo. "¿Por qué crees que comienzo mis noches contigo? Porque espero que esto termine pronto." Vio una lágrima asomarse en los ojos de Satia y rodar por su nariz.

"Quisiera que me dijeras lo que sientes, Steve."

"Ah, Sati," suspiró en un tono desesperado, apartándose de ella otra vez. "No sabes lo que pides." Dejó caer sus brazos sobre su regazo, su mano derecha sobre la izquierda.

Ella se incorporó calladamente y se deslizó hacia el lado de la cama donde él se encontraba.

"No quiero hacerte daño, Sati, no más de lo que ya te he hecho. Es casi imposible para mi tratarte bien estos días. Y siempre dentro de mi pensamiento está lo que le pasó a Tayan. Ya sabes a qué me refiero, a su primera relación amorosa." Sus ojos encontraron los de ella brevemente y se apartaron enseguida. "Yo no quiero hacerte pasar por algo así. Pero cada vez que intento acercarme a ti, o decirte lo que siento, yo…" Tomó aliento y suspiró, fijando su mirada en la pared más apartada de la caverna.

"Steve," lo miró con vacilación. "¿Tienes temor de verme como te imaginas que yo soy, o de que pueda transfigurarme…si te acercas de nuevo a mí? ¿Es eso lo que te sucede?"

Escuchó el temblor de su voz que denotaba el terror que sentía de pensar que su origen primitivo le hubiese repugnado hasta el punto de repelerla. "No, Satia, no es eso," contestó volteándose para mirarla rápidamente. "Admito que eso me asustó al principio, pero, demonios, ¿que clase de hombre sería yo si dejara que algo así me alejara de ti? He visto suficientes visiones de tu pasado histórico para darme cuenta de que esto es apenas una parte de quien eres. Además," prosiguió, "he estado teniendo unas visiones increíbles de mis propios orígenes también."

"Entonces, ¿qué es, Steve?"

"Ni yo mismo lo sé," dijo con angustia, contrayendo los hombros. "¡Este desierto es implacable!" Se agarró las manos. "Apenas di unos pocos pasos…y ahora me suceden tantas cosas que no logro comprender. Sati…" Su voz se disipó al pronunciar la segunda sílaba. "Todo lo doloroso que he querido borrar de mi vida, ha vuelto a mí de nuevo." Había desesperación en su voz y las pupilas de sus ojos vibraban nerviosamente mientras fijaba su mirada en el piso de la caverna. "Pero aún así, ese no es el verdadero problema," continuó, "no lo es." Steve inhaló largos y entrecortados aspiraciones de aire mientras volvía la cabeza para mirarla. "Siento como que voy a ser aniquilado, o algo por el estilo," suspiró, "es como si el desierto fuera…" Pero sólo el hecho de intentar describir lo que sentía trajo consigo la experiencia ya vivida, esa inimaginable angustia que no atinaba a saber de dónde venía, como un alarido lanzado en un lugar solitario. Su espina dorsal comenzó a vibrar y seguidamente los músculos de su estómago se contrajeron como para cerrar la entrada a su ansiedad. No, él no deseaba pasar por esto otra vez. Nunca más en presencia de Satia. Era como si este alarido, esta locura, o lo que fuera, pudiera en cualquier momento atraparlo, dejándolo imposibilitado y fuera de control.

Sintió la mirada de ella sobre él, pacientemente esperando sus palabras, y sintió el nudo de su estómago cerrarse más todavía hasta provocarle náusea. Entonces comenzó a sentir un temblor aún más intenso en su columna vertebral, y un sonido ahogado y extraño comenzó a golpear sus oídos. Se puso de pie rápidamente.

"Satia. Pasaré la noche en la otra caverna." Respiró forzadamente. "Estaré bien. Por favor no me sigas."

# Capítulo Treinta y Nueve

"Pero ella es tu esposa, Steve. Es importante que le cuentes todo lo que te sucede."

¿Por qué no podía olvidar esas palabras?

"Corrección," había interrumpido a Daisy entonces. "Yo creí que era mi esposa. Ahora no sé qué es." Había apagado a Daisy y se había encaminado hacia la ciénaga. Esa conversación había tenido lugar hacía seis días. ¿Por qué no podía apartarla de su mente?

Hundió su mano dentro del lodo gris con los dedos estirados como sensores. Cuando sintió que tocaba algo con la punta del dedo mayor hundió su mano todavía más. El lodo le llegó hasta el codo. Agarró con sus dedos una raíz gruesa y tiró de ella lentamente. Su brazo tembló por el esfuerzo. "¿Por qué no puedo olvidar todo esto?" se preguntó mientras tiraba la raíz de meya sobre otras que había desenraizado anteriormente.

Por primera vez en su vida había sido descortés con Daisy. De alguna forma esto pesaba más gravemente sobre él que cualquier hostilidad cometida contra Satia. Tal vez porque Daisy representaba una perspectiva humana y, en cierto sentido, su único y último contacto con la humanidad. "Maldición. No me llevo bien con nadie estos días," murmuró. "¿Y qué de Daisy…por qué tiene ella que ser una excepción?"

Se inclinó y hundió su mano lodosa dentro del pequeñito arroyo que corría paralelo a donde se encontraba sentado. Sacudió su brazo y el agua se volvió blanquecina. Se la quedó mirando un rato hasta que volvió a aclarar. Lanzó su mirada sobre la ciénaga.

Los juncos crecían altos, y detrás de ellos el sol poniente brillaba lustroso como un globo deforme. "Es todo lo que puedo hacer estos días—caminar por estas malditas mesetas o recoger rocas. ¡Es lo único que me mantiene cuerdo! Tiró una de las raíces al agua. "¿Crees que no he intentado hablar con ella?" Le preguntó a una invisible Daisy.

"¿Qué no ves? ¡Ella es el desierto! Ella es Dariana...ella lo lleva dentro." Soltó un suspiro de cansancio. "¿Y tu quieres que yo vaya hacia ella y le desnude mi alma?"

Dio un puñetazo sobre el suelo lodoso. "¿Cómo lo hago?" preguntó, dejando caer su mano temblorosa sobre sus piernas. "Le digo, 'quiero que seas como yo pensaba que eras...antes de descubrir lo que realmente eres.' ¿Piensas que eso es lo que ella desea escuchar de mí?" Hundió su mano nuevamente en el lodo. "Yo sé lo que esperan de mi," murmuró, "y, créeme, el que yo hable no va a cambiar nada." Extrajo una raíz larga y delgada y la tiró sobre las otras. Metió su mano nuevamente dentro del arroyo para lavarla. "La única pregunta que me hago estos días es... ¿podré hacerlo? ¿Me atreveré a entrar en el desierto?" Lo dijo con voz fuerte, como quien lanza un acertijo, y su comportamiento era muy parecido al de un hombre ebrio que está por caer en el delirio. "Por que eso es todo lo que queda por hacer, Daise. O hago eso o me regreso a la Tierra y dejo que otro Dariano encuentre el camino dentro de su corazón y tome mi lugar."

# Capítulo Cuarenta

Cada mañana subía por las mesetas del norte con la esperanza de recuperar el vigor de su cuerpo. Al regresar de una de estas excursiones encontró a Satia afuera de la caverna portando una calabaza con jugo y una capa de hojas. No pudo dejar de observar lo cansada que se veía.

"¿Vas hacia la gruta de sanación?" preguntó.

"Así es, Steve."

"Todo esto ha sido muy duro para ti."

Ella asintió suavemente.

Así era, y últimamente ella había visitado a Ahn en la gruta de sanación con mucha más frecuencia que antes.

"Me preocupo mucho por ti, Steve."

Sus ojos se apartaron de ella.

"Me molesta quitarle tanto de su tiempo a Ahn, considerando sus otros pacientes y actividades," continuó. "Pero tiene unas nuevas hierbas que desea que pruebe hoy. Quizás me hagan sentir mejor."

"¿Y yo qué, Satia? ¿Cuándo me sentiré mejor yo?" Lo dijo en un tono de riña.

"Ahn ofreció venir a la caverna para ayudarte apenas ayer, Steve. Tu lo sabes."

Steve recordó la forma brusca como había rechazado su ofrecimiento. El resentimiento que había sentido ayer no era diferente del que sentía hoy.

"Él desea ayudarte."

"No quiero su ayuda," contestó. "No es lo que necesito." Miró hacia los tulocs en flor, rojizos y oscuros, que se mecían en la distancia, y la miró de nuevo sin saber qué decir. "No sé lo que necesito, Satia," dijo. "Solamente siento que debe haber algo más que el auxilio de Ahn." Nuevamente miró hacia otro lado con una mirada perdida. "Lo que tengo es mucho más profundo de lo que cualquier curandero pueda curar."

Satia extendió su mano hacia él con vacilación, y se detuvo antes de alcanzar su hombro. "Sé que no lo piensas así ahora, pero el poder de los curanderos de Daria llega a niveles muy profundos."

"No deseo abrirme a Ahn a ningún nivel, ¿entiendes? Ya es bien difícil tener que tratar con él indirectamente a través de ti."

Lo miró asombrada y permaneció de pie en silencio por un largo rato, su vestimenta de hojas verde pálido susurrando al viento. "No tiene que ser Ahn," continuó. "Daria tiene muchos curanderos excelentes, tanto hombres como mujeres…"

"Satia," la interrumpió.

"Pero yo te extraño mucho, Steve," exclamó con vehemencia, "y cuando te alejas por la noche, me preocupo." Había premura en su voz, y al escucharla la mirada de Steve reflejó un brillo salvaje, como el de un animal que se ve, de pronto, acorralado.

"Sabes bien que es debido a los sueños," espetó, "No es que vaya a ningún lugar peligroso." Y enseguida vio los ojos de ella llenarse de lágrimas.

"Yo solamente deseo que las cosas mejoren," sollozó Satia, "tú apenas si me hablas, y cuando lo haces…" su voz se quebró repentinamente y miró hacia otro lado mientras enjugaba sus lágrimas con su mano. Respiró rápida y angustiosamente, y lo miró directamente a los ojos. "Y tú, ¿por qué estás tan enojado con Ahn?" preguntó.

"Qué sé yo," contestó con impaciencia. Y mirándola de nuevo, como quien reconsidera, "siento como que él tramó mi perdición, ¿me entiendes?"

Ella permaneció en su mismo lugar esperando que él continuara.

"Nadie me advirtió nunca que algo así podría suceder, Satia. Nadie me advirtió sobre el desierto. Nadie." Sus ojos se apartaron de ella para mirar al suelo. "Tal vez tú no pudiste decírmelo debido a tu amor por mí. Pero ciertamente Ahn pudo haberlo hecho, si consideramos que él es el portavoz de los Ancianos."

"Pero Steve, nadie podía saber," comenzó ella a explicar. "Si tú no hubieses entrado accidentalmente en el desierto antes de tiempo, probablemente todo…"

"¡Ay, Satia!" dijo mirándola con incredulidad. "¿Qué diferencia podía haber hecho el que yo hubiese entrado al desierto en la fecha prevista en vez de cuatro días antes?"

Una expresión de indignación se plasmó en el rostro de Satia. "Hubiese hecho una diferencia enorme." Lo miró interrogante. "¿Cómo se te ocurre imaginar que alguien hubiese inventado todo esto? Mira nuestro planeta, ¡míralo!" Sus brazos se abrieron en ademán de abarcarlo todo. "¡Tú, tú mismo has dicho que este mundo no es otra cosa que círculos!" Su mirada era penetrante. "¿Estos círculos, acaso no implican ciclos para ti? ¿No te sugieren una gran precisión? La primera visita al desierto es algo sumamente importante. Entrar en el momento no debido es tan desastroso como…como lanzar una tika al aire cuando aún está empollando."

"Vamos, no puedo creerlo," respondió, y vio como las puntas de las orejas de Satia se teñían de un verde pálido.

"Sati, olvidemos todo esto, ¿quieres?" Comenzó a caminar hacia los arbustos de tuloc y se detuvo para mirarla una vez más. "Mira," dijo, con una expresión de desolación en su cara, como quien intenta extraer amabilidad de una fuente agotada. "Ve donde Ahn, si eso es lo que deseas." Ella asintió una sola vez mientras lo veía alejarse.

# Capítulo Cuarenta y Uno

*E*sa tarde, cuando regresó a casa, Steve encontró la caverna oscura y vacía, a excepción del kumac que, palpándolo con sus patas delanteras y lloriqueando, pedía su cena. Le dio una hoja de pasta de oyaru que encontró en uno de los estantes donde guardaban los alimentos. Enseguida caminó hacia la alcoba para ver si Satia le habría dejado algún recado, pero la luz verde de Daisy estaba apagada.

Por un breve instante consideró sentarse a platicar con Daisy, pero no tuvo el ánimo de activarla. Se sentó, pues, en una banca cerca de su mesa de trabajo y se quedó mirando su colección de piedras minerales que descansaba en una cornisa enfrente de él. El pensamiento de Satia acu-día a su mente insistentemente, y se preguntó donde estaría.

Cuando escuchó el agudo chirrido de los insectos entre los carrizos comenzó a preocuparse, y pasó una gran parte del atardecer caminando por el río, llamándola. Luego la buscó en la arboleda de tuloc y en los campos de iko.

Poco antes de la medianoche regresó a la caverna y se sintió decepcionado de encontrarla todavía vacía. Pasó el resto de la noche despierto sobre la cama de hojas, atento a cualquier ruido. Al amanecer salió hacia las cavernas exteriores en busca de Ahn.

ANYA LUZ LOBOS

# Capítulo Cuarenta y Dos

Al llegar a la entrada de la caverna de Ahn, Steve lo llamó por su nombre y enseguida vio, en el vestíbulo, el vestido de hojas verde-pálido que Satia llevaba puesto esa mañana. Escuchó los pasos suaves de alguien que se aproximaba y vio al Anciano aparecer. Ahn caminaba lentamente y miraba a Steve plácidamente a través de sus ojos castaños.

"Satia se enfermó seriamente esta tarde, después que dejamos la gruta." Miró a Steve con gravedad. "Mientras caminábamos por el lago."

"¿Se repondrá?"

El Anciano se detuvo por un momento, pensativo. "Bajo circunstancias normales yo diría que no hay nada de qué preocuparse. Estas dolencias van y vienen." Se recostó contra el arco de entrada de la caverna mientras hablaba, los huesos de sus hombros sobresaliendo por debajo de su vestimenta de hojas gris-pálido. "Pero esta falta de armonía entre tú y Satia…no es natural, por lo menos no aquí en Daria."

Le pareció a Steve que la voz de Ahn salía de una represa de agua fría.

"Estoy muy preocupado por su bienestar, Steve. Ciertamente habrás observado la frecuencia con que ha venido a verme últimamente. Esto no es normal."

Steve sintió el duro reproche, pero lo único en que podía pensar era en Satia. "Ahn, quiero verla, por favor."

El Anciano vaciló por un momento. "Ella no está aquí. Las dos Ancianas que me ayudaron a asistirla la han llevado a pasar la noche con ellas en su caverna."

"¿Regresará aquí más tarde hoy?"

"Si deseas puedes venir por la tarde. Pero, mi consejo sincero es que la dejes sola por un tiempo. Mucho de su debilidad proviene de la ansiedad que siente por ti. Tal vez si permanece sola durante dos o tres días regrese a ti sintiéndose mejor."

Steve sintió un resentimiento profundo por lo estrechamente involucrado que parecía estar Ahn con respecto a Satia, pero se daba cuenta, a la vez, que lo que Ahn decía era lógico. "Creo que te haré caso," dijo. "¿Le dices que vine a verla?"

"Se lo diré," contestó Ahn. Apartándose un poco del arco de la entrada donde había estado apoyado dijo, "Ella es una mujer joven y fuerte en circunstancias normales, Steve. Si los dos ustedes pudieran resolver sus dificultades no dudo que su salud mejoraría." Por un breve instante el Anciano miró a Steve con una mirada que parecía contener un asomo de afecto.

"Gracias, Ahn," dijo gravemente, y se volvió para alejarse.

# Capítulo Cuarenta y Tres

"¡No sé siquiera por dónde comenzar a explicarte todo lo que siento hacia Ahn!" El cuerpo de Steve estaba aún mojado por el esfuerzo de la larga caminata de regreso de la caverna del Anciano. "¡Mientras caminaba hacia acá me he sentido como un desgraciado, Daise…como si el estado de salud de Satia fuese enteramente culpa mía!" Apretó el puño al pronunciar las últimas palabras. "¡Siento como que me puso en trance! ¡Con razón ella lo ve todo a su modo! Deslizó su silla hacia atrás, retirándola de la mesa, y dejó caer las manos en su regazo, mientras en el fondo de su mente, sin osar pronunciarlo en voz alta, estaba el recuerdo del vestido verde de Satia tirado en el vestíbulo de la caverna de Ahn.

# Capítulo Cuarenta y Cuatro

*A*l regreso de su estadía en las cavernas exteriores, Satia saludó a Steve afectuosamente, besándolo suavemente en la mejilla. Al mirar dentro de sus ojos, sin embargo, Steve notó enseguida que algo había cambiado en ella. Ya no se apreciaba en su rostro esa expresión animada y expectante a la que él se había habituado, y que parecía anticipar un abrazo inesperado que sanaría todo entre ellos.

Esa mirada había desaparecido, y en su lugar había una expresión trémula y desolada de quien considera la posibilidad de que quizás las cosas no se arreglarían entre ellos.

Steve observó este cambio en el mismo momento que ella lo saludó en las afueras de la caverna, sus brazos cargados con lianas que había recogido para hacer un tejido. Era la mirada de alguien que gradualmente busca cómo acostumbrarse a la idea de perder la esperanza.

Este cambio intensificó su propia desolación, llenándolo de una profunda aflicción que hizo que se aislara aun más de ella y que buscara refugio en sus largas caminatas y su soledad.

Satia continuó visitando a Ahn en la gruta, acompañándolo a las cavernas exteriores, y caminando con él por el lago. Pero a pesar de todos los cuidados que el

Anciano le prodigaba ella no parecía mejorar ni tampoco empeorar, sino que simplemente se mantenía a un nivel de vitalidad muy bajo. Se acostaba muy temprano por la noche y se levantaba tarde por la mañana. Sus manos temblaban a veces mientras preparaba los alimentos y, casi siempre, su rostro tenía una expresión enajenada.

Pero de vez en cuando—y por un instante fugaz—el hechizo se rompía y él veía aparecer en sus ojos una mirada de añoranza que le recordaba lo mucho que ella lo amaba. Cuando esto sucedía él apenas si podía contener el deseo de abrazarla, pero enseguida un agudo sentimiento le mostraba su propia realidad y condición debilitada. Porque sus pesadillas aun no lo abandonaban, ni tampoco los recuerdos y emociones confusas que amenazaban su cordura cada día. Era absurdo pensar en casarse con Satia en vista del desierto que se interponía entre ellos. Ni siquiera había podido recobrar toda su fuerza física.

Una noche, mientras se encontraba sentado en el estudio de la caverna examinando su colección de minerales, Satia entró y se sentó en una banca frente a él. "Tal vez fue mucho pedir..." comenzó, "siendo tú un humano y yo una Dariana." Apretaba una mano sobre la otra para evitar que ambas temblaran. "Quizás cuando venga otra expedición de la Tierra tú podrías..." Sus ojos se inundaron de lágrimas, se levantó y salió corriendo de la habitación.

No volvió a mencionarlo durante el resto de la noche, ni tampoco a la mañana siguiente cuando Steve regresó de la caverna donde había pasado la noche solo. Al entrar ella le ofreció una fruta abierta repleta de jugo.

# Capítulo Cuarenta y Cinco

*U*n día, Steve se encaminó hacia el lindero norte del desierto después que el Anciano viniera a buscar a Satia para ir a la gruta de sanación. La partida de ambos proporcionó a Steve la oportunidad de cruzar la orilla del desierto sin ser visto, pues él sabía que una vez dentro de las impenetrables paredes de la gruta su presencia no podría ser detectada por ellos. Le pareció lógico intentar esta acción sin discutirla con ellos, pues estaba seguro que ni Satia ni Ahn hubiesen accedido al plan en vista de su actual estado de ánimo. De esta forma, cuando se dieran cuenta de lo que había hecho sería muy tarde para intentar detenerlo.

Tal vez el desierto lo liberaría de su confusión de una vez por todas, o tal vez enloquecería. Cualquiera de estas dos posibilidades le pareció mejor que la vida irresoluta que estaba viviendo y haciendo vivir a Satia. Había dejado dentro de Daisy un mensaje explicando su decisión.

No sintió la más mínima aprehensión al pisar las pálidas arenas. Más bien, su atención se enfocó en cuán pequeño era este desierto en realidad. "Un hombre podría cruzarlo en un día," pensó. Su intención era detenerse antes de llegar al centro, pasar la noche, y regresar tarde la siguiente mañana, cumpliendo así con lo que suponía eran los requerimientos del desierto.

En la distancia y a su derecha, en el borde oeste, pudo ver la gruta de sanación con sus peñascos irregulares elevándose hacia el cielo. Sabía que Ahn y Satia ya estarían allí, pues había calculado su salida para que coincidiera con la llegada de ellos a la gruta. Mientras caminaba podía sentir los calientes rayos del sol sobre su cabeza, mientras allá lejos, en la distancia, podía divisar la por siempre curvilínea cordillera de Daria.

Había caminado más o menos un cuarto de la distancia hacia el centro cuando observó una bruma fina que se alzaba del suelo a la altura de sus tobillos. Le pareció extraño ver niebla, especialmente en un día tan claro; pero enseguida recordó el efecto de su primera entrada accidental, y se le ocurrió pensar que no había por qué asombrarse de nada de lo que pudiera ocurrir en este lugar. Un súbito estremecimiento lo sacudió.

La bruma creció y fue haciéndose más espesa, hasta que apenas si podía ver nada. Aún los mismos peñascos de la gruta apenas si se podían distinguir, escondidos detrás de un banco de niebla. Continuó caminando con paso firme hacia el interior del desierto, decidido a mantener su dirección. De repente su pie tropezó con algo y cayó de bruces sobre la arena.

Pensó que tal vez había tropezado con una piedra, pues a través de la niebla podía distinguir vagas siluetas irregulares de peñascos y rocas. Estaba oscuro como si se encontrase en el interior de una cueva, y olía a humedad y moho, ese aroma tan particular de las cuevas y cavernas de Daria. De repente escuchó la voz de un hombre que hablaba en murmullos.

Volviéndose para mirar, Steve vio la espalda de un hombre alto y delgado que estaba sentado sobre el suelo a cierta distancia, meciendo su cuerpo suavemente de lado a lado. Quizás fue este movimiento el que llevó a Steve al descubrimiento de que el hombre sostenía a alguien entre sus brazos. Los ojos de Steve apenas si podían distinguir la forma de unas piernas delgadas y desnudas que descansaban sobre la arena al costado derecho del hombre, mientras el resto del cuerpo desaparecía detrás del torso y brazos del mismo. Steve no podía escuchar lo que el hombre decía, pues su voz era muy suave. Entonces, arrastrándose con cuidado, se acercó y se escondió detrás del saliente de una roca cercana. El hombre hablaba en la dulce y melodiosa lengua Dariana.

"Catorce años he vivido contigo..." La voz contenía una inmensa emoción. De repente Steve reconoció la voz de Ahn. "...compartiendo mis conocimientos, viéndote crecer y convertirte en mujer." Inclinó su cabeza sobre la de ella, mientras la aprisionaba en un abrazo. "Cada momento que compartimos me dejó maravillado," murmuró, dejando que ella se hundiera entre sus brazos. Steve podía ver el perfil cobrizo del rostro de Ahn y la lágrima que rodó por su mejilla. "Tu eres mi flor, mi luz preciosa," dijo tiernamente. "Ahora, mientras te sostengo en mis brazos...pienso, espero, que quizás aún no sea demasiado tarde."

Steve se paralizó al escuchar estas palabras.

"¿Como puedo dejarte ir ahora?" Los labios de Ahn temblaron, "No puedo..." la voz del Anciano se quebró. "Por favor, quédate conmigo. Yo te ayudaré a borrar esa marca humana de tu alma." La oprimió contra su pecho apasionadamente, apretando su cara contra la de ella.

"¡No!" gritó Steve, y la visión desapareció como por encanto. Steve se encontró nuevamente solo en el soleado desierto. Se incorporó con las piernas temblándole del susto y los ojos anegados de lágrimas. Tambaleándose intentó reponerse, secó sus ojos con el dorso de su mano, y se encaminó hacia las rocas de la gruta de sanación.

# Capítulo Cuarenta y Seis

$\mathcal{E}$l sol caía cuando llegó. Con paso vacilante se encaminó hacia los altos riscos de la gruta que brotaban abruptamente del suelo, y cuyas largas y delgadas sombras los antecedían. Pasó por la angosta apertura de entrada y siguió a través de un tortuoso pasillo entre enormes rocas ásperamente talladas. De repente se detuvo al ver a Satia, de pie cerca de la pared más alejada de la cueva. Los brazos de Ahn rodeaban su cintura dulcemente mientras se inclinaba hacia ella en ademán de besarla.

Ahn se apartó bruscamente al ver a Steve, que se sostenía contra una de las masivas rocas que se encontraban en la caverna, delirante y a punto de caer. Tomando a Satia por los hombros el Anciano la empujó hacia la pared de piedra. Los ojos asustados de Satia se encontraron con los de Steve por un instante, antes que el cuerpo del Anciano se interpusiera entre ellos. "No quiero ponerte en peligro, Satia. Deja que yo me haga cargo de esto." La voz de Ahn sonó firme e imperiosa. Se volvió y dio varios pasos en la dirección de Steve.

"Ahn, ya sé," dijo éste casi sin aliento, su cuerpo temblando de fatiga. "Ya sé lo que intentas hacer."

"Steve…" El Anciano escudriño su mirada mientras se le acercaba. "Lo que sea que el desierto te haya mostrado…"

"Tu sabes exactamente lo que he visto," lo interrumpió Steve. "Satia me ha dicho que el desierto no miente. No me explico cómo he podido confiar en ti todo este tiempo, sabiendo el poder que ejerces sobre ella."

El Anciano lo miró intensamente. "Steve," dijo, "No es prudente que estés en este desierto, aunque sea en la orilla. Vamos de regreso a la caverna tuya y de Satia para aclarar esta confusión." Tomó el brazo de Steve con fuerza mientras daba un paso hacia la entrada de la gruta, obligándolo a seguirlo.

Pero Steve apartó su brazo bruscamente y la mano de Ahn resbaló hasta la muñeca de Steve. "Yo ya no tengo por qué obedecerte," dijo, liberando su brazo de un tirón. Pero enseguida sintió que sus rodillas se doblaban bajo su peso y un sopor pesado lo envolvió. Cayó al suelo casi inconsciente, sin darse plena cuenta que la mano de Ahn aún sostenía su muñeca.

De repente, medio abiertos los ojos, Steve vio los dedos cobrizos de Ahn alinearse en una perfecta hilera y hundirse firmemente en su piel. Una furia ciega lo invadió, como un incendio fuera de control. Rescató su brazo bruscamente y lo estrelló con fuerza contra los tobillos de Ahn, haciéndolo caer. Enseguida se le lanzó encima, se colocó a horcajadas sobre él, y clavó sus dedos en su garganta.

"Steve, ¡No!"

Escuchó gritar a Satia, y enseguida se asustó al ver un líquido espeso y verde brotar de entre sus dedos, mientras la garganta de Ahn temblaba bajo la fuerza de su presión.

"¡Steve!"

La oyó gritar otra vez, y enseguida sintió los dedos de Satia hundirse ásperamente en sus hombros. De repente, las manos de Steve perdieron toda sensación y en ese mismo instante Ahn saltó sobre él, mientras Satia caía al suelo lanzada por el movimiento imprevisto del Anciano.

Ahn clavó a Steve en el suelo y aplastó la palma de su mano duramente contra su pecho, haciendo su respiración casi imposible.

"Ahn, ¡detente!" Gritó Satia desde el lugar donde había caído. "¡Lo vas a matar!" Intentó levantarse y ponerse de pie, pero tropezó y cayó de nuevo.

Pero el Anciano no se detuvo. Su cuerpo cobrizo se inclinaba hacia adelante rígidamente, su vestimenta de hojas púrpuras desgarrada. Sus ojos desafiantes se clavaron en los de Steve. Sus facciones se endurecieron mientras lo fulminaba con la mirada. De pronto, sin embargo, como quien súbitamente recuerda quien es, retiró su peso y soltó a Steve, dejándolo medio asfixiado y jadeante.

"No pienses ni por un momento," la voz de Ahn hirió los oídos de Steve, "que nosotros los Darianos somos tan tontos como para permitir que un crimen ocurra dos veces." Sus ojos castaños, fríos como el metal, se clavaron en los de Steve mientras éste permanecía en el suelo jadeando, demasiado débil para siquiera intentar moverse.

El Anciano se incorporó. "Míralo Satia. Mira dentro de sus ojos..." gritó el Anciano. "Su miedo dicta lo que ve. ¿Qué esperanza hay de rescatarlo?"

"Oh, Ahn." Satia se incorporó temblorosamente, sus ojos anegados en lágrimas.

"Está fuera del alcance de nuestros métodos de curación," continuó el Anciano. "Deja que los Padres le ayuden si pueden. Lo mejor es que se lo ofrezcamos a ellos."

"Pero puede morir..." Satia miró a Steve con desesperación.

"¿Acaso has olvidado cómo confiar en los Padres? Mira la angustia en que se encuentra. Hemos visto lo que el Desierto le hace a los humanos, y aunque nos creamos esperanzas de que las cosas serían diferentes para él...¿no ves cómo está manifestando las mismas reacciones trágicas? Esta es la segunda vez que entra en el Desierto, Satia, y esta vez su estadía ha sido mucho más prolongada y profunda. ¿No ves que su locura podría ser irreparable y que quizás la muerte sea su única respuesta?" Por un instante el Anciano pareció dudar. "Nosotros no podemos tomar esa decisión," continuó. "Es mejor que lo entreguemos al poder concentrado de los Padres. Que ellos decidan su suerte."

El Anciano se detuvo súbitamente, asombrado de su propia vehemencia. Permaneció de pie sin decir nada, mirándola, sus largos brazos cobrizos colgando contra sus costados. "Yo no puedo tomar una decisión sobre este asunto," dijo. "La única que puede escoger qué hacer eres tú...yo solamente puedo exhortarte y aconsejarte."

Satia permaneció de pie por un buen rato, sus ojos llenándose y vaciándose de lágrimas. Luego respiró profunda y temblorosamente mientras fijaba su mirada en los ojos del Anciano. "Tienes razón, Ahn," dijo con voz vacilante, "He olvidado como confiar en los Padres." Lo dijo con una voz muy suave. "Lo mejor será ofrecerlo a ellos."

Los ojos del Anciano sostuvieron su mirada momentáneamente. Luego señaló hacia un rincón distante de la gruta. "Tráeme ese odre y esa manta," ordenó.

Se inclinó y levantó a Steve por el brazo. Sujetándolo fuertemente para ayudarlo a sostenerse en pie, lo encaminó medio de arrastras a través del sinuoso pasadizo hacia la salida de la gruta. Una vez afuera en el frío de la noche, Ahn lo condujo hacia el centro del desierto. Steve apenas si podía caminar. Satia los seguía a corta distancia, llorando suavemente. Caminaron así por un largo rato, cruzando las pálidas arenas plateadas por la luna.

De pronto Ahn se detuvo, soltó el brazo de Steve y éste se deslizó al suelo.

"Aquí te quedarás." El Anciano miró dentro de sus ojos fijamente. Su anguloso cuerpo temblaba, y un copioso líquido espeso y verde cubría su cuello y pecho.

"Aquí me quedaré," repitió Steve mentalmente, incapaz de refutar la orden imperiosa de Ahn.

"No te moverás de aquí, no importa lo que ocurra."

"No me moveré de aquí," repitió Steve sintiendo odio hacia Ahn por el poder que ejercía sobre él. Luego, inclinándose hacia Steve, y con una profunda tristeza en sus ojos, le dijo, "Procura recordar todo lo que Satia te ha enseñado."

# Capítulo Cuarenta y Siete

Satia cayó de rodillas y colocó el odre y la manta sobre la arena, al lado de Steve. Le explicó que ella y Ahn regresarían por él al cabo de tres días exactamente y que su mayor deseo era que él supiese cuánto lo amaba. Luego suplicó con la intensidad de un niño, las lágrimas corriendo por sus mejillas, para que él se entregara con todo su ser al desierto, donde los Padres descansaban en silencio, esperando llenarlo de sabiduría. "Permite que cada visión llegue a ti," le pidió, "y luego déjala ir sin pena. No te aferres a ninguna postura," le imploró, "deja que todas las visiones formen lo que tú ya sabes."

Steve apartó su rostro y miró al suelo, que se sumía en la oscuridad.

"Ahn," gritó ella de repente, levantándose y corriendo sobre la arena hacia él. Ahn se tambaleaba y parecía a punto de desplomarse; la vida parecía escapársele del cuerpo. "Debo llevarte donde un curandero enseguida," le urgió, sus ojos fijos en su cuerpo delgado y tembloroso. Entonces, soportando su peso, caminó con él lentamente y ambos desaparecieron en la oscuridad. Viéndolos, Steve sintió odio al ver la devoción que ella sentía por Ahn.

"Hipócrita," pensó para si mismo, mientras los veía alejarse, "como la tiene engañada."

# Capítulo Cuarenta y Ocho

Se quedó allí como le había ordenado Ahn, su cuerpo adolorido y fatigado. Maldijo al Anciano una y otra vez, arrebatado de furia y amargura por el golpe que le había asestado. Por mucho tiempo ya avanzada la noche gimió y renegó, mientras la verde oscuridad lo iba envolviendo. Por fin, rabioso y aún murmurando de furia, cayó en un sueño intranquilo.

Al despertar en la madrugada, se sentó en la arena y miró hacía el reflejo brillante y anaranjado que se formaba a lo largo de la distante cordillera, y que anunciaba la salida del sol. Entonces recordó, con renovada ira, todos los eventos acontecidos y se quedó sentado por un largo rato perdido en sus evocaciones, mientras el frío de la noche se disipaba alrededor de él.

No fue hasta media mañana que vio el odre lleno del refresco que Satia había dejado para él. Lo levantó con ambas manos y lo llevo a sus labios, bebiendo su contenido ligeramente dulce, su corazón lleno de una profunda tristeza. Su dolor, sin embargo, se convirtió rápidamente en una inflexible intransigencia, una soga dura y asfixiante que lo ataba inexorablemente. Así pasó el día, sin hacer uso ni una sola vez de la manta que Satia había dejado para protegerlo de los rayos del sol. El atardecer lo encontró doblado sobre si mismo y al límite de sus fuerzas.

Muy temprana la noche, cuando los últimos reflejos del sol desaparecían del cielo, comenzó a sentir inquietantes remordimientos del daño que le había causado al Anciano. Pero enseguida se arrepintió y sintió una profunda indignación por dar cabida a ese sentimiento, en vista de la injusticia cometida contra él. Recordó que Satia había intentado explicarle sobre la sabiduría de los Padres y sintió un dolor punzante, como el de una espina clavándose en su carne, al pensar en lo irónico que resultaba que fuera precisamente ella quien hablara de sabiduría, considerando lo ciega que estaba. No durmió nada esa noche. La mañana lo encontró maltrecho y tembloroso.

El segundo día transcurrió entre molestias e incomodidades, empeoradas por el intenso calor del sol que penetraba en su piel a borbotones, por entre el tejido flojo de la manta. Se colocó la manta encima a modo de toldo y se envolvió en ella, mientras sostenía el odre con jugo entre sus manos. Ocasionalmente lo llevaba hasta sus labios, sus brazos temblando por el esfuerzo.

Avanzada la tarde le entró el temor de que su estadía en el desierto terminaría y él quedaría atrapado en su confusión. Hizo el esfuerzo de recordar las palabras de despedida de Satia. Pero, como siempre, éstas se desvanecieron como débiles reverberaciones y su significado se le escapó. Otras veces recordó parte de sus consejos, pero casi enseguida los desechó como puras tonterías. "¿Dejar ir lo que he visto?" Gritó en voz alta en una ocasión, el recuerdo de la traición de Ahn vivo en su mente, "¿Cómo puede alguien entregarse así de fácil a la derrota?" Tal vez las visiones no acudían porque sencillamente no las necesitaba o, quizás, la serenidad le llegaría al fin si se mantenía firme en sus convicciones. Es posible que esto fuera lo que el desierto quería de él y, por lo tanto, lo urgía a continuar hasta enfrentarlo cara a cara con el Anciano y su hipocresía. Se asombró de encontrarse pensando de esta manera, sobre lo que el Desierto podría o no podría querer, como si fuese Dariano.

No vio la puesta de sol, aún y cuando esperó por ella toda la tarde. Ahora que por fin podía descansar en la sombra sentía su cuerpo arder como una brasa. Era como si su interior hubiese sido encendido una y otra vez para arder eternamente. Se acostó sobre la arena y seguidamente se enderezó, para volver a acostarse de nuevo, buscando una comodidad inalcanzable.

No fue hasta que la noche llegó a su cenit que sintió el aire fresco penetrar por sus poros, poniendo fin al desasosiego de su cuerpo.

Y entonces, una visión apareció ante sus ojos. Era Satia, de pie frente a él...vestida como un soldado del Planeta Raika. Apuntaba un fusil desintegrador hacia él y lo miraba a través de unos ojos fríos e indignados. El sobresalto de un disparo terminó con la aparición. Se quedó quieto en la oscuridad, estupefacto por lo que acababa de ver, su mente luchando por comprender. Le turbó que ella le hubiese aparecido en semejante actitud y vistiendo el atuendo de un planeta diferente. Se sintió burlado, ridiculizado, como si el Desierto se mofara de él. Estaba sentado sobre la arena, su cuerpo quemado por el sol, su respiración forzada, sus piernas abiertas, y un fuerte temblor en su cuerpo. Miró hacia la luna menor de Daria que flotaba en el cielo encima de él. "Malditas visiones," murmuró acostándose de costado y haciendo un puño con su mano derecha.

Se sintió como un despojo...más nunca capaz de poder volver a confiar en nada ni en nadie de este mundo ni de ningún otro. "¡Maldita sea!" dijo en voz alta, aborreciendo la incertidumbre que lo ahogaba.

Y sin embargo, seguía esperando por algo, cualquier cosa, que finalmente lo liberara. Incorporándose con la ayuda de sus brazos se sentó a esperar lo que el Desierto pudiera brindarle, preguntándose cuánto más tiempo podría resistir. Esperó con los ojos cerrados, respirando el aire de la noche, una pierna sobre la otra, mientras pensamientos terribles lo atacaban insinuándole que de nada serviría todo esto. A pesar de sus dudas, sin embargo, el silencio del Desierto comenzó a abrirse paso y a crear espacios dentro de su ser. Estuvo sentado por un buen rato, sintiéndose hueco por dentro, pero al mismo tiempo aliviado por la silenciosa soledad del Desierto.

De pronto, sus pensamientos turbulentos regresaron como una avalancha, y se encontró atrapado dentro del recuerdo de Ahn. Lo vió comprimido y luchando bajo el peso de su cuerpo, su cuello temblando como un junco. Por un momento se odió y despreció a sí mismo por lo que le había hecho al Anciano. Entonces, como impulsado por su propio pesar, su mente se disculpó lanzando un alarido.

¿Por qué llegaba el día tan pronto? ¿Acaso su angustia no estaba todavía latente? La brillante aurora solamente sirvió para recordarle el calor abrasador que se aproximaba. "Esta tarde vendrán por mi," pensó, sin estar seguro de lo que esto significaba. Se imaginó a Ahn arrodillándose a su lado y hundiendo sus dedos dentro de su mano para enviarlo a un sueño sin fin. O tal vez lo llevarían a una caverna solitaria a vivir solo hasta que alguna nueva expedición de la Tierra lo recogiese. Entretanto, Satia se quedaría con el Anciano. Este último pensamiento le desgarró el alma.

"¿Por qué no sucede nada?" gritó de pronto, sintiéndose atrapado por un temor desesperado. Y enseguida sollozó y solloz incontrolablemente, mientras los nacientes rayos del sol se reflejaban en sus ojos. "¿Qué es lo que no veo?" se preguntó. "Sea lo que sea, quiero saber." Se levantó sobre sus piernas temblorosas y elevó sus puños al cielo. "¡Estoy dispuesto a estar completamente equivocado!" gritó. "Estoy dispuesto a poner fin a mi maldita obstinación," su voz se quebró, "abandonar todas mis malditas y estúpidas exigencias..." lloró como un niño, "Si eso es lo que se requiere para liberarme." Y cayó, sin fuerzas, sobre la arena.

Observó de pronto que una pálida neblina comenzaba a levantarse sobre la arena alrededor de él. La neblina creció gradualmente hasta envolverlo y, finalmente, oscureció el cielo. De repente, se encontró de nuevo escondido dentro de la rocosa y brumosa gruta, escuchando al Anciano que hablaba con Satia. Se llenó de amargura de tener que presenciar esta escena nuevamente, pero recordó los consejos de Satia y una nueva resolución creció dentro de él.

"Aya nara hna nayo..." lloraba Ahn. "¿Cómo puedo dejarte ir ahora? No, no puedo. Por favor quédate conmigo. Yo te ayudaré a borrar esa marca humana de tu alma." El Anciano la estrujaba entre sus brazos, hundiendo su rostro en el de ella. Después de un momento se levantó, con ella aún en sus brazos, y la llevó hasta un saliente plano en una roca, a plena vista de donde se escondía Steve. La colocó en su superficie lisa y se quedó mirándola en silencio. Por primera vez Steve la pudo ver directamente—su cuerpo, sus facciones, su rostro. ¡Esa no era Satia! Era una joven sin vida con el rostro cubierto de sangre.

La bruma se disipó como por encanto, llevándoselo todo, y dejando a Steve nuevamente solo, en medio del Desierto Central.

Steve sintió una inmensa tristeza, que parecía brotar de lo más profundo de su alma y atravesar cada una de las células de su cuerpo hasta llegar a quemar sus ojos. Éstos se llenaron de lágrimas. "Ahn," dijo, y enseguida lloró libremente, mientras el más puro de los remordimientos descendía sobre él misericordiosamente.

# Capítulo Cuarenta y Nueve

Cuando el Anciano llegó al anochecer, encontró a Steve sumergido dentro de una paz profunda. Ni siquiera el largo día expuesto al sol había interferido con su serenidad. Era como si el mismo Desierto se hubiese amoldado a sus necesidades, tomando la forma de nubes o brumas refrescantes para hacer su estadía menos penosa.

Sin embargo, al ver a Ahn acercarse a través de la brumosa opacidad del atardecer, una súbita intranquilidad lo invadió.

El Anciano se acercaba con paso lento pero firme. De pronto se detuvo y se lo quedó mirando detenidamente. "Parece que has domado al Desierto," dijo con una especie de sonrisa en su rostro, y se sentó en el suelo frente a Steve.

"Pienso más bien que es todo lo contrario," contestó Steve un poco cohibido. En la penumbra del atardecer pudo ver dos manchas oscuras, como óvalos rasgados, en la base del cuello de Ahn. Los ojos de Steve descendieron por el hombro derecho del Anciano hasta detenerse en su rodilla. Ambos permanecieron sentados por un largo rato en silencio, mientras la brisa del atardecer soplaba sobre ellos. Entonces Steve alzó la vista para mirar dentro de los ojos afables de Ahn. Sus labios se abrieron para decir algo

...pero las palabras no salieron y no pudo hacer otra cosa que permanecer sentado silenciosamente mirando al Anciano, las lágrimas al brotar de sus ojos.

Ahn puso su mano sobre la rodilla de Steve, como indicándole que no había necesidad de palabras. La dejó allí por un rato.

"Ahn," dijo Steve por fin, "Todavía me cuesta mucho creer que pensé las cosas que pensé." Miró hacia la distancia. "Me siento como un tonto."

El Anciano lo estudió en silencio por un largo rato sin pronunciar palabra. "Tenemos una expresión en nuestro planeta," dijo finalmente. "Con frecuencia se la decimos a nuestros niños cuando regresan abrumados por algún fracaso que experimentaron en el Desierto. ¿Te la puedo decir a ti?"

"Si, por favor, hazlo," respondió Steve.

"Le decimos al niño: 'Si no estás dispuesto a aceptar que eres un tonto, ¿como podrá el Desierto hacerte sabio?'"

Steve soltó una pequeña risa, mientras miraba hacia la lejanía.

"Lo que me sorprende," continuó Ahn, "Es que un Anciano, que debería saber todo esto, terminara cometiendo un tonto error tambien."

Steve esperó a que Ahn continuara.

"Satia siempre tuvo el temor de que ocultarte tanta información sobre el Desierto podría ser un error."

"¿Ah, si?"

"Ella me expresó esta preocupación...mucho antes de tu entrada accidental en él." La frente cobriza de Ahn se frunció en un esfuerzo por recordar los detalles. "Ella me recordó que tú eras un Humano, no un Dariano," prosiguió pensativamente, sus brazos y manos vueltos hacia arriba en un controlado gesto de exasperación. "En retrospectiva, recuerdo haberle dicho algo similar a ella cuando tu te nos uniste, Steve. Cómo quisiera haber tomado su inquietud con más seriedad." La sien del Anciano palpitó suavemente. "Yo estaba resuelto a que las exigencias del Desierto fuesen cumplidas de forma precisa y cabal," continuó, su tono de voz adquiriendo intensidad con cada nueva palabra que decía. "¡No quería tomar el más mínimo riesgo para evitar dificultades futuras!" Respiró hondo y suspiró. "Está bien claro para mi ahora que fue precisamente esta extrema cautela la que te llevó a desconfiar de mi. Y, quizás, si tu hubieses estado enterado de los peligros del Desierto, tu entrada accidental no hubiese ocurrido."

Steve se quedó mirando al Anciano pensativamente con una expresión de indecisión en su cara. "¿Te preocupaba que yo pudiese hacerle daño físico a Satia en alguna forma?" Respiró con lentitud. "Para mí tiene perfecto sentido que esta preocupación hubiese atravesado por tu mente…considerando lo que le sucedió a tu pupila, a la que tan trágicamente perdiste."

Un súbito vapor enturbió los ojos del Anciano, y pareció quedarse sin saber qué decir. Miró hacia la oscuridad de la noche en silencio, absorto en sus pensamientos, mientras su cuello pulsaba con una fina vibración. "Hace tiempo que he estudiado tu carácter, Steve, y siempre me pareció que sería muy improbable que tu llegaras a experimentar un tal grado de confusión," dijo finalmente en voz muy suave, mientras miraba a Steve. "No tenía una visión clara de qué podría suceder y simplemente me obligué a tomar las precauciones necesarias." El Anciano respiro profunda y lentamente, sus anchos hombros hundiéndose un poco mientras exhalaba el aire.

"Y casi nunca vi a Satia preocupada por esas dudas," continuó Ahn. "Debo confesar que me sorprendió mucho la serenidad que sintió después que te dejamos aquí en el Desierto." Miró a Steve reflexivamente. "No era la paz del

que se resigna a una pérdida," exclamó. "Ella sencillamente estaba llena de una profunda confianza en los
Padres, y en ti también, Steve…de que todo se resolvería
y que ella permanecería a tu lado. Cuán feliz me siento de
descubrir que tenía razón."

Las palabras de Ahn conmovieron a Steve profundamente, en especial las referentes a Satia.

"Pero la noche ha caído," exclamó el Anciano súbitamente, volteándose a mirar a su alrededor. "Es hora que
dejemos este lugar para que alguien, mucho más querido
para ti, finalmente te vea. Verás como la encontrarás
mucho mejor." Cuando Ahn se levantó, su vestimenta de
hojas crujió.

Steve se puso de pie para acompañarlo.

"Ella ha estado esperando en la gruta todo este tiempo
y, sin duda, estará impaciente."

# Capítulo Cincuenta

*P*ara Steve era como revivir los primeros tiempos junto a Satia, cuando llegaron por vez primera a las cavernas interiores. En realidad, nada había cambiado mucho desde entonces. Vivían su vida como siempre lo habían hecho, aunque ya no asistían a los festivales del pueblo ni a las pequeñas reuniones a la orilla del lago.

Steve se sentía envuelto en una profunda serenidad, como si hubiese atravesado un ancho y traicionero abismo y lo hubiese dejado atrás. Pero su sentido de bienestar provenía de algo más que de haber vencido un obstáculo. Algo había cambiado dentro de él desde su turbulenta entrada al Desierto Central. Era como si dentro de su corazón hubiese algo permanentemente palpitante y al descubierto, mientras que otra parte de él, más dada a la prudencia, se volviese cada vez más silenciosa. Este cambio era tan sutil como el aire, pero lo llenaba de una paz perdurable que rara vez lo abandonaba.

La última vez que vieron al Anciano fue esa noche en el Desierto Central. Ahn había encaminado a Steve de regreso a la gruta donde Satia lo esperaba, y ambos se despidieron de él.

Ad'ventis, la luna mayor de Daria, había llegado a su plenitud siete veces desde entonces. Steve y Satia visitaban el Desierto Central con frecuencia, guiados por su propio impulso; unas veces por separado, otras veces juntos. Cada vez regresaban un poco más sensatos y más devotos el uno al otro. Porque siempre, sin importar lo que ocurriera, el Desierto les revelaba más completamente su amor. "Es como un jardín," le dijo un día Steve a Satia, "y cada semilla que siembro eres tú." Así pues, no había nada más natural para Steve que amar a Satia. Sin embargo, no dejaba de inquietarle un poco, a veces, ver cómo iba perdiendo el interés por las demás cosas. Hasta el escribir comenzó a carecer de importancia para él, a pesar que continuaba haciéndolo, pero más como un ejercicio que una motivación, y muy raras veces salía solo a recoger rocas. Si hubiese estado viviendo en la Tierra con Satia, sin duda hubiese visto estos cambios que se operaban en él como poco saludables, pero no olvidaba las palabras de Satia sobre cómo el amor en Daria progresaba hacia una creciente e intensa concentración. Tomó, pues, todo lo que estaba experimentando como una señal de que todo iba bien. Después de todo, Satia no parecía estar preocupada. Ella se desvivía por el y lo colmaba de atenciones, respondiendo así a su propia devoción por ella.

Ciertamente era feliz. Nada lo molestaba. La mayor parte del tiempo se sentía como un niño jugando en un campo de piedras preciosas. Y aunque no tenía una clara idea de cuando Satia y él finalmente entrarían a Amu Inl, o qué significaba este acontecimiento exactamente, sentía plena confianza que el Desierto le revelaría todo lo que necesitaba saber a su debido tiempo.

# Capítulo Cincuenta y Uno

*L*e encantaba abrazarla así, con su masculinidad despierta dentro de ella, sus cuerpos quietos, como si el acto sexual del amor nada tuviera que ver con el movimiento y sí todo con la fusión.

Recordó como en los primeros días de sus actos de amor se había encontrado a veces como flotando en el espacio, su ser descansando dentro del de ella. Pero estos momentos habían sido fugaces, frecuentemente velados por su propio deseo de deleitarla y satisfacerla, como si el permanecer quieto dentro de una mujer no fuese suficiente para hacerla sentir un verdadero gozo.

Su pasión se había enriquecido tanto más desde entonces. Porque si bien aún le gustaba lanzarse sobre ella áspera y salvajemente, subyugándola con su virilidad y deleitante poder, la verdad era que gradualmente ella lo había seducido hacia el placer de la quietud.

Le gustaba sostenerla íntimamente mientras les llegaba el sueño. Le encantaba despertarse inesperadamente durante la noche y encontrarse dentro de los largos y dulces éxtasis de Satia. Amaba quedarse descansando dentro de ella entre una culminación y la siguiente…la cual podría no llegar, y sintiendo como si cayera, cayera eternamente dentro del silencioso centro de Satia.

# Capítulo Cincuenta y Dos

"Caminaba por el desierto temprano esta mañana y, de repente, tú estabas allí."

Las orejas de Satia resplandecieron suavemente mientras lo escuchaba.

"No se te parecía realmente," continuó, "y, sin embargo, reconocí que eras tú instantáneamente...como aquella vez que sostuve una de las esculturas del museo y supe exactamente lo que tenía en mis manos, aún y cuando nunca lo hubiese adivinado por su apariencia."

Satia se inclinó un poco hacia él mientras hablaba, sus ojos abiertos y atentos.

"De repente, vi un animal de cuatro patas moviéndose solapadamente sobre un risco justo encima de ti. Tenía el pelo oscuro y erizado, largas garras...y un hocico similar al de los lobos terrestres, con colmillos agudos y prominentes."

"Un goya de río," murmuró Satia. Sus orejas llamearon y luego se retrajeron. "Fueron destruidos durante la gran fusión."

"No lo veías," continuó Steve, "Estaba encima de ti, acechándote, y tú no te dabas cuenta. Yo quise llamar tu atención de alguna forma, prevenirte del peligro en que te encontrabas." Steve calló. "Pero algo dentro de mí me dijo que no lo hiciera." Había una expresión de asombro en su cara. "Saltó sobre ti, Satia…venía en el aire hacia ti. Y, de repente, tú volteaste la cabeza, como preparándote para el ataque, y los costados de tu cuello se hincharon mientras agudas agujas brotaban a lo largo de tu espalda. Salió un silbido increíble de la cavidad de tu pecho. Enseguida la criatura cayó sobre ti y lanzó un alarido, pues una de las agujas se ensartó en su hombro." Steve se quedó inmóvil, sus ojos sosteniendo la mirada de Satia mientras hablaba. "Peleaste valientemente por un largo rato. Pero finalmente perdiste…y fuiste su alimento." Steve respiró profundamente y enseguida soltó el aire lenta y entrecortadamente. Luego, alcanzando la mano de Satia, la apretó contra su pierna, como quien sostiene algo de un inmenso valor. "Me preocupa el haber observado todo esto tan atentamente, Satia, sin haber hecho nada por defenderte." Había una expresión de extrañeza en su rostro. "Mi asombro fue tan grande que reemplazó toda acción."

Ella lo miró con dulzura. "Fue muy sensato de ti el observar sin poner resistencia, Steve. Nada se gana por querer cambiar lo que el Desierto nos muestra." Le apretó la mano suavemente. "Cada victoria es perfecta," dijo. "Cada fracaso es igualmente perfecto."

# Capítulo Cincuenta y Tres

*H*abían pasado la tarde entera caminando por el desierto y ahora descansaban sobre sus arenas. El sol acababa de ponerse, y el cielo resplandecía con un intenso tono encarnado detrás de las distantes e irregulares montañas.

"Me siento tan amado por ti, Sati," dijo suavemente, alcanzando su mano dulcemente, "tan aceptado. No me imagino desear estar en otro lugar que no sea aquí contigo."

Ella lo envolvió en una dulce mirada. "Y, sin embargo, algo te inquieta, ¿no es así, Steve?"

Sus palabras no le causaron sorpresa, tan acostumbrado estaba a su sutileza y comprensión.

"Creo que esa última visión que experimenté en el desierto me sacudió más de lo que hubiera querido." Se encogió de hombros. "Me da la impresión que a medida que aprendo más cosas sobre ti, o sobre ambos, se hace más claro lo poquito que verdaderamente sé. Cuando me detengo a examinar quién eres, Sati, o quiénes somos nosotros en todas nuestras formas cambiantes, me siento tan vacío, tan perdido a veces, como si el desierto estuviera arrebatándomelo todo. ¿Quiénes somos, realmente? ¿Qué es este desierto? Y ¿Quiénes son esos padres que permanecen en silencio?"

"¿Te molesta su silencio, Steve?"

"Por supuesto que si, Satia. ¡Por mucho que ame nuestra vida en común, hay una parte de mi que no la desea así del todo!"

"¿Cómo te gustaría que fuese?" preguntó con curiosidad. Steve lo pensó por un momento. "Quisiera que todo fuera sencillamente más común y corriente."

"¿Común y corriente?"

Steve rió. "Predecible. Fácil de entender. Ya tú sabes... yo Steve, tú Sati." Golpeó sus puños contra su pecho, haciendo brotar una sonrisa en el rostro de Satia. "Me molesta a veces que este desierto no deje nada en paz, por lo menos no por mucho tiempo." Observó cuán oscuro se ponía el cielo. Alcanzó la bolsa de frutas que habían traído para su paseo. Colgó la correa sobre su hombro y se quedó mirando a Satia una vez más. "No hagamos grande el asunto," suspiró sonriéndole. "Tal vez aún estoy pasando por algo de lo que sentí la primera vez que entre aquí ...sea lo que sea que haya sido eso." Se detuvo por un momento. "¿Sabes? siento como que pronto no quedará nada de mí, o algo así." Apartó la mirada de ella brevemente, como cohibido. "Sólo que ahora que estoy absorbiendo pequeñas dosis a la vez no me siento tan abrumado por este sentimiento." Soltó una bocanada de aire que pareció una risa mientras se incorporaba para ponerse de pie.

Al levantarse Satia pasó sus manos por encima de su vestimenta, haciendo caer la arena. Enseguida se volvió hacia él y lo miró a los ojos tiernamente, su mano reposando suavemente sobre el brazo de Steve. "Todavía estás huyendo de ese grito," dijo suavemente. "Cuando dejes de querer escapar de él...todo esto dejará de ser un problema para ti." Y se volvió para caminar junto con él hacia su caverna.

"Satia, ¿qué quisiste darme a entender cuando dijiste eso?" preguntó Steve finalmente ya tarde esa noche, mientras ambos se acomodaban en su cama. Le había tomado todo este tiempo darse el valor de mencionarlo, pues le parecía una cobardía el sentirse angustiado por un grito. Puso el aire más natural que pudo al preguntárselo, como quien solamente desea satisfacer una curiosidad. "Me parece que tú sabes algo de este grito o alarido," agregó mientras se sentaba frente a ella en la cama.

"Eso es porque no solamente te pertenece a ti, Steve," dijo, con un brillo en sus ojos. "Le pertenece a todos y a todo."

"¿A todo?"

Ella asintió suavemente. "Toda nuestra esfera polvorienta palpita eternamente con su historia."

La miró intrigado. "¿Me estás diciendo que el pasado permanece por siempre latente en este planeta?"

Ella asintió nuevamente. "La información siempre está al alcance de todo aquel que tenga su sensibilidad abierta a ella."

Steve nunca la había escuchado decir esto antes. Se quedó quieto por unos momentos, reflexionando. "¿Acaso entonces, es función del Desierto Central unificar esta información de alguna manera?"

"Así mismo, y es por eso que nuestro mundo tiene más sentido y las experiencias que aquí se viven son mucho más intensas." Levantó su mano cobriza para rascar la base de su cuello suavemente. "Nuestros niños descubren esto temprano en sus vidas, cada vez que entran al desierto. Gritando se fusionan dentro de la corriente de experiencias por siempre cambiantes de la vida. Con el tiempo aprenden a aceptarlo todo y hasta amarlo." Lo miró tiernamente. "Pero tú no tuviste esta preparación tan necesaria para amortiguar el impacto de esta experiencia. Por lo tanto no me sorprende que la encuentres tan desconcertante."

"Supongo que así es," dijo, soltando un pequeño silbido. "Yo encuentro hasta desconcertante el escucharte hablar de ello, y yo no quisiera de repente abandonarme y ponerme a gritar." Bajó su mirada hacia la cama.

"¿No quieres hacer eso, Steve?" preguntó Satia con una tenue sonrisa en su cara.

"Por supuesto que no, Sati," dijo apartando la vista de ella.

"Este grito ya fue generado," agregó ella finalmente. "No creo que le importe si tú agregas tu voz a él o no."

"Bueno...me agrada por lo menos escuchar eso."

"Solamente necesita ser sentido, eso es todo. Necesita ser absorbido." Satia esperó que Steve volviera a mirarla.

Al levantar la vista vio los jaspes de los ojos de Satia brillando en la oscuridad, y le pareció a Steve que podía sobrellevarlo todo, aún lo que ella le sugería, siempre y cuando ella permaneciera a su lado.

"Sólo tú puedes descubrir qué es lo que despierta en ti este grito," le dijo Satia suavemente. "Lo que destrozó a una persona, puede tener poco o ningún impacto en otra. Una vez que dejes de resistirte a su dolor...ya verás cuanto más fácil será."

Steve la miró con ternura por unos momentos.

"Gracias, Sati," suspiró mientras la atraía hacia él para luego caer juntos sobre la cama de hojas. Mientras la sostenía entre sus brazos mirando hacia el apenas iluminado techo de la caverna, respiró profunda y lentamente, como absorbiendo todo lo que ella acababa de decirle.

# Capítulo Cincuenta y Cuatro

Soñó que caminaba por en medio de un jardín de arbustos en flor y árboles cargados de frutas. El dulce aroma de las flores de aki impregnaba el aire mañanero. Cada paso que daba parecía conducirlo a través de un aire extático. Su cuerpo ligero parecía flotar como si estuviese henchido de una brisa fresca y propulsora.

De repente vino a su mente el pensamiento que de este jardín no era posible escapar. Por dondequiera que miraba había flores que se mecían suave e incesantemente.

"Steve," oyó que lo llamaba, y corrió por el sendero para encontrarla. Pero por donde fuera que virara sólo encontraba ramas cargadas de capullos en flor.

"Steve," la escuchó llamarlo de nuevo. Pero ahora su voz sonaba lejos.

La llamó una vez, y luego otra. Pero solamente el silencio le respondió. Y, de pronto, supo que ella ya no estaba más en el jardín.

# Capítulo Cincuenta y Cinco

*H*abían hecho el amor toda la tarde de manera que la cama de hojas estaba casi completamente deshecha, su original forma ovalada desfigurada y sus hojas suaves y aterciopeladas esparcidas por el suelo. Cada mañana después de comer la fruta del desayuno, Satia recogía y re-acomodaba nuevamente las hojas bajo la manta, también hecha de hojas, y que colocaba sobre la cama. Ella misma había tejido esta especie de edredón y estaba muy orgullosa de ello. Las hojas del edredón le recordaban a Steve las del Arce terrestre, solo que sus fibras eran mucho más suaves, tan suaves que al cobijarse por la noche, su cuerpo no experimentaba ninguna sensación de aspereza. Pero ahora el edredón estaba hecho un ovillo sobre el suelo polvoriento, mientras el sol se filtraba a través del arco de entrada de la caverna, dándole un suave resplandor color ámbar a todo el interior.

Satia frotó el aceite de ooang, caliente por los rayos del sol, sobre la cadera izquierda de Steve, mientras lo reprendía juguetonamente culpando a su naturaleza apasionada por el golpe. El líquido resbaladizo le dio alivio y el calor que brotaba de la mano de Satia era tal que el aceite penetró hondo dentro de sus músculos y huesos, eliminando el dolor casi por completo.

"Sabes bien que nada tiene que ver con eso," rió Steve mientras levantaba un poco la cabeza y la dejaba caer de nuevo sobre la cama de hojas, soltando un suave quejido por el dolor que le causara este movimiento.

"¿Por qué te duele entonces la cadera?" bromeó Satia, sabiendo perfectamente dónde y cómo se había originado dicho dolor. En esos momentos pensó Steve que ya no quedaba ni un solo evento interesante, significante o divertido de su vida que no le hubiese contado a Satia, o que el desierto no le hubiese revelado. Ella sabía del accidente de su niñez que casi había pulverizado su cadera, de la cirugía reconstructiva que le habían practicado, y de los ajustes que habían hecho en sus huesos para que éstos crecieran acordes con su desarrollo natural. Los recuerdos de este accidente no eran dolorosos, pues los métodos de la medicina moderna terrestre habían vencido, hacía mucho tiempo, casi todos los problemas relacionadas con el trauma y el dolor. Pero aquí, en este planeta, no había neutralizantes del dolor y cuando, en ocasiones, su cadera experimentaba una recaída, no tenía más remedio que conformarse con la medicina natural de Daria.

Acordándose de su broma, Steve sospechó que el siguiente juego de Satia sería sugerir que él se quejaba de un dolor, hacía mucho tiempo desaparecido, solamente para recibir más mimos. ¡Como si ella no lo mimara lo suficientemente ya! O, tal vez, querría darle bromas de la vez cuando él, muy joven aún, visitó el planeta Tira y dos lindas jóvenes vinieron hacia él al mismo tiempo, de manera que por muchos días después tuvo que hacer uso constante de un neutralizador portátil contra las sensaciones.

Así que, no sabiendo qué podría ocurrírsele, Steve consideró la posibilidad de hacerle el amor de nuevo. La sensación de las manos de Satia sobre su cadera y su trasero convertían este pensamiento casi en un deseo.

Pero estaba cansado, así que dándose vuelta e incorporándose al mismo tiempo, se sentó. Colocó sus manos bajo los brazos de Satia y se echó hacia atrás sobre la cama, atrayéndola sobre sí, de manera que ella quedó descansando encima de él, su cuerpo cobrizo, tan liviano y etéreo, dándole la sensación de una manta de seda.

Se sintió envuelto en una paz gentil y apacible. Podía escuchar los pajarillos cantando afuera y oler el perfume de los capullos de ooang que la brisa pasajera le traía. Miró a Satia que tenía los ojos cerrados. Cerró sus ojos, él también, y se quedó quieto, acariciando suavemente con sus manos la espalda de Satia. Después de unos momentos, sus manos cesaron su caricia y se quedaron quietas sobre la suave curva de su dorso.

Fue entonces que sucedió. Las manos de Steve comenzaron a hundirse dentro de la piel de Satia. Steve abrió sus ojos rápidamente con una mirada asustada, temeroso de moverse. Se preguntó si ésta sería una sensación imaginaria, pero de repente sintió sus manos descendiendo firmemente hacia su propio pecho, a través de la piel de Satia. Steve se incorporó bruscamente, su corazón latiendo locamente, y pudo observar que las manos y brazos de Satia habían desaparecido casi por completo dentro de su pecho. En ese mismo momento ella se separó de él, asegurándole que todo estaba bien. Por un largo rato Steve permaneció jadeante, chorros de sudor resbalando por sus sienes, mirándola de reojo como un animal espantado.

Satia no dijo nada. Temblaba, asustada y espantada, envuelta en una especie de vapor verde pálido. Un torrente de pensamientos inundó la mente de Steve y vio a una joven que suplicaba a dos hombres que se detuvieran...y luego desaparecía dentro de una bruma verdosa.

"Ah," murmuró entre suspiros entrecortados, "No fue mi intención asustarte. Es que, no sé...están pasando cosas…" Miró hacia otro lado suspirando. La miró de nuevo. "He estado sintiéndolo," continuó. "Creo que el desierto quiere decirme algo…" Sus ojos se llenaron de lágrimas. "Y yo no he querido escuchar."

Mirándolo fijamente y con la voz débil debido a su propio temblor, Satia dijo, "Ah, Steve…tú no sabes cuánto tiempo me he preguntado si este momento llegaría algún día, y si los padres, con su enorme poder, podrían reducir el abismo entre nuestras dos naturalezas tan diferentes… así como nuestros corazones se mueven al unísono."

Respirando fuertemente Satia puso sus manos sobre su regazo, como quien se prepara a decir algo con lo que ha estado luchando hace mucho tiempo.

"Todo este tiempo he soñado con un milagro y llegué a creer que sí, podía ocurrir…porque percibí la sed de conocimiento que llevas dentro de ti. Fue eso, más que ninguna otra cosa, Steve, lo que me movió profundamente hacia ti." La bruma que la envolvía había desaparecido casi totalmente y su voz sonaba más segura, aunque suave, muy suave, casi como un susurro, pero a la vez muy clara.

"Lo que quiero decirte es que nunca sentí una alegría tan profunda y tan grande como la que sentí la primera vez que me tocaste. Y cuando nuestras formas se buscaron por primera vez el placer que sentí fue inexpresable, e impregnó completamente la totalidad de mi cuerpo y la totalidad de mi alma, que vibraron como un universo sin límites.

"Desde entonces no hay nada en esta vida que me deleite más que tocarte. Adoro sentir tu forma, sentir tu hombría y luego expandirme hasta tocar al hombre que habita muy dentro de ti, y al que amo más que nada…el que me da el más grande placer, y hace que mi corazón se abra y mi alma se tambalee y llore con un gozo más allá de toda expresión. Y entonces, lo más profundo de mi ser se distiende hacia las estrellas y gira entre las galaxias...y cuando te alcanzo mi expansión es completa, porque tú estás allí brillando entre ellas.

"Y es por esta razón que esta forma femenina que tú tanto amas pulsará hasta desaparecer gradualmente, porque sencillamente no puede contener el gozo total, la dicha absoluta de mi expansión dentro de tu ser."

Una lágrima rodó de sus ojos.

"Yo sé bien que tú no deseas ver mi cuerpo físico desaparecer, Steve. Y yo admito que lo extrañaré. Pero esta carne, estas extremidades, todos los elementos químicos que lo componen brotaron del suelo de este mundo, y yo no puedo cambiar su composición. Pero nada de este proceso, nada de este crecimiento, estaría sucediendo si yo no hubiese tocado lo invisible que existe dentro de ti.

"Sé que no lo puedes comprender en estos momentos... pero espero que algún día puedas. Quizás entonces te reirás y ya no tendrá importancia el hecho que un hombre viva su vida solo.

"Nunca desee que nada de esto te lastimara...pero mi alegría fue tan grande que cometí el gran error de pensar que sería fácil para ti. Pero ahora no puedo hacer nada por detener esto porque no puedo detener lo que siento por ti."

# Capítulo Cincuenta y Seis

*E*ra ese momento del atardecer cuando los tikas volaban en grupos y sus plumajes brillantes agregaban festones de amarillo y plateado al cielo verde pálido de Daria. A todo lo largo de la ribera del río pequeñísimas lagartijas descansaban tumbadas sobre las rocas aún calientes por el sol, sus cuerpos menudos y moteados absorbiendo el último calor del día. Steve vio a dos de ellas arrastrarse perezosamente fuera de la sombra que proyectaba un árbol cercano.

El día había sido extremadamente caluroso, y Steve y Satia habían pasado la mayor parte de él excavando raíces. Ahora, mientras descansaba bajo los árboles de la ribera norte, Steve sintió alivio de no estar más al calor del sol. Ocasionalmente escuchaba el movimiento repentino del agua cada vez que Satia sacaba la cabeza tras haberse sumergido. No podía verla desde donde estaba sentado porque una roca grande a su izquierda le impedía la visión.

De repente sintió gotas de agua caer sobre sus hombros y la vio a su lado inclinándose para besarlo, sus labios salobres del agua del río. Satia le sonrió y luego se sentó en el suelo frente a él, mientras sus dedos desenredaban sus largos cabellos mojados. Levantó los ojos y le sonrió nuevamente con ternura.

"Como quisiera contagiarme de ti," dijo Steve.

"Contagiarte de qué, Steve."

"De tu placidez," respondió esbozando una sonrisa. "Heme aquí, pasando por un momento muy duro. Y tú..." Una mirada triste cruzó por su rostro junto con lo que parecía ser un asomo de resentimiento.

Satia no dijo nada por un rato. Sentada donde estaba lo miraba silenciosamente mientras recibía la cálida brisa de la tarde. El miraba hacia el río—hacia la lejana ribera —y sus ojos azules reflejaban el movimiento del agua. Sus piernas estaban cruzadas descuidadamente, un pie sobre el otro, mientras sus brazos, musculosos y bronceados, descansaban caprichosamente sobre sus piernas.

"Puedo imaginarme lo que sientes," dijo Satia muy suavemente.

El la miró brevemente y luego retiró su mirada. Apretó los nudillos de su mano derecha sobre su palma izquierda. "Por supuesto que sí," dijo, su voz apenas audible.

"Parecieras disgustado."

Su brazo derecho se contrajo. "Así es, más o menos," contestó sin dirigirle la mirada.

Satia se le acercó y colocó su mano sobre el tobillo de Steve, mientras él miraba una mariposa de río. Con alas aterciopeladas de color turquesa flotaba en la superficie del agua en esperas de su alimento.

Sintió cómo Satia retiraba su mano y lo único que quedó fue su presencia silenciosa. Respiró hondo y preguntó, "¿Satia, estás segura que deseas escuchar lo que siento?"

Satia asintió.

"Creo que es el mismo viejo resentimiento," comenzó, "ya sabes, como cuando estaba tan molesto con Ahn por no haberme dicho nada sobre el desierto. Sólo que ahora, no los resiento ni a ti, ni a él. No sé como explicarlo, Sati," suspiró, "pero me siento traicionado por todo y todos." Mientras hablaba inclinó el cuerpo hacia delante y apretó los brazos contra sus piernas. "Nunca se me ocurrió pensar que podría perderte tan pronto." Su voz se quebró mientras empuñaba su mano derecha con fuerza. "Dios," dijo, golpeando su rodilla. Ni siquiera han transcurrido tres años." Su cuerpo se estremeció de emoción, mientras ella lo miraba silenciosamente.

"Sientes que no he sido sincera contigo," dijo finalmente.

"No lo sé, Sati," suspiró, sus ojos llenos de lágrimas. "Sé que deseabas que tu ciclo de vida se prolongara, o que mi cuerpo cambiara, de alguna manera…para semejarse al tuyo. Sé que me dijiste eso." Alzó y bajó los hombros. "Pero, maldita sea… ¿qué importa nada de eso ahora?"

"De nada sirve ahora," contestó ella suavemente.

"¡Maldición!" gritó Steve de nuevo, sintiéndose totalmente destrozado, las lágrimas rodando por su cara. "¡No era esto lo que yo esperaba!"

"No era esto lo que tú deseabas."

"Yo pensé que íbamos a compartir una larga y sencilla vida juntos."

Satia asintió con la cabeza mientras colocaba su mano sobre la rodilla de Steve.

"Supuse que nunca tendríamos hijos. Pensé que eso sería pedir demasiado, pero…"

"Tú nunca esperaste esto."

# Capítulo Cincuenta y Siete

Tenían un buen rato de estar sentados en la orilla, sus piernas extendidas tocaban el agua verdosa y poco profunda de la ribera. Satia arrojó la suave cáscara de una fruta de tuloc hacia la parte más profunda del río y la siguió con la mirada como si fuera un pequeño bote de listones verdes y negros. Su rostro lucía radiante a la luz de las tempranas horas de la mañana, y sus cabellos brillaban dorados en el sol. Steve la miró embelesado y sintió un profundo dolor al pensar que su idilio no duraría mucho.

Durante los últimos días el cuerpo de Satia parecía haber recobrado un poco de su solidez y consistencia, de manera que Steve se había sentido cómodo acariciándola y haciéndole el amor. Pero esta mañana, mirándola de cerca, vio en el brillo diáfano de sus mejillas y dedos la aparición de un nuevo ciclo de desvanecimiento. Con cada ciclo su transparencia se hacía más concreta y su voz más distante debido a su creciente suavidad. Steve había observado que el número de horas que él esperaba para que el cuerpo de Satia gradualmente retornara a su consistencia normal se hacía más largo cada vez, de manera que ahora él valoraba cada momento con ella como si éste fuera el último.

"Satia," dijo, contemplándola pensativamente, "¿hay

alguna forma de repetir lo que sucedió aquella tarde en la caverna, cuando tu forma se fusionó con la mía? Quisiera comprender mejor y aceptar con más naturalidad lo que sucedió ese día."

Ella cambió de posición para quedar directamente frente a él y cruzó las piernas, las cuales quedaron escondidas bajo el follaje de su vestido. Steve se acercó y se sentó en cuclillas, dejando que los dedos de sus pies se hundieran en la arena húmeda. Colocó su mano derecha sobre las manos de ella, las cuales reposaban sobre sus rodillas.

"Hay un período de fluctuación por el cual los cuerpos de los Darianos atraviesan durante los primeros ciclos de desvanecimiento. Luego, hay un último período, muy breve, antes de nuestra partida final. Esta fluctuación es la que hace que ocurran estas repentinas pérdidas o aumentos de consistencia. Mi cuerpo está por terminar esa fase inicial y se encuentra más estable. Así que no sé si podré lograrlo…pero lo intentaré." Satia colocó la palma de su mano derecha contra la palma izquierda de Steve, alineando sus dedos con los de él. "Veamos si podemos hacerlo con nuestras manos. Esto solamente puede ocurrir cuando nos sentimos perfectamente contentos y no oponemos ninguna resistencia a sea lo que sea que experimentemos."

Steve indicó con su cabeza que comprendía. El conocía muy bien el efecto desvanecedor que la plenitud producía en ella y quería abrirse más y más a su propio dolor y sufrimiento. Satia cerró los ojos y respiró profundamente. Steve hizo lo mismo, su palma apretada contra la de ella, mientras su mente se dejaba llevar por la cadencia de su respiración y el murmullo del río. De repente la suave presión sobre su palma desapareció. Steve abrió los ojos y vio la sonrisa de Satia. La mano de Satia ocupaba el mismo espacio que la de él.

"Hay algunos juegos que los amantes Darianos juegan, mientras sus cuerpos fluctúan." Satia lo miró maliciosamente. "Estos juegos le dan fuerza a las sutiles energías de sus cuerpos. ¿Quieres jugar uno conmigo?"

Steve sonrió como respuesta.

"¿Crees que puedes seguir el movimiento de mi mano? El objetivo es no dejar resbalar mi mano de la tuya." Satia movió su mano hacia la cara de Steve y la volteó, haciendo que Steve se acariciara su mejilla con su propia mano. Pero Steve sintió el toque de ella dentro de él y la sensación única de su piel, más viva que nunca, debido a su unión física. Su mano estaba fusionada a la de Satia y ella resbaló sus dedos por el cuello de Steve hasta sus hombros. "Esto sí que es indecente," rió Steve.

"¿Acaso sería decente el privarme de este placer?"

Haciendo acopio de su fuerza de voluntad Steve volteó su mano en la dirección de ella para tocar un lado de su cara. Satia suspiró y se recostó sobre Steve, apretando su cuerpo contra el suyo…mientras su mano, libre ya, acariciaba el dorso de su cuello. Qué extraño le pareció a Steve sentir gozo por algo que antes le había inspirado temor.

"Tal vez nuestras formas puedan fusionarse completamente," susurró Satia mientras se apretaba contra él y enrollaba sus piernas alrededor del cuerpo de Steve. Steve cerró los ojos y abandonó su mente al sonido del río y el canto de los pájaros en los árboles cercanos. La abrazó fuertemente y cuando la sensación del abrazo comenzó a disiparse le pareció que el cuerpo de ella se hundía dentro del suyo. La apretó contra su pecho y se encontró sosteniendo entre sus manos las suaves hojas del vestido de Satia. Separó sus manos y las hojas resbalaron y cayeron sobre sus muslos en un montoncillo amarillo sobre el cual él pudo descansar sus manos. Pensó que las piernas de Satia estarían aún visibles detrás de él, pero no se atrevió a volver la cabeza para mirar. Simplemente esperó a ver qué ocurriría después. Se sentía extraño y torpe, como quien intenta conversar con alguien que ha abandonado la habitación.

"Steve," escuchó el murmullo de su voz, o quizás era solamente la mente de ella pensando su nombre. La posibilidad de una comunicación mental entre ellos no le sorprendió, ya que en otras ocasiones la había sentido descansando curiosamente dentro de su mente. En este momento le pareció que ella lo invitaba a entrar dentro de sus pensamientos. Después de todo él nunca la había conocido como alguien entrometido. Pero, de repente, Steve sintió como que había una puerta dentro de su ser que rehusaba abrirse.

"Creo que me inspira temor el penetrar dentro de tu intimidad, el mismo temor que siento de estar lejos de ti," dijo en voz alta. "De cualquier forma voy a perderte." Miró hacia el río mientras rascaba el lado de su cara. "Sabes, Satia…hay veces que nuestros pensamientos y sentimientos se encuentran y armonizan de una forma tan perfecta que pareciera que estamos por convertirnos en una sola persona. O tal vez ya lo somos y yo no me he dado cuenta aún. Creo que es por esto que tu forma física ha comenzado a disolverse. Pero tú parecieras encontrar dicha en todo esto…mientras que para mi es insufriblemente doloroso. Después de todo si nos fusionamos totalmente ¿como podrá haber un tú y un yo? Y, ¿como podré abrazarte?"

"Pero si me abrazas una y otra vez, ¿Cómo no vas a ser uno solo conmigo?" Preguntó Satia. A pesar de que el pensamiento de Satia fluyó a través de su mente, Steve se asustó, pues Satia le preguntaba algo que él mismo se había preguntado muchas veces antes. Se rió de su deseo de mantenerla ni muy cerca ni muy lejos de él sino, más bien, a una distancia segura y agradable.

"Steve," su pensamiento lo pasó rozando, "tu temor se deriva de que no puedes aún comprender la total plenitud que se alcanza al convertirnos en uno solo."

"Bueno, supongo que si logro descubrirlo algún día lo entenderé." Mientras hablaba, Steve se dio cuenta cuán cerca se sentía de Satia y cuánto le agradaba esta intimidad de pensamiento, a pesar de todos sus temores. Se preguntó si esta intimidad se perpetuaría una vez que ella partiera para siempre. Su mente se abrió esperando una respuesta, pero esta vez Satia no respondió. Pensó, entonces, que tal vez ella no quería que él se sometiera demasiado a sus pensamientos. Después de todo, se convenció Steve cada vez más, la satisfacción obtenida como resultado de las ideas era fugaz. Él mismo sentía, a veces, sus propias ideas flotar distantes a través de su mente, como si le perteneciesen a alguien más que no era él.

De pronto experimentó unas sensaciones de calor aquí y allá dentro de su cuerpo, como si Satia hurgara dentro de su tenue estructura. Se preguntó qué se propondría.

"Hay otro juego que podemos jugar." Steve la sintió sonriéndole. "Éste es aún mejor para reavivar nuestras sutiles energías."

"¿Otra cosa que extrañaré cuando dejes de fluctuar?"

"Tal vez no te agrade lo suficiente para extrañarla."

Steve rió.

"De hecho, me preocupa un poco que pueda lastimarte," agregó. "Ustedes los humanos tienen tantos canales obstruidos. Veo algunos cuantos en estos momentos y no sé qué pasará si los penetro con mi energía."

Steve sabía que ella deseaba hacerlo, o de lo contrario no lo hubiese mencionado. También sabia que a pesar de su tono jocoso hablaba en serio, pues sentía su preocupación dentro de él. Se sintió como un joven impúber en la cúspide de una decisión trascendental. "Probemos," dijo.

"Una vez que comencemos será casi imposible detenernos," le advirtió Satia.

"¿Has hecho esto antes?

"¿Cómo así, Steve? Tú sabes bien que los Darianos se enamoran solamente una vez."

"Si, es cierto, pero a veces se me olvida porque tú pareces saber tanto." Respiró hondo para darse valor. "Y bien, ¿cómo se hace?"

"Para comenzar debo acomodarme mejor dentro de tu cuerpo. Eso es, así." Sonaba como alguien ensayando una receta nueva.

"¿Y yo, qué hago ahora?"

"Tu solamente responde a mi deseo…y mi amor."

Sus palabras lo enternecieron tanto que sintió deseos de besarla…y la estaba besando…la abrazaba apretadamente…mientras su cuerpo experimentaba su deliciosa energía ardiendo dentro de él, hasta el punto de causarle dolor…mucho dolor, su fisiología humana incapaz de tolerar una corriente así de intensa. Quizás, los sutiles canales de los que ella hablaba no eran lo suficientemente flexibles para abrirse. Cómo hubiese deseado que esto hubiese funcionado, pero se sintió impotente contra el atroz dolor que sentía. Se dio cuenta que ella hacía todo lo posible por detenerse y esperó, falto de respiración y emitiendo gritos ahogados, hasta que la sensación comenzó a disminuir. Pero, de pronto, experimentó una deliciosa sensación de libertad dentro de él, y le rogó a Satia que comenzara de nuevo. Sintió la sonrisa de Satia distenderse por los tejidos de su cuerpo como rayos de luz determinados a espantar sus sombras. Y, nuevamente, sintió su cuerpo inflamarse como fuego derretido dentro del suyo, pulsando con tanta intensidad que el cuerpo de Steve tembló involuntariamente. Steve se desplomó y se deslizó hacia la fresca orilla del río, gimiendo de gozo, porque podía sentirla dentro de él…y ella temblaba, casi lloraba, de placer.

# Capítulo Cincuenta y Ocho

"Steve…" La voz de Satia era apenas perceptible. "¿Podrías aumentar la recepción de sonido de Daisy para mí? No logra recoger mi voz ni aceptar mi tacto."

Steve se levantó del almohadón donde había estado recostado y la siguió al estudio. Mientras caminaban casi pudo ver los contornos de la caverna a través de su cuerpo. Su movimiento creaba una suave distorsión, como quien ve a través de un pedazo de vidrió o a través de ondas de calor. "¿Qué quieres hacer? Le preguntó al entrar al estudio.

"Se me han ocurrido algunas ideas sobre una de las canciónes que los padres cantan. Tal vez logre una traducción más o menos buena."

Los ojos de Steve se iluminaron. Todos sus esfuerzos anteriores por lograr una traducción habían sido en vano. "¿Qué canción es?"

"Tú sabes, la que comienza con 'Ai enis awu nan.'"

"Ah si, me encanta. Es como un dulce llamado."

Satia asintió. "Es un llamado de los padres, para ayudarme a acercarme y encontrar mi camino."

"¿Acaso ellos te cantan la letra de esa canción?"

"O me impulsan a cantarla. Es una de mis canciones favoritas. Es por eso que deseo que la tengas."

"Gracias, Satia." Steve reprimió el deseo de tocarla. "¿Cuándo crees que estará lista?" Le pareció ver una mirada de urgencia en sus ojos.

"No lo sé, Steve, mi voz es casi inexistente. Lo que sea que logre hacer Daisy lo guardará para ti." Miró hacia la pequeña computadora dorada, luego se volvió hacia Steve con una sonrisa. "Prefiero que no escuches la traducción hasta que la haya trabajado bien."

# Capítulo Cincuenta y Nueve

Últimamente pasaban horas sentados a la sombra de los árboles que crecían a la orilla del río. Había momentos en que para Steve Satia era como un camaleón, pues su forma se mezclaba casi completamente con el entorno, y su voz era tan suave que Steve ya no estaba seguro si era ella la que hablaba o era solamente el sonido del viento lo que él escuchaba. Ya no parecía albergar ningún pensamiento, más bien parecía estar poseída de una tranquila y serena receptividad a la que acudían los pensamientos de vez en cuando.

Un día en que Steve se hallaba sentado en la arenosa ribera del río al lado de ella, su forma era tan imperceptible que durante sus largos períodos de silencio Steve apenas si se percataba de ella. Hoy, especialmente, Satia había estado muy callada, absorta en algo indescriptible.

"Steve…" Su voz apenas se escuchó sobre el murmullo del río. "Es mucho más bello de lo que imaginé que sería, y mucho menos molesto."

Steve no dijo nada, solamente la miró serenamente. Cada vez, y con más frecuencia, sus palabras le describían experiencias que él estaba lejos de comprender.

"Todas las cosas hablan," continuó, "hasta tu propio planeta. Y, sin embargo, el escuchar no es una imposición."

"¿Qué dice mi mundo?"

Satia sonrió. "Si tuviera que escoger una sola palabra para describirlo, esta sería 'más.'"

"¿Una exigencia?"

"No, más bien una petición, o un llamado."

Steve pensó por un momento. "Tenemos tantas cosas, tú sabes, pero muy pocos estamos realmente satisfechos." Apenas hizo este comentario sobre su mundo, Steve se sintió permanente e involuntariamente ligado a él, y se vio como una partícula perdida y errante de una distante y por siempre insatisfecha esfera. Luego, volviéndose para mirar la forma apenas visible de Satia, le vinieron recuerdos de sus propias nostalgias, y un profundo y desesperado desaliento lo envolvió. "¡Ah, Satia!" exclamó, "¿De qué me sirve todo este amor sin límites que tienes para mi…si yo, a mi vez, no puedo sentirlo?"

Ella hizo ademán de tocarlo, pero su tacto era tan débil que el gesto fue como una burla, y Steve rechazó su caricia.

"¡Yo nunca pedí que esto sucediese así!" exclamó con cólera. "¡Yo deseo abrazarte, besarte, sentir tu cuerpo contra el mío! Yo deseo…" No pudo decir más pues lloraba amargamente, y de los ojos de Satia también brotaban lágrimas que desaparecían antes de tocar la arena.

El camino se vuelve más y más delgado
Hasta que ya no cabe una forma
Ni siquiera el arco de tu diminuta mano
Ni siquiera el polvo de un grano de arena

Delgado y más delgado
Hasta el existir invisible
El silencio que escucha
La visión ilimitada

Ni una onda de sonido
Ni un rayo de luz
Oh destello
Del conocimiento libre,
Más tenue que la brisa,
Ni siquiera tu pensamiento
Solamente tú, criatura,
Girando entre las estrellas *

*Traducción de Satia de una de las canciones de los padres.*

—De los archivos de Daisy.

Anya Luz Lobos

# Capítulo Sesenta

"No puedo imaginar mi vida sin ti, Sati. Así es de simple. Ni aquí ni en la Tierra. No existe nada como lo que tu y yo tenemos." Respiró fuertemente. "Me he esforzado mucho por adaptarme a lo que te está ocurriendo—tú bien lo sabes. Pero últimamente he llegado al convencimiento que mi forma de sentir no va a cambiar nunca."

Estaban sentados bajo el espeso ramaje de un árbol de wate mientras hablaban. Alrededor de ellos el cielo se veía pálido y desteñido por el sol del medio día.

Recostada contra el tronco inclinado y liso del árbol Satia lo escuchaba atentamente.

"Lo que quiero decir es que haría más sentido para mí, hacer lo que tú estás haciendo. Así como tú vas a dejar tu forma corporal, igual yo podría hacer lo mismo, para estar cerca de ti."

Ella permaneció quieta por un largo rato, mirándolo atentamente.

"Eso no cambiaría nada, Steve."

Él esperó en silencio.

"Terminar con tu vida no me acercará ni me alejará de ti."

Steve miró una pequeña hoja que se desprendió de la

maraña de ramas encima de ellos y que cayó sobre los cabellos de Satia, rozó su cara y resbaló hasta el suelo.

"Lo que me ocurre a mi nada tiene que ver con nuestras formas físicas. El desvanecimiento de mi cuerpo es simplemente la respuesta Dariana a lo que está sucediendo muy profundo dentro de mí ser. Esta es la forma como nosotros los Darianos crecemos en nuestro amor mutuo."

"Pero entonces la joven…la pupila de Ahn…¿acaso ella no se unió a los padres cuando murió?"

"No de forma definitiva, Steve, pues ella no encontró su plenitud en el amor ni la adquirió a través del desarrollo de su propia vida y el arte, como eventualmente les sucede a los Ancianos."

"Pero, entonces, ¿qué le sucedió?"

Satia se detuvo por un instante, vacilando en su respuesta, o tal vez cautelosamente escogiendo las palabras adecuadas.

"Ella tuvo que asumir una nueva forma debido a que su desarrollo no se había completado. Ella pudo hacer esto veinte años después de la tragedia, una vez que llegó a comprender y aceptar lo que le había sucedido. Ella está bien ahora."

Steve la miró interrogante. "¿Me quieres decir que ella vive en las cavernas exteriores? ¿Acaso la conozco o la he visto?"

Satia no respondió. Sus ojos permanecieron con la mirada baja, fijos en sus manos entrelazadas que descansaban sobre su regazo, y que temblaban imperceptiblemente.

"¡Oh, Satia!"

Anya Luz Lobos

# Capítulo Sesenta y Uno

Satia había crecido como una antropóloga despistada, los objetos de su mayor interés atrapados dentro de la lustrosa máquina que había dejado la expedición del Coronel Dearmin. Por años se había esforzado por descifrar las largas sucesiones de palabras, cuidadosamente entrelazadas, que aparecían en la pantalla. Se había sentido especialmente atraída por las radiantes y sombrías historias de un mundo distante que, las más de las veces, le parecían más reales y vívidas que su propia vida, quizás debido a la necesidad que sentía por comprender y perdonar. En vista de esto, los demás no sólo aceptaron sino que la animaron en su interés, aunque nunca compartieron el entusiasmo que demostraba de niña por reproducir esas extrañas figuras de pelo corto y orejas raras en las paredes de las cavernas o en la arena. Ni tampoco pudieron comprender esa mezcla de alegría y angustia que la sacudió cuando supo de la llegada de la segunda expedición al desierto exterior. Y mucho menos entender su amarga desilusión cuando la expedición partió, después de solamente cinco días, sin haber entrado al pueblo.

Aún su constante amigo y compañero Ahn, el Anciano, se preguntaba silenciosamente el porqué de sus contradicciones—sus sueños de algún día casarse y tener hijos propios al mismo tiempo que despreciaba a todos los jóvenes que se le acercaban. Ninguno de ellos parecía saber como alcanzarla, ninguno de ellos parecía tener la cualidad que ella buscaba—un extraño y complejo laberinto que ella había llegado a amar.

ANYA LUZ LOBOS

# Capítulo Sesenta y Dos

$\mathcal{D}$esde que despuntara el alba, Steve había estado caminando por la periferia del desierto central, sintiendo el fuerte roce de la brisa golpeando contra sus pensamientos. Ahora, al mediodía, solamente un pensamiento quedaba dentro de él: el de Ahn, el Anciano, abrumado por el dolor, sosteniendo entre sus brazos el cuerpo de una niña.

La revelación de Satia lo había afectado intensamente. Ya no había duda en su mente—Satia había sido esa niña. El conocimiento de este pasado tan lejano lo llenó de un profundo afecto hacia el Anciano, pero también de una gran perturbación que no lograba entender. Por esta razón había decidido pasar el día, solo, en el desierto.

Había penetrado apenas un pequeño trecho cuando una fina neblina comenzó a formarse alrededor de sus tobillos. No le sorprendió verla. Sabía bien que esta era la manera como el desierto lo preparaba para revelarle algo. Había visto ya muchas visiones en el desierto, todas precedidas por esta pálida neblina. Pero esta vez sus tenues aires le parecieron especialmente cálidos y suaves al envolverlo, haciéndolo sentir tranquilo y sereno. "Definitivamente este desierto tiene la cualidad de hacerte sentir 'acogido y protegido,'" pensó para sí mismo, e inmediatamente recordó cuán impersonal e implacable podía ser. Pero enseguida sus pensamientos se desvanecieron como llevados por la misma niebla. Se sentó silenciosamente sobre el suelo en actitud de total abandono.

De pronto...se sintió lanzado al aire, como empujado por una poderosa fuerza. Sintió el surgir vertiginoso de la adrenalina dentro de su cuerpo mientras volaba alto hacia el cielo. Incapaz de pensar, ni siquiera de respirar, se elevó más, sus piernas rígidas y apretadas de miedo.

Súbitamente sintió que se deslizaba velozmente en la dirección del lago, como quien viajaba en una nave, muy alto sobre el terreno y a una velocidad vertiginosa. En un instante el lago apareció debajo de él, y las montañas aparecieron y desaparecieron rápidamente. Al mirar hacia abajo vio primero marron oscuro, después un relámpago de púrpura y enseguida marrón de nuevo. Volaba sobre el desierto exterior, el cual se extendía debajo de él sin fin, como una mar rojizo y fino. El viento cálido y seco lo rozaba al pasar, convirtiendo el cielo en una algarabía de alegría.

Se vio virando en círculo y regresando—más despacio esta vez—hacia la cordillera. Apenas si podía distinguirla en la distancia bajo el pálido verde del cielo. Ahora volaba sobre la vegetación púrpura que bordeaba las montañas de Daria, admirando cómo brillaba bajo los rayos del sol. Atravesó por encima de este brillante manto color violeta y se dirigió en una recta final hacia la cordillera. De repente su vista captó algo...en la punta de una pelada colina, no muy lejos de las montañas que se aproximaban. Parecía ser una persona de pie, aun que Steve estaba demasiado lejos para poder distinguirla. Enseguida, sin embargo, volaba rumbo a la colina y pudo ver, claramente, la figura de un hombre. Era alto y ancho de hombros y vestía una túnica de hojas púrpuras. "Ahn," pensó Steve mientras volaba hacia él y quedaba suspendido en el aire a su lado, aparentemente totalmente invisible, el único propósito pareciendo ser el de observarlo silenciosamente. El Anciano le daba la espalda a las montañas mientras miraba hacia la llanura. Vestía una túnica de hojas secas de aya, que colgaba en jirones violetas sobre su alto cuerpo cobrizo. Su vista se enfocaba intensamente en un punto de la distante e interminable llanura, como si algo le hubiese llamado la atención. Pero nada se movía en esa árida planicie, excepto la arena fina que se alzaba para girar hacia él en espirales suaves impulsados por la brisa. No, la mirada de Ahn no estaba dirigida a ninguna criatura o cosa viviente. Su mirada estaba dirigida hacia él mismo, hacia su misma alma. Como un pájaro anguloso y atento se inclinaba rígido contra el viento, su túnica, de un violeta encendido, contrastando contra el cielo.

Mientras lo observaba, un súbito presentimiento sacudió a Steve, y supo, de repente, cómo es que el Anciano había llegado hasta este lugar. Steve sabía de la caminata temprana a través de las montañas. Vio al Anciano agarrándose frenéticamente de arbustos y raíces en un ascenso casi vertical por la pendiente de la montaña, con los ojos inundados de lágrimas. El Anciano no se había detenido ni una vez a descansar, ni volteado para mirar hacia el abundante y fértil valle—centro de la civilización Dariana—con su lago, sus pináculos y sus esparcidas y arqueadas cavernas que albergaban a sus moradores.

Le había tomado más de dos días llegar a este sitio. Ahora las montañas se alzaban detrás de su alta figura, mientras el abrasador sol de la tarde pegaba sin tregua sobre su espalda.

Steve observó al Anciano de pie e inclinado contra el viento, su túnica de hojas crujiendo con cada soplo. Por primera vez ese día, el Anciano se volvió para mirar hacia las montañas que había atravesado. En ese momento el viento echó sus cabellos hacia delante sobre su terso y vetusto rostro. Su blanca cabellera pareció flotar, como una escasa y pálida corriente, hacia las montañas que se alzaban altas, grandes y silenciosas bajo el candente sol.

Steve se encontró mirando hacia las mismas montañas, mientras los rayos del sol herían sus ojos. Fue entonces que su vista captó el lento e interminable descenso de los ciudadanos de Daria que bajaban por las laderas hacia él. Había miles, millares, de ellos. Sus cuerpos, apenas visibles por el resplandor del sol, cubrían las anchas sendas de las montañas. Un sentimiento vago, extraño e inquietante lo invadió al ver esa enorme muchedumbre acercarse como lava lenta y silenciosa.

De pronto recordó algo. Hacía mucho tiempo el estuvo de pie en una colina similar y algo inexplicable le había ocurrido. Y en el preciso momento que este recuerdo penetró en su mente, Steve escuchó el agudo alarido de Ahn, y sus profundas y lastimeras entonaciones pidiendo una explicación...suplicando a los padres que le permitieran comprender, aceptar, perdonar. Como juncos los brazos extendidos de Ahn temblaban con cada súplica que brotaba de su ser, impregnando el desierto entero para siempre.

Esta vez Steve cedió al grito. Se dejó llevar por su desesperado lamento y permitió que invadiera su cuerpo y penetrara en cada una de las partícula de su ser.

"¡Ahn!" los ciudadanos Darianos lo llamaron respondiendo a su dolor, sus corazones de repente duros y amargados. ¡Ay! Con qué dolor y asombro veían sus corazones transformarse. "Ahn," lo llamaron con sus mentes, no deseando que sus pensamientos angustiados volaran a otro lugar que no fuera hacia él...a su receptor, al transmisor de sus sentimientos presentes, de los que fueron, y de los que serían. Ahn era la voz de todo lo que sentían, y ellos eran su palpitante eco.

Ahn, que había sido electo unánimemente por ellos para ocupar, él solo, la posición más alta sin que hubiese habido ni una sola palabra de desacuerdo. Ahn, que había criado con amor y ternura de hermano a su linda y bella niña, su adorada flor de luz, cuyo inesperado y trágico fin Daria entera ahora lloraba.

El grito hirió a Steve una vez más, llenando su corazón de una gran tristeza. Este llamado, este grito, este alarido había existido por siempre, y Steve supo que nunca cesaría. Como una enorme y eterna ola se derramaba arrastrándolo, y llevándose todo a su paso.

# Capítulo Sesenta y Tres

Mientras caminaba a través del desierto rumbo a su caverna y la de Satia, lloraba y reía a la vez, maravillado, debatiéndose entre dos ideas. "Satia," gritó de pronto, pues sintió en todo su ser el inmenso dolor de Daria y el grito desgarrador de Ahn. No podía concebir que su propia raza hubiese sido capaz de lastimar tan cruelmente a su amada.

Momentos después, sin embargo, reía histéricamente, recordando que todo esto había sucedido hacía mucho tiempo y que Satia vivía y era feliz. No podía controlar estos sentimientos contradictorios ni las fuertes emociones que los acompañaban. Y, en medio de todo este recapacitar y sentir, el reverberante grito de Ahn palpitaba en sus venas, haciendo que su espina dorsal temblara como un junco.

Por un momento, su pensamiento voló hacia Ahn, a su generosa y afable naturaleza, a pesar del daño que el mundo terrestre le había causado. Enseguida pensó en su propia angustia, y reprochó sus acciones. "He sido tan egoísta," se dijo a sí mismo, "al pensar que yo había llevado la peor parte."

Comenzó a hacer suyo el dolor del Anciano. "Ahn," murmuró repetidas veces, mientras sus ojos se llenaban de lágrimas. La impotencia y la desolación del Anciano penetraron dentro de su consciencia como si la tragedia acabase de ocurrir. "No sabía," susurró con remordimiento, recordando que en el pasado había juzgado la actitud desapasionada de Ahn como una incapacidad de sentir, característica de la raza Dariana. Caminó sobre la harena por un largo trecho, el sol de la mañana reflejándose en sus ojos. De repente, dijo "Un llamado..." Lo hizo con voz apagada y con una expresión concentrada en su rostro. Todo el tiempo su mente había estado siguiendo el sonido metálico y agudo del grito de Ahn que palpitaba en su consciencia.

Steve pudo comprender, por fin, cómo este grito se había despertado en él años antes, cuando recién llegaba a Daria. Por fin pudo entender el embrujo y el misterio que, como una oscura premonición, había producido en él. Recordó los primeros e inexplicables sentimientos de afinidad que sintió hacia el Anciano desde el mismo momento que lo conoció, y la desconfianza que sobre vino enseguida por no poder comprenderlos. Steve se preguntó si Ahn y Satia alguna vez supieron por qué se había desmayado en el desierto exterior años antes. No lo creyó posible, pues ni él mismo supo la razón hasta ahora. El grito de Ahn había sido lanzado a la atmósfera cuarenta años antes de su llegada. "¡Antes de siquiera yo saber que Daria existía!" suspiró.

Continuó su ardua caminata sobre la arena, pateando el polvo con los pies, sus persistentes pasos a veces acompañados de lágrimas y exclamaciones y otras veces de risas y carcajadas. Habian tantas ideas dando vueltas dentro de su cabeza que parecían lanzarlo de un lado a otro, momentos después sentía que flotaba en un reino de paz y tranquilidad, desconectado del mundo.

Se sorprendió de ver que, a pesar de todo lo que le

ocurría, sus pies marchaban a intervalos precisos y bien marcados. De vez en cuando dejaba escapar un aullido y cortaba el aire con sus manos. El grito que Ahn lanzo a la atmósfera tantos años atrás era suyo ahora.

Si, este era su grito, y por su mente desfilaron visiones de su amada Satia desvaneciéndose y alejándose de él gradualmente. Sus ojos se llenaron de lágrimas una y otra vez, pero estas lágrimas eran diferentes a las que había derramado antes. Éstas brotaron espontáneas y no sintió la necesidad de retenerlas, ni tampoco sintió culpa o lástima por si mismo.

Había una nueva aceptación, a pesar que Steve sentía que se tambaleaba en el borde de la locura. "Este grito…" suspiró, conteniendo el deseo de ponerse a gritar. Su mente daba vueltas al pensar que el grito agonizante de Ahn, lamentando la pérdida de Satia, había llegado hasta él antes que la hubiese siquiera conocido. Y aún entonces, el dolor que le causó había sido tal que lo había hecho perder el conocimiento. Al reflexionar sobre todo esto su mente giraba como una anguila de río.

Abandonó entonces su lucha mental, y colocó el amor de Satia en un nivel de eternidad, más allá de toda razón. Cuando hizo esto su serenidad retornó. Cada vez que repitió este proceso su cuerpo se llenó de una energía liberadora y pudo aceptar hasta el más intenso de sus sufrimientos. Se preguntó si esta era la forma como los Darianos vivían sus emociones.

"Ayan d'na, Ayan d'na," se encontró canturreando en una ocasión, mientras continuaba caminando con resolución, trazando un círculo ancho y casi perfecto en la arena. No podía explicarse por qué hacia esto, pero hubiese sido totalmente absurdo detenerse. Una y otra vez trazó sus huellas sobre el mismo círculo, sus brazos alzados y abiertos, como alas, volando en medio del aire soleado.

Con cada movimiento de sus piernas la fina arena se elevaba en espirales hacia su cara. De vez en vez interrumpía su canturreo con un estridente y espontáneo chillido, muy parecido al de un pájaro. Otras veces era como si un impenetrable silencio se lo hubiese tragado, y sus gritos se escuchaban débiles y apagados. De repente se encontró de pie frente a una enorme columna de polvo. Como una transparente y ondeante cortina el polvo brillaba en el aire sobre él, su pálido color ámbar se mezclaba con el verde del cielo del atardecer. Dejándose llevar por un irresistible sentimiento de abandono, Steve se precipitó dentro de su ondulante centro. Y sintió como que caía...caía ...y se disolvía, como si el tiempo no fuera otra cosa que polvo fino que se dispersa fácilmente. Tuvo la sensación que un millón de angustias y alegrías le eran arrancadas, sistemáticamente, por unas manos sorprendentemente delicadas. Ya no importó más lo que hacía, ya no importó más lo que sentía. Nada tenía lógica, nada tenía importancia. Comería polvo si éste le fuera ofrecido. Podía quitarse la ropa y descansar sobre la arena eternamente si esto le fuera pedido. Todo, cualquier cosa—y continuó cayendo, cayendo, y todo descendía junto con él.

Todo sufrimiento le había sido arrancado. En su lugar quedaba una exquisita y tolerable tristeza. Esta tristeza tenía una particularidad suave y calmante. Era como si el grito de Ahn se hubiese transformado en un himno amargo y dulce a la vez. Vibraba tan quietamente en su consciencia que parecía venir de muy lejos, pero a la vez, se sentía íntimamente cerca. En ocasiones parecía desaparecer totalmente, solo para regresar, nuevamente, como el recuerdo vago, nostálgico, y palpitante de una canción.

Fue entonces que una avalancha de recuerdos llegó hasta él, penetrando su consciencia con la frescura de un arroyo de montaña. Se vio primeramente como un chiquillo corriendo hacia los brazos de su madre. Ella lo llamaba por uno de sus muchos sobrenombres, "Twaki," mientras el escondía su carita entre su tibio y perfumado pecho. Ahora era un muchacho de once años que se inclinaba para oprimir el botón de la exposición que él y su padre preparaban. Steve pudo sentir la mano de su padre descansando sobre su hombro. Cambió la imagen y se vio haciendo el amor por primera vez a una joven. No sabía si debía besarla a la vez que introducía su cuerpo dentro del de ella. Temía morderle los labios. Sus movimientos se acoplaban con el ritmo de la rama de un sauce que golpeaba contra la ventana del dormitorio. Cambió de nuevo la imagen y Satia estaba sentada frente a él en la ribera arenosa del río. "Todo habla," decía, "hasta tu propio planeta." Su voz apenas se alzaba sobre el murmullo del río, llamándolo, llamándolo. De repente aparecieron los rostros sonrientes de sus viejos amigos y familiares—los de la Tierra y los de Daria, así como los de Raika y Orindu…No podía recordar los nombres de todos estos mundos ni de todas las personas que le sonreían.

Pudo ver a sus padres y a su hermano, Caleb; y a Satia, que estaba allí también, junto con Tayan y Adriu, y a toda la congregación de ancianos. Vio a Zachary, a Jess y a Sen, y vio a su esposa, Claire. Sus ojos castaños lo miraban con ternura como si nunca lo hubiese abandonado. Vio el rostro severo pero simpático de su Tía Rosh. Como suaves órbitas estos rostros brillaban en el aire alrededor de él y descendían suavemente como lluvia. Mientras flotaban a su alrededor los escuchó susurrar, "Sssh." Luego, Steve se vio haciendo numerosas decisiones sobre su vida, educación, viajes, y trabajo. En estos momentos vio claro como todas ellas, y las actividades que las acompañaron, habían sido impulsadas por este imperceptible y vago anhelo que palpitaba en el centro de su ser, clamando, llamándolo.

De repente se dio cuenta que estaba de pie sobre la arena. Su sombra se extendía delante de él como una pilastra dentro de la arena recién excavada. Estaba completamente inmóvil y no tenía la menor idea de cómo había llegado allí. ¿Había en realidad marchado en un círculo hasta formar una columna de polvo en su centro, o su imaginación jugaba a engañarlo? El aire estaba puro y el sol seguía suspendido muy alto en el cielo, y no había huellas en la arena. Estaba muy consciente, eso sí, del llamado de Ahn, el cual todavía vibraba suavemente a lo largo de su espalda. Sintió en esos momentos una sensación ardiente en sus hombros. No se sorprendió, pues pensó que probablemente había estado bajo el sol por un buen rato. Desanudó la capa de hojas que había atado a su cintura y la colocó sobre sus hombros. Comenzó a caminar hacia el Este, levantando nubes de arena fina con sus pies.

Después de caminar un trecho sacó un ikayo de la bolsa que colgaba de sus hombros. Colocó su delgada y dura cáscara contra sus labios y la apretó con fuerza hasta que brotó un jugo verdoso y amarillento que bebió. Tiró la fruta al aire y continuó su lento caminar, mientras saboreaba su amargo resabio.

Le deleitó comprobar que la sensación que corría por su espina dorsal se acoplaba con el movimiento de sus pies, ya fuera que aligerara el paso o redujera su ritmo. Recordó los movimientos gráciles y ágiles de Ahn, años antes, cuando, aquella vez en el museo, les presentaba las esculturas de energía a Steve y sus compañeros. Steve se sentía en paz, a pesar del escozor de sus hombros. Había sentido esta misma paz una o dos veces ya durante el día. Le inquietaba, sin embargo, la idea que en cualquier momento esta calma pudiera alterarse y una perspectiva diferente pudiera venir a estrellarse contra su mente causándole un derrumbe.

Aún así no se preocupó mucho. Estaba preparado para enfrentar cualquier cosa. Sintió una gran dicha mientras caminaba hacia la caverna suya y de Satia, y un vivo deseo de compartir su vida con ella, aunque fuera solamente por un tiempo muy breve.

"A la caída de la tarde," murmuró mientras caminaba, calculando, por la longitud de su sombra, la hora en que arribaría a la periferia del desierto. Se preguntó si quedarían todavía visiones liberadoras—o angustias opresoras—que el grito de Ahn aún fuera a descubrirle antes de su llegada.

Sabía que este gran llamado había liberado dentro de él tanto la claridad mental como la locura. Como mellizos salvajes existían su alma. Todo lo que podía hacer era dejarse empujar y arrastrar de un lado a otro. Suspiró hondo mientras pisaba la arena. El viento seco y caliente golpeaba su cara. "Y bien, Ahn," sonrió, "¿Qué más necesito saber?" Sus pensamientos retornaron a Satia. ¿Estaría esperándolo en la orilla del desierto? ¿La encontraría preparando el alimento en su caverna? Se sentía seguro y tranquilo, a pesar de todo lo que había sucedido. Conocía el poder de avanzar en el estrecho límite de su propio camino, y presintió que su caos interno eventualmente encontraría su rumbo hacia la claridad mental, así que decidió no imponerle restricciones.

Anya Luz Lobos

# Capítulo Sesenta y Cuatro

Satia había esperado gran parte de la tarde a orillas del desierto por el regreso de Steve, preguntándose cuándo llegaría. Ahora lo tenía frente a ella.

A su alrededor el cielo estaba coloreado de un rojo encarnado por el atardecer. Sobre su piel muy bronceada los ojos profundos y azules de Steve la miraban, mientras el dejaba caer su capa de hojas y su alforja de frutas al suelo.

"Yo acudí como respuesta a un llamado, ¿no es así?"

"Así es, Steve."

"Para enderezar algo que andaba mal."

Satia asintió suavemente.

Steve tomó la mano de ella entre las suyas con ternura. "Y también para encontrar lo que yo había buscado toda una vida."

Los ojos de Satia se llenaron de lágrimas.

"Yo no he sido una víctima, ¿verdad Satia? Fue enteramente mi decisión. ¿no es así?"

"Si," exclamó ella arrojándose en sus brazos.

# Capítulo Sesenta y Cinco

Se veía tan tranquila acostada a su lado. El resplandor de las estrellas entraba a través del tragaluz de la caverna y bailaba sobre la manta de hojas de aya que la cubría. El delicioso perfume de los capullos de oo-ang llegaba hasta él junto con el chirrido de los insectos del río. "Tenemos tantas cosas de que hablar durante los próximos días," se dijo, y enseguida recordó que la voz de Satia apenas si se escuchaba. "Bueno, pues, en ese caso no hablaremos," sonrió, "en realidad no tiene importancia."

El chirrido incesante de los insectos comenzó a adormecerlo. Al cerrar los ojos se percató que la orilla de su manta olía a pasta de oyaru. En su sueño hablaba con Satia sobre este particular aroma—era temprano por la mañana y ella agarraba al kumac por sus axilas de plumaje desaliñado, y lo atraía hacia si amonestándolo juguetonamente por sus deplorables hábitos de comer.

# Capítulo Sesenta y Seis

La última vez que la vio ella vino a él en una visión. ¿O sería en un sueño? No estaba seguro. Steve recordaba haber abierto los ojos y visto un cielo arqueado, como un domo de terciopelo verde oscuro. Y ahí estaba su silueta, apenas visible, como una constelación en un cielo lleno de estrellas. Esta visión lo había llenado de una indescriptible alegría. Era como si el cielo mismo le sonriera.

No recordaba si la aparición había sucedido hace tres o cuatro noches. Hacía muchos días que deambulaba por el desierto y no llevaba cuenta de estas cosas. Solamente sabía que la visión había ocurrido y que su recuerdo permanecía con él.

Anterior a esta aparición la había visto en la caverna. Había estado sacudiendo su cama y regañando vehementemente al kumac por haber arrastrado su comida hasta la habitación, en vez de comérsela afuera. Últimamente al kumac le había dado por hacer esto muy a menudo, y Steve comenzaba a cansarse del ritual de la limpieza. De repente la vio, sonriente como siempre, haciendo un suave mohín de reproche, como diciéndole, "¿Y qué culpa tiene el pobre kumac si no pudo resistir la tentación?" Steve había soltado la carcajada. Tantos días preguntándose cuándo la vería de nuevo y ella aparecerse como vocero protector de su amado kumac. "¿Y qué culpa tengo yo," pensó Steve, "que mi Sati se desvanezca y yo tenga que hacer la cama?" Y enseguida se maravilló de la euforia que su respuesta mental le había producido…pues la comunicación había sido claramente compartida. No tuvo importancia que la visión hubiese desaparecido casi inmediatamente sin haber dicho nada más ni haber ofrecido siquiera un abrazo. Al igual que Satia, él comprendía el dolor de querer apegarse a cosas que no estaban supuestas a continuar.

Durante las últimas semanas la voz apenas perceptible de Satia le había causado mucha angustia…al igual que su tacto que, para entonces, era tan suave que él ya no podía sentirlo. No, era mejor que ella apareciera así, de una forma natural y espontánea, avivando en él no la nostalgia del amante que pena por su amada, sino el sentimiento alegre y vivificante de quien comparte con ella las cosas más simples.

Esa mañana se había prometido a si mismo no tomar las cosas tan en serio. Así que por dos o tres días, después de esta particular visión, Steve estuvo contento. Pero luego, en un día de inesperados altos y bajos sintió el vacío de su intimidad con Satia y su gradual retirada en la forma de una serie inevitable de conmovedoras apariciones, cada vez más separadas. Entonces comenzó a apartar de su presencia toda actividad que pudiera desviar sus pensamientos de ella. "Después de todo," reflexionó, "No es como que ella me haya abandonado. ¿Acaso no es su amor por mi el responsable de su desvanecimiento?" Fueron estos pensamientos los que precipitaron su decisión de entrar en el desierto central. Porque, ¿Dónde busca un hombre un amor invisible sino en un lugar carente de vida material? No había árboles o planicies aquí que distrajeran sus pensamientos de ella, ni murmullo de río que quebrara su silencio.

Steve miró hacia la llanura. El viento había soplado sin tregua toda la mañana arremolinando la fina arena y haciéndola girar alrededor de sus piernas como una niebla color ámbar. Se sentó en cuclillas y emitió un quejido al sentir un repentino malestar en su cadera. Hundió su dedo pulgar en el área adolorida, imaginándose que Satia vendría en su ayuda. Casi que oyó su voz mofándose de su molestia y culpando su naturaleza apasionada. "Dime, ¿Por qué te duele la cadera?" Sacudió la cabeza para disipar su fantasía y observó el polvo fino penetrar dentro de los pequeños orificios y depresiones de su cuerpo.

Sacó una fruta de tayo de su bolsa y la partió con sus dedos pulgares. Extrajo con sus dedos la fresca pulpa y la llevó a su boca, sin importarle el sabor a arena que robó parte de su dulzura. Lo ventoso del clima le agradó. Raras veces hacía tanto viento en Daria. Volvió la cabeza y miró hacia el centro del desierto, mientras repetía mentalmente el nombre de Satia. Miraba en dirección a Amu Inl, el terreno matrimonial de Daria, al tiempo que se preguntaba cuándo llegaría el momento en que él sería llamado para ir allí. Steve sabía que Satia se lo diría, por lo menos eso es lo que le había prometido. Por ahora, todo lo que podía hacer era vagar por su periferia.

"Satia," pensó de nuevo, evocándola con ternura. De repente se le ocurrió pensar que si él era como el desierto quizás ella era como el cielo, recostado contra su arenosa superficie.

Steve albergaba un sentimiento vago y confuso con respecto a su relación con Satia que no había querido examinar muy a fondo, porque había descubierto que su desolación estaba arraigada en lo más profundo de su pensamiento. No podía afirmar que ella estaba presente, y sus esfuerzos por descifrar este dilema solamente aumentaban la angustia de su separación.

A pesar de sus mejores intenciones, a veces los pensamientos lo asaltaban cuestionando su devoción, o se burlaban de él por insistir en buscarla; como si algo o alguien la pudieran regresar. ¿Acaso el sentir nostalgia por alguien había alguna vez logrado algo? En momentos así le parecía a Steve que solamente un tonto podía deambular de manera tan ilógica e inútil. Los preciosos recuerdos de su intimidad cedían rápidos a los inevitables síntomas de la desintegración, a su vacío interior, y a los inútiles intentos de su mente por querer capturar nuevamente algo que era más etéreo que el viento.

"Ah, Satia…mi brisa, mi cielo, ¿por qué no te me apareces una y muchas veces más y me liberas de estas luchas y dudas que me alejan de ti?"

Al tiempo que formulaba esta pregunta Steve sabía con certeza que su petición no le sería concedida—tal vez por que no podía ser. Aun así se imaginó que ella debía retener aún un poco de poder, si todavía era capaz de aparecérsele. Entonces pensó que quizás por sabiduría y designio propio ella no hacia uso de él. Encontró este pensamiento consolador, pues preservaba su amor por ella al mismo tiempo que le restaba fuerza a la creciente sospecha que tal vez ella estaba en el proceso de abandonarlo para siempre, después de todo.

Recordó cómo ambos habían resuelto dudas similares en los primeros tiempos de su relación cuando, durante algunos de los momentos más gozosos de su amor, el cuerpo de Satia se había vuelto tan suave hasta el punto de hacerse huidizo. ¡Cuán preocupada se había mostrado ella entonces! Y con cuanto amor y ternura le había hablado, a través de su mirada, ayudándolo a descartar viejos hábitos y creencias sobre la intimidad física, hasta que él cedió y aceptó su inefable suavidad.

"¿No ha cambiado nada pues desde entonces, mi amor?" preguntó incorporándose para reanudar su deambular. "¿Acaso este es el mismo camino que antes, sólo que un paso más hacia adelante?"

# Capítulo Sesenta y Siete

Y ahora le pareció a él que
Ella se había ido por incontables días,
A pesar que ella decía
Que nunca lo abandonaba.
"Tú sabes, solamente parecerá
Como que me he ido,"
Le había dicho una vez.
Y por eso él siempre
Continuaba hablándole.
    Pensó en sus amigos
    Los de su mismo mundo…
    Y se preguntó qué dirían
    Si lo pudieran ver.
Y luego, un día ella vino a él
O quizás fue solamente un sueño.
Últimamente ya no conocía la diferencia.
Le dijo que había estado hablando
Con los padres y los ancianos,
Pues temía que las cosas no iban
Como debían ir.
    "Porque últimamente apenas si
    Te has alimentado…
    Y nos preocupa

ANYA LUZ LOBOS

Lo que pueda suceder.
"Así que lo hemos hablado
Aquí entre nosotros,
Y quizás hemos encontrado
Una respuesta:
Una vez más, puedo entrar en una forma,
Y compartir tu vida,
Y así tú tendrías más tiempo
Para alcanzar tu plenitud.
"Porque es algo
Que deberá venir
Tan fácilmente...
Y quisiera estar a tu lado
Cuando suceda."
Él la miró y le sonrió
Con el rabillo del ojo,
Pues no tenía certeza
Que esto estuviera sucediendo.
Y dijo, "Si hay alguna posibilidad
De poder hacerlo yo solo,
Prefiero encontrar mi libertad
A mi manera.
"Porque no quiero
Ser yo quien te detenga.
¿Y qué si no estoy supuesto
alcanzarte?
Tal vez no será tan malo
Pasar el resto de mis días solo,
Como un loco...
Hablando en un desierto."

# Capítulo Sesenta y Ocho

"**U**stedes los humanos son cerrados," dijo Ahn, sacando una fruta de tayo de su bolsa y partiéndola en dos con un rápido movimiento de su mano. Steve se incorporó rápidamente, apartando de su cara la capa de hojas bajo la cual dormía. "¡Ahn!" exclamó y enseguida calló. Estaba aún medio dormido y aturdido, y no tenía idea de lo que el Anciano decía.

"¿No te dijo Satia que debes frotar la fruta sobre tu piel además de comértela?"

"Ahn," repitió Steve. "No tienes idea de lo contento que estoy de verte."

El Anciano colocó su mano sobre la pierna de Steve. "Sí," dijo con una sonrisa, y luego metió sus dedos dentro de la fruta como quien saca crema de un pomo. "Y estás supuesto comer por lo menos cuatro de estas frutas al día," agregó, dejando caer una buena cantidad de la escurridiza y clara sustancia sobre el hombro de Steve, frotándola lentamente con pequeños movimientos circulares. "Eres un humano," dijo con fuerza, como si su compañero necesitara que le recordaran este hecho "Es importante que tu cuerpo siga adelante." Ahn extendió los movimientos hasta cubrir todo el pecho de Steve.

"A veces pareciera como que es precisamente mi

cuerpo el que me mantiene alejado de ella," sonrió Steve encogiendo sus hombros, "a pesar de que Satia opina todo lo contrario."

Ahn lo estudió detenidamente. "El matrimonio Dariano no se trata de apariencias, Steve," dijo. "Si nuestra forma Dariana se desvanece para eventualmente expandirse, mientras la forma humana permanece visible siempre, este es un asunto de muy poca importancia para cualquier de nosotros en este planeta. ¿Como pretendes unir lo que ves con lo que no ves si estás convencido que ambas cosas son diferentes?"

"Ahn," dijo Steve con una sonrisa forzada, "esas palabras puede que tengan sentido para un Dariano, pero yo he pasado días enteros recitando los cantos de los padres... ¿tú sabes, los que Satia me dejó? Y aunque parecieron tener sentido, en cierta forma mística, cuando los leí por primera vez...ya no lo tienen ahora para mi del todo." Sus últimas palabras tenían un tono de irritabilidad. Se sentó y permaneció callado mientras se calmaba. Finalmente miró al Anciano.

Ahn habia escuchado a Steve atentamente. Una sonrisa irónica se dibujó en su cara. "No es la primera vez, ¿verdad Steve? que espero que hagas las cosas al estilo Dariano." Miró a Steve afectuosamente. "Necesito recordar que debo permitirte encontrar tu propio método."

"Gracias, Ahn," dijo Steve un poco avergonzado, "el problema es, que no sé realmente cuál es mi método." Respiró con ansiedad para luego soltar la respiración de un solo golpe, como quien tira algo. "No sé lo que estoy haciendo," confesó en voz baja, "pero no puedo dejar de hacerlo—lo que sea que es."

Ahn lo miró con curiosidad, y esperó a que continuara.

"Hay algo aquí," Steve rozó su dedo suavemente contra su pecho. "Dentro de mi, que yo identifico como

Satia...Y no importa lo que suceda alrededor mío, Ahn, incluyendo mis visiones de ella...tarde o temprano regreso a lo mismo."

Ahn permaneció silencioso por un largo momento, durante el cual Steve tuvo la impresión que Ahn era más como una audiencia que un Anciano. Parecía tan receptivo y, al mismo tiempo, tan renuente a hablar.

"Me parece que tienes una buena idea de lo que estás haciendo," dijo finalmente.

"Quizás. Pero ¿lograré tener éxito?" La pregunta de Steve fue dirigida no tanto a Ahn sino al mismo aire enrarecido del desierto.

"Nos dimos cuenta de tu añoranza desde el momento que te conocimos. Nos reveló tu potencial." Ahn metió la mano dentro de la fruta una vez más y la dejó allí. Su mirada era tranquila. "Pero, ¿lograrás triunfar en Daria? Eso aún no lo sabemos."

"¿Porque soy tan cerrado?" Exclamó Steve, y enseguida sonrió al ver la expresión divertida del Anciano. "Encuentro tu modo de ser extrañamente tranquilizante, Ahn...talvez porque me demuestra que valoras mi integridad por encima de todo falso optimismo."

Ahn miró hacia la extensión de arena, detrás de Steve. "Iré a tu caverna y pasaré la noche allí...si te parece bien."

Steve asintió, metió su mano dentro de la fruta de tayo y comenzó a frotar el ungüento brillante sobre su abdomen. "El kumac estará feliz de verte."

El Anciano se incorporó, se sentó sobre sus talones, y colocó sus manos en el cuello de Steve. Sus delgados dedos comenzaron a tirar de los cansados músculos y huesos, halándolos primero hacia un lado, luego hacia al otro, con movimientos rápidos y pequeños que Steve sintió como cálidas vibraciones que bajaron a lo largo de su columna. Cerró los ojos y respiró lenta y profundamente, abandonándose a la sensación. Se sentía satisfecho de que en los últimos días había estado alerta y abierto a todos sus sentimientos, incluyendo su angustia. "Me siento despejado," dijo, preguntándose qué le respondería el Anciano.

"Si, estás bien," contestó Ahn.

La voz del Anciano se escuchó muy lejos. Steve volteó la cabeza para descubrir que el Anciano ya no estaba a su lado. Estaba sentado sobre la arena a cierta distancia, estudiándolo detenidamente. Por un instante Steve se sintió completamente transparente.

"Ahn, tengo tantas dudas," confesó, y enseguida calló.

"Hay tantos caminos como hay gente," dijo Ahn, sobando el reverso de su mano suavemente mientras hablaba, "y seguramente hay dudas en todos y cada uno de ellos." Comenzó a tirar sus dedos hacia atrás uno a uno, al estilo masculino Dariano, hasta hacer que los cuatro gonces de cada dedo chasquearan simultáneamente. "Solamente vine a ayudarte un poco. Satia es tu camino, no yo. Y tú eres tu propio camino, aun más que ella el tuyo." Cuando acabo de chasquear su último dedo se quedó quieto, sosteniendo la punta del mismo, mientras miraba a Steve. "Tu camino es uno bien simple," observó. "No es el camino del Anciano, con su arte y su frío discernimiento mental. El tuyo es el paso del amante, del compañero. Lo único que requiere es que la sigas, en el sentido más profundo, sin importar lo que hagas. Me parece que esto te viene muy naturalmente a ti."

Cuando Ahn se puso de pie una cascada de arena se desprendió de sus rodillas y piernas como un delgado manantial. Steve recordó otra época, hacía mucho tiempo, cuando otro amigo se había sentado sobre este mismo suelo Dariano y comentado sobre su suavidad, mientras la arena se derramaba por entre sus dedos, al tiempo que agregaba su toque de humor tan original a las historietas que habían escuchado sobre las mujeres de Daria.

"¿Cuántos días más te quedarás en el desierto?" preguntó Ahn.

Steve miró dentro de su bolsa de tayos, analizando su contenido. "Unos dos días" contestó.

"Bien." Ahn sonrió y se volteó para partir.

Mientras se alejaba le pareció a Steve, por un momento, como si la arena fuera su propia piel, pues sintió sobre ella la suave presión de los pasos de Ahn.

"Siento que los primeros pensamientos que te ofrecí no te ayudaron," exclamó Ahn, virando su cuerpo un poco para volverse a ver a Steve. "Tal vez deberías hacer lo opuesto, y en vez de querer comprender...talvez deberías dedicarte a no entender nada."

Steve sonrió.

"Y con respecto a las dudas que tienes...prueba a dudar de ellas también."

# Capítulo Sesenta y Nueve

Cada mañana hacía lo mismo, desde que Ad'ventis había entrado en su fase menguante. Se paraba frente a su caverna a la luz del amanecer y luego caminaba descalzo, a través de los campos, hacia la desembocadura del río.

Hacía esto a pesar de todo, lo deseara o no. No importaba si había dormido bien, o si había pasado una noche intranquila o insomne. Mucho menos le importaban los sentimientos que surgían en su interior. "El río," se decía y no se permitía otro pensamiento.

Cada mañana los pájaros de la pradera huían de sus tobillos mientras atravesaba el campo. Plomizos y silbantes se dispersaban hacia el resplandor rosa del amanecer. Cuando llegaba a la desembocadura del río, se detenía al pisar el cieno mojado y resbaladizo y miraba hacia la orilla opuesta, con sus árboles repletos de bulliciosos pájaros.

Caminaba sobre la tibia marisma de ramas y hojas en descomposición, y cuando el agua pasaba por sobre sus rodillas se lanzaba de cabeza en una gran salpicada. Nadaba con brazadas fuertes hasta la orilla opuesta, para luego regresar...y luego nadar otra vez. Continuaba así toda la mañana, sin detenerse nunca para descansar, restregándose contra los resbaladizos peces-olas cuando cruzaba su ondulante enjambre.

Mientras mantenía esta rutina acuática los pensamientos apenas si podían entrar en su mente. A veces se imaginaba a Satia cerca de allí mirándolo. Su sonrisa radiante le daba fuerzas al enérgico impulso de sus bronceados brazos.

No se retiraba hasta muy avanzada la tarde, cuando los peces-olas se habían tornado claros y anchos, y el hambre lo corroía. Sólo entonces comenzaba su regreso, a través de los copiosos tayos, con las piernas flojas y vibrantes de tanta danza y esfuerzo.

Entonces se sentaba sobre el pasto y comía con un apetito feroz, y luego frotaba el jugo del tayo sobre su piel quemada por el sol. En la penumbra del atardecer cruzaba los campos con los ojos pesados de sueño, mientras los pájaros de la pradera gorgoteaban en sus nidos entre los bajos arbustos.

Una vez en la caverna, acostado sobre su fresca cama de hojas, dormía el sueño del que ha vivido...todo un día ...libre de dudas.

# Capítulo Setenta

*H*acía poco tiempo que Steve había retomado la rutina de todas las pequeñas cosas que él y Satia solían
hacer, tales como recoger los alimentos, correr por las colinas, nadar, y hasta trepar a los árboles para regresar algún
pajarillo extraviado a su nido. Por las tardes visitaba las
arboledas de tuloc. Después de recoger algunas de sus frutas las llevaba hasta el río para deleitarse con su sabor
cítrico, mientras veía el sol desaparecer detrás de la distante cordillera. Le encantaba meterse al agua y mojar las
frutas dentro de ella. Así le agregaba algo de lo salado del
agua del río al sabor agri-dulce de las mismas.

Una vez terminada su comida enjuagaba el jugo de sus
manos, se sentaba a la orilla del río y dejaba que su
corazón vagara y reposara…no en recuerdos de cosas que
él y Satia solían hacer, aunque a veces era imposible no
recordar, sino que dejaba su conciencia flotar hacia algo
mucho menos tangible y tan tenue que era apenas recono-
cible. Esta suave agitación de su corazón, que no podía
identificar, era muy importante para él, pues parecía
conectarlo con Satia de una forma indefinible.

Steve se preguntaba qué le diría esta agitación si
pudiera oírla, pues era mucho más sutil que un pensamiento y, al mismo tiempo, parecía tener el efecto de

detenerlos como con un suave soplo. A veces, mientras se hundía en estos sentimientos, su nostalgia por Satia asumía toda una nueva dimensión que nada tenía que ver con la necesidad o el deseo, sino que era, más bien, como el ensanchamiento gradual y silencioso de un torrente.

Por las noches, acostado en su cama de hojas, sentía que lo que lo mantenía abrigado no era la manta de hojas que Satia le había tejido, sino su esencia misma. Era como si Satia hubiese entretejido su propio ser dentro de las hileras de hojas que cubrían su cuerpo.

A veces, mientras dormía profundamente, le parecía que su luz lo despertaba, y la encontraba en sus sueños— sus ojos, su sonrisa, su cuerpo grácil tan conocido—pero totalmente quieto y difuso por su mismo brillo. Cuando esto sucedía el continuaba soñando a voluntad, sin preocuparse por cosas que en otro tiempo le parecieron tan inquietantes. No le importaba ya más si era ella verdaderamente quien aparecía en sus sueños o si era solamente su imaginación invocándola. Las dudas lo rozaban en ocasiones, pero luego se iban, y él regresaba a su amor.

Había veces, sin embargo, en que su dolor era tan abrumante que llegaba a preguntarse si era víctima de la locura; pero ya era demasiado tarde para cambiar de curso, y no tomaría otro aunque le fuese ofrecido. Había algo vago y sutil en los inciertos y silenciosos pasos que daba, y en el indefinido y tranquilo sendero que iba descubriendo. Su antiguo sentido de quién era iba escapándose gradualmente de su ser.

Pasaba los días abstraído, aún cuando recogía los alimentos o nadaba; y pasaba las noches consciente dentro de sus sueños, apenas tocando y apenas viendo, consagrado a cosas apenas percibidas, y a veces no percibidas del todo.

ANYA LUZ LOBOS

# Capítulo Setenta y Uno

Durante los últimos días la angustia de Steve había desaparecido totalmente, como si alguien la hubiese arrancado, envuelto en una manta, y escondido en algún rincón. Su nuevo sentido de libertad nada tenía que ver con el olvidar a Satia, o con hacer planes para regresar a su propio mundo, o pensar en vivir en las cavernas exteriores con la gente del pueblo. No.

Ahora comprendía cómo funcionaba todo; como los amantes Darianos vivían íntimamente por unos pocos y cortos meses y luego se iban al desierto central para casarse. Todo parecía tener sentido.

Y, sin embargo, no era este entendimiento de la vida de Daria tampoco lo que le daba esta sensación de bienestar. Lo que sentía nada tenía que ver con todo esto y sí todo con el hecho de que nada le importaba ya más. No es que se sintiera vencido, aunque esta emoción nunca lo había abandonado por completo, ni que hubiese aceptado la ausencia de Satia, porque no era así. Steve estaba en paz porque su corazón había cedido a un sentimiento de total y completa sumisión. No a los eventos de la partida de Satia, sino a ella misma…sin importar que pudiera pasar después. Ahora comprendía, en el sentido más profundo y elemental, que no podía estar vivo, a menos que la amara a ella.

Así pues, cuando el día por fin llegó en que tuvo que seguir a Satia hasta el corazón del desierto, sintió una serenidad muy cerca del abandono, tan fuerte era su amor por ella. Pero su serenidad no por eso excluía sentimientos de tristeza y angustia. Mientras la veía caminar graciosamente por las arenas del desierto una profunda pesadumbre lo invadió, pues Satia había vuelto a adquirir su forma una vez más, y ésta aparecía llena y claramente definida, con una nueva consistencia en preparación a su partida final.

Al acercarse al centro del desierto Steve se encontró compartiendo la serenidad y la angustia al mismo tiempo. Ambas llenaban cada rincón de su ser. Su sufrimiento se expresaba en desconsuelo y desesperación, y nudos y desgarros en su cuerpo. Pero, a la vez que experimentaba todo este dolor, y lo aceptaba como mejor podía, descubrió que también estaba impregnado de serenidad…casi como si estuviese hecho de ella. Y fue esto, sólo esto, lo que hizo que la dentellada de la angustia fuera llevadera.

Satia se detuvo y se volvió para mirar a Steve—su rostro bello, sus ojos sonrientes, de reflejos dorados, lo miraron hondamente. Y esta prueba fue más de lo que Steve podía soportar.

Pero sabía que tenía que resistir. Por sobre todas las cosas no deseaba arrastrar a Satia hacia la oscuridad de su agonía. Devolviéndole la mirada, le sonrió, pero, incapaz de esconder sus sentimientos, su sonrisa fue como una mueca, y tuvo que cruzar sus brazos y apretarlos con sus manos para darse estabilidad. Su cuerpo temblaba y las lágrimas brotaban abundantes de sus ojos. Miró a Satia brevemente y enseguida retiró su mirada, esperando que esta ola de angustia pasara y pudiera finalmente hablar.

Satia lo miró anonadada y apoyó dulcemente su cara contra el hombro de Steve, temerosa de la ola de angustia que su contacto pudiera desatar. Las lágrimas brotaban de sus ojos, también, y resbalaban a lo largo del brazo de Steve.

"Qué cruel," pensó Steve, "que su contacto sea tan real y lleno ahora." Pero, de alguna forma, la angustia pasó. Steve colocó una mano sobre el hombro de Satia como para indicarle que la tormenta había pasado, y la apartó suavemente para mirarla mejor. "Me dije a mí mismo que no haría esto," dijo finalmente, mientras miraba dentro de sus ojos llenos de lágrimas.

Steve sabía muy bien que las lágrimas de Satia tenían poco que ver con el suceso que estaba por ocurrir. Su tristeza estaba ligada a la angustia de Steve y a su impotencia por disiparla. "Quisiera estar cerca de ti y asir tus brazos, si te parece bien," dijo con voz más firme.

Ella lo miró interrogante.

"Es que quiero poder verte mientras sucede. Quiero observar lo que ocurre...no solamente sentirlo." Sus ojos se apartaron de ella por un momento. "Sé que debe sonarte extraño, pero...es que si no experimento esto plenamente, podría llegar a creer que nunca sucedió."

Satia asintió.

Steve extendió sus brazos y asió los de Satia con sus manos, mientras la miraba intensamente. El rostro de Satia era tan bello que otra vez las no deseadas lágrimas acudieron a los ojos de Steve. Cerró los ojos para que Satia no viera su agonía. Se quedó quieto, con los brazos extendidos, sus manos sujetándola suavemente, mientras ondas de angustia lo traspasaban y su corazón palpitaba tan locamente que parecía que iba a romperle el pecho.

Pero acompañándolo siempre, muy dentro de él, estaba esa vaga y leve agitación...que ya para ahora se había convertido en el lema constante de su vida. Como una luz reconfortante y suavemente palpitante descansaba en su conciencia, sosteniéndolo.

A pesar de esto, sin embargo, el loco palpitar de su corazón continuó, produciendo sacudidas dolorosas y ondulantes que emanaban del centro de su pecho. De repente, uno de los latidos lo golpeó especialmente fuerte, como una dura bofetada, y Steve presintió que su corazón estaba por fallar. Inmediatamente pensó en Satia y llamó a todas sus fuerzas para que lo mantuvieran firme frente a ella durante los momentos finales de su partida. Enfocó su atención en su corazón con la esperanza de que gradualmente fuera recuperando su equilibrio. Pero éste parecía no palpitar. Por lo menos él no pudo detectar ninguna sensación dentro de su pecho. Esperó, y esperó un poco más. Finalmente otro fuerte latido golpeó dentro de su pecho. Resonó como el tañido de una campana de iglesia, talvez por haberlo esperado tanto. Agudizó su oído para escuchar el próximo, y de pronto se dio cuenta que no podía recordar cuando había sido la última vez que había respirado. Y, sin embargo, sus pulmones parecían estar satisfechos, y él no parecía estar necesitado de aire. De pronto descubrió una corriente de aire, cálida e inefablemente calmante, que se deslizaba sin prisa por sus narices y se hundía muy dentro de su cuerpo. Era como si siempre hubiese estado allí, pero era demasiado fina y suave para que él la hubiese detectado. Y entonces algo brilló en sus ojos.

"Qué extrañas," pensó, "son las motitas de polvo que acarrea esta suave corriente." ¿Serían partículas de arena? Nunca antes las había notado. Cuán silenciosamente flotaban, sus formas redondas brillando a la luz del día. "Pero qué luminosas son," pensó, "que aún con los ojos cerrados puedo verlas brillar." Y se deslizaban por la suave corriente de su aliento, la cual parecía no tener fin.

"Cuán lejos deben viajar estos mundos," se maravilló,

pues ahora su cuerpo parecía muy pequeño y muy distante. Miró hacia un diminuto y lejano "Steve" a través de inmensos y tiernos ojos, y luego observó las motitas de polvo viajando juguetonamente. Algunas viajaban en puños, las más pequeñas daban vueltas alrededor de las más grandes, como atraídas por su mayor luminosidad, dentro de la cual parecían querer girar.

Eran incontables estas agrupaciones que viajaban silenciosamente a través del aire y del espacio, siguiendo a otros grupos de brillantes luces giratorias, hasta formar un tapiz vasto y luminoso que, igualmente, rotaba en silencio. En algunas partes las partículas se unían dentro de un polvo luminoso que se dispersaba en una niebla fina, que parecía impulsada por un suave movimiento giratorio. Y, a muchos puntos luminosos de distancia, otros tapices giraban también en busca de la inmensidad del espacio.

Que bellos brillaban, cuán ordenadamente rotaban estos tapices compuestos de nada más que puntos de luz arreglados con exquisita gracia. Cada centella parecía ser guiada a su puesto por la pincelada primorosa de un artista, gozosa de permanecer simplemente suspendida y resplandeciente ante sus ojos...cuya visión atravesaba cada punto de luz, viéndolo todo a través de todos, y deleitándose en lo que veía. Mientras que cada punto, pudiendo ver sólo una parte, se deleitaba en parte también del gozo puro, de la infinita continuidad de la dicha, la cual pulsaba infinitamente manteniendo todas las cosas vivas.

Cuán amorosos eran estos diminutos puntos y cuán inmensamente numerosos. Algunos parecían estar bien despiertos, otros profundamente dormidos. Un punto de luz (¿o sería una esfera?) destacaba entre los demás. Parecía ser igual a los otros pero Steve sintió un especial afecto hacia él, como si acompañándolo en su ruta viajaran viejos y conocidos sentimientos y emociones. Parecía agitarse como pidiendo que lo despertaran, quizás no satisfecho con su visión somnolienta y soñadora. ¡Qué fuerte era su nostalgia! Con qué coraje empujaba hacia a un lado sus negros sueños para poder ver más allá de los sueños luminosos, no totalmente convencido, quizás, de que el despertar llegaría. Y por eso, desde la esencia de su propia añoranza, este punto de luz enviaba una llamada de auxilio que pulsaba a lo largo de su silenciosa existencia, apremiando su despertar, y luego irradiaba hacia afuera a través del remolino de sus sueños. Y en lo profundo de los intersticios del espacio, fuerzas invisibles se agruparon para asistir en la iluminación de este punto que se encendía, de este orbe—de esta Tierra.

Esta revelación de su propio mundo empujó a Steve, tambaleante, dentro de una amplia rotación. Mientras, su esfera nativa, sus mundos hermanos, y la estrella brillante alrededor de la cual giraban, se volvieron pequeños, y más pequeños, hasta finalmente desaparecer dentro de la enormidad de su conciencia. "¡Estas luces!" pensó Steve, y entonces su mente quedó en silencio, y todo él se convirtió en asombro.

Ah luces vaporosas, galaxias luminosas...cuán soñadoramente se extendían a través del firmamento. ¡Ah cálido y silencioso Ser hecho de dicha plena e ilimitada, que recogiéndose a Sí mismo dentro de Sí mismo un universo había formado! Y que ahora descansaba invisible en medio de todas las cosas, esperando ser descubierto.

Con qué discreción este Ser esperaba, como un amigo olvidado, pero brillaba como fuerzas separadas, las cuales deleitándose en su amor, se alcanzaban la una a la otra para experimentar su unión. Primero se acercaban, luego se separaban...para enseguida acercarse de nuevo...

deliciosamente, tiernamente, sintiendo la dicha indecible que palpitaba a través de las galaxias, donde ambos residían.

"¿Ambos? ¿O somos Uno solo?" El ser expandido y pleno de Steve se preguntó asombrado. Pues todo lo que él ahora creía ser brillaba con la presencia de Satia. ¡Juntos llenaban los inmensos espacios y encendían cada estrella! Con un agradecimiento que sobrepasaba el pensamiento y la palabra, Steve se fundió dentro del misterio silencioso de Satia. Y era su propio—su íntimo conocimiento, lo que sus brazos una vez desearon contener. Entonces, la luz de Satia atravesó todas las distancias, su forma llenó cada espacio…y él se expandió dentro de las estrellas para sentir su intenso abrazo.

"¿Dónde no estás tú…mi amor?" preguntó, el contacto de Satia colmándolo plenamente. La plenitud de Steve se desbordó y finalmente se derramó dentro del alma palpitante de ella.

"¿Dónde no *estamos?*" la escuchó suspirar. Sus palabras flotaban etéreas, como hechas de partículas fundidas de cielo, y él, el silencioso firmamento, estaba demasiado agradecido para poder responder. Por que su ser era su ser, un reino de dicha desbordante, y ya no importaba si los pensamientos eran suyos o de ella.

Ahora somos padres, tú y yo. Nuestro amor engendrará galaxias. Somos el vuelo en espiral de los tikas; somos los tumultuosos mares. Dentro de los campos de incubación esperaremos a ver qué diminutas centellas brotarán de nosotros, nuevas y brillantes, deseando experimentar por ellas mismas. ¡Para ellas cantaremos!

Pero, allá lejos en una distante y diminuta esfera, un destello nos hace un llamado. Parece implorar amor y afecto. Atrae nuestro tierno amor imperturbablemente hacia él. Así que volamos, veloces como el pensamiento, hacia un pequeño orbe conocido, y nos resbalamos, a través de su atmósfera, hacia una extensión inmensa y rojiza, sobre cuya superficie polvorienta se alza una cordillera circular rodeada de tonos violeta. Dentro de esta cordillera, un valle de planicies, y en medio de él un lago verde-azul que se convierte en un río. Al centro de la cordillera, como empujando las planicies hacia afuera, un desierto cálido y brillante. Y, en el centro del mismo…

Un hombre…con los brazos extendidos,
Lágrimas de dicha resbalando por sus mejillas,
Un hombre bueno…
¿Por qué le dolerá la cadera?
Ah, si.

Steve apretó sus dedos suavemente y advirtió que ya no sentía los brazos de Satia. Pero, no dispuesto a abrir los ojos aún, atrajo sus manos hacia su pecho lentamente. Sus manos no asían nada; él abrazaba a Satia.